西方传统 经典与解释
Classici et commentarii
HERMES

HERMES

在古希腊神话中,赫耳墨斯是宙斯和迈亚的儿子,奥林波斯神们的信使,道路与边界之神,睡眠与梦想之神,亡灵的引导者,演说者、商人、小偷、旅者和牧人的保护神……

西方传统 经典与解释
Classici et commentarii
HERMES
施特劳斯讲学录
刘小枫●主编

女人、阉奴与政制
孟德斯鸠《波斯人信札》讲疏

Leo Strauss' Course:
Montesquieu's *Persian Letters*, offered in 1966

施特劳斯（Leo Strauss）●讲疏
潘戈（Thomas L. Pangle）●整理
黄涛●译

华东师范大学出版社

华东师范大学出版社六点分社　策划

古典教育基金·"资龙"资助项目

出版说明

1949年，已到知天命之年的施特劳斯执教芝加哥大学政治学系。自1956年起至去世（1973），施特劳斯授课大多有录音。施特劳斯去世后，部分讲课录音记录稿一直在施特劳斯的学生们手中私下流传，历经学生之手进一步流传，其实际影响断难估量。本世纪初，部分记录稿的影印件也流传到我国年轻学子当中。这些打印的录音记录稿文字多有舛误，有些地方因油墨不均文字难辨，还有不少明显的脱漏。

2008年，施特劳斯遗产继承人和管理人——施特劳斯的养女珍妮教授（Professor Jenny Strauss）和芝加哥大学"施特劳斯中心"（The Estate of Leo Strauss）主任塔科夫教授（Professor Nathan Tarcov）决定整理施特劳斯的全部讲课记录稿，并在"施特劳斯中心"的网站上陆续刊布，供天下学人分享。2013年，本工作坊计划将陆续刊布的整理成果译成中文，珍妮教授和塔科夫教授得知此计划后，全权委托本工作坊主持施特劳斯讲课记录整理稿的中译，并负责管理中译版权。

本工作坊按"施特劳斯中心"陆续刊布的整理本组织迻译（页码用方括号标出），进度取决于整理计划的进度。原整理稿均以课程名称为题，中文稿出版时，为了使用方便，我们拟了简要的书名，并在副标题位置标明课程名称。

刘小枫

2016年元月

古典文明研究工作坊

目　录

施特劳斯讲学录整理规划/₁
"《波斯人信札》讲疏"中译本说明(刘小枫)/₁

英文编者说明/₃
英文编者导言(潘戈)/₅
第 一 讲/₁₉
第 二 讲/₃₈
第 三 讲/₆₉
第 四 讲/₁₀₃
第 五 讲/₁₃₈
第 六 讲/₁₇₃
第 七 讲/₂₀₇

施特劳斯讲学录整理规划

首席编辑　塔科夫（Nathan Tarcov）
执行编辑　麦基恩（Gayle McKeen）

李向利　译

施特劳斯不仅是著名思想家和作家，还是有着巨大影响的老师。在他的这些课程讲学录中，我们能看到施特劳斯对众多文本的疏解（其中很多文本他写作时很少或根本没提到过），以及对学生提问和异议的大段回应。在数量上，这些讲学录是施特劳斯已出版著作的两倍还多。对研究和修习施特劳斯著作的学者和学生们而言，它们将极大地增添可供参阅的材料。

1950年代早期，由学生记录的施特劳斯课程笔记的油印打字稿，就已经在施特劳斯的学生们中间传阅。1954年冬，与施特劳斯的[关于]自然权利（Natural Right）的课程相关的首份录音资料，被转录成文字稿分发给学生们。斯多灵（Herbert J. Storing）教授从瑞尔姆基金会（Relm Foundation）找到资助，以支持录音和文字稿转录，从1956年冬施特劳斯开设的历史主义与现代相对主义（Historicism and Modern Relativism）课程开始，该资助成为固定的[资金]基础。自1958年起至1968年离开芝加哥大学，施特劳斯在这里开设的39个课程中，被录音和转录成文字稿的有34个。从芝大退休后，1968年春季、1969年秋季和[接下来的]春季学期，施特劳斯在克莱蒙特男子学院（Claremont Men's College）授课，有录音（尽管他在那里的最后两次课的磁带已佚），他在圣约翰学院（St. John's College）四年的课程也有录音，直至他于1973年10月去世。

现存原始录音的质量和完整性差别很大。施特劳斯[讲课]离开麦克风时，声音会弱得听不到；麦克风有时也难以捕捉到学生们提问的声音，却常常录下门窗开关声、翻书声、街道上［过往］的车辆声。更换磁带时录音中断，［记录稿］就留下众多空白。施特劳斯讲课超过两个小时（这种情况经常发生），磁带就用完了。录音磁带转录成文字稿后，磁带有时被再次利用，导致声音记录非常不完整。时间久了，磁带［音质］还会受损。1990年代后期，首先是格里高利（Stephen Gregory）先生，然后是芝大的奥林中心（John M. OlinCenter，由John M. Olin Foundation设立，负责调查民主制的理论与实践）管理人，发起重新录制工作，即对原始磁带数码化，由Craig Harding of September Media承制，以确保录音的保存，提高可听度，使之最终能够公布。重新录制工作由奥林中心提供资金支持，并先后由克罗波西（Joseph Cropsey）和施特劳斯遗稿执行人负责监管。格里高利先生是芝大美国建国原则研究中心（Center for the Study of the Principles of the American Founding）管理人，他在米勒中心（Jack Miller Center）的资助下继续推进这项规划，并在［美国］国家人文基金会保存和访问处（Division of Preservation and Access of the National Endowment for the Humanities）的拨款帮助下，于2011年完成了这项规划，此时他是芝大施特劳斯中心（Leo Strauss Center）管理人。这些音频文件可从施特劳斯中心的网站上获取：http://leostrausscenter.uchicago.edu/courses。

　　施特劳斯允许进一步整理录音和转录成文字稿，不过，他没有审核这些讲学录，也没有参与这项规划。因此，施特劳斯亲密的朋友和同事克罗波西最初把［讲学稿］版权置于自己名下。不过，在2008年，他把版权转为施特劳斯的遗产。从1958年起，每份讲学录都加了这样的题头说明（headnote）：

　　　　这份转录的文字稿是对最初的口头材料的书面记录，大部分内容是在课堂上自发形成的，没有任何部分有意准备出版。只有感兴趣的少数人得到这份转录的文字稿，这意味着不要利用它，利用就与这份材料私下的、部分地非正式的来源相抵触。郑重恳请收到它的人，不要试图传播这份转录的文字稿。这份转录的文字稿未经讲学人核实、审阅或过目。

2008年,施特劳斯[遗产]继承人——他的女儿珍妮(Jenny Strauss)——请塔科夫(Nathan Tarcov)接替克罗波西[承担施特劳斯遗稿执行人]的工作。此时,塔科夫是芝大奥林中心以及后来的芝大美国建国原则研究中心的主任,而克罗波西直到去世,已经作为施特劳斯遗稿执行人忠诚服务了35年。珍妮和塔科夫一致认为,鉴于旧的、常常不准确且不完整的讲学录已经大范围流传,以及[人们]对施特劳斯思想和教诲的兴趣持续不减,公开[这些讲学录],对感兴趣的学者和学生们来说,会是一种帮助。他们也受到这样一个事实的鼓励:施特劳斯本人曾与班塔曼出版社(Bantam Books)签订过一份合同,准备出版这些讲学录中的四种,尽管最终一个都没出版。

成立于2008年的芝大施特劳斯中心发起了一项规划:以已经重新录制的录音材料为基础订正旧的文字记录稿;转录尚未转录成文字稿的录音材料;为了可读性,注释且编辑所有的记录稿,包括那些没有留存录音材料的[记录稿]。这项规划由施特劳斯中心主任塔科夫任主席,由克罗波西负责管理,得到来自维尼亚尔斯基家族基金会(Winiarski Family Foundation)、希夫林夫妇(Mr. Richard S. Shiffrin and Mrs. Barbara Z. Schiffrin)、埃尔哈特基金会(Earhart Foundation)和赫特格基金会(Hertog Foundation)拨款的支持,以及大量其他捐赠者的捐助。筹措资金期间,施特劳斯中心得到芝大社会科学部主任办公室(Office of the Dean of the Division of the Social Sciences)职员伯廷赫布斯特(Nina Botting-Herbst)和麦卡斯克(Patrick McCusker)大力协助。基于重新录制的磁带[修订]的这些记录稿,远比原有的记录稿精确和完整——例如,新的霍布斯(Hobbes)讲学录,篇幅是旧记录稿的两倍。熟悉施特劳斯著作及其所教文本的资深学者们被委任为编者,基础工作则大多由作为编辑助理的学生们完成。

编辑这些讲学录的目标,在于尽可能保存施特劳斯的原话,同时使讲学录更易于阅读。施特劳斯身为老师的影响(及其魅力),有时会显露在其话语的非正式特点中。我们保留了在学术性文章(prose)中可能不恰当的句子片段；拆分了一些冗长、含糊的句子；删除了一些重复的从句或词语。破坏语法或思路的从句，会被移到句子或段落的其他部分。极个别情况下，可能会重新排列某个段落中的一些句子。对于没有录音资料流传的记录稿，我们会努力订正可能的错误转录。所有这些类型的改动都会被注明。（不过，根据重新录制的录音资料对旧记录稿做的改动，没有注明。）我们在尾注中注明改动和删除的内容（不同的拼写、斜体字、标点符号、大写和分段），尾注号附在变动或删除内容前的词语或标点符号上。文本中的括号显示的是插入的内容。缺乏录音资料的记录稿中的省略号仍然保留，因为很难确定它们指示的是删除了施特劳斯说的某些话，还是他的声音减弱[听不清]，抑或起破折号作用。录音资料中有听不见的话语时，我们在记录稿中加入省略号。[记录稿中]相关的管理细节，例如有关论文或研讨班的话题或上课的教室、时间等，一律删除且不加注，不过我们保留了[施特劳斯布置的]阅读任务。所有段落中的引文都得到补充，读者能够方便地结合[引述的所讲]文本[的内容]阅读讲学录。施特劳斯提及的人物、文本和事件，则通过脚注进行了确认。

　　读者应该谅解这些讲学录的口语特点。文中有很多随口说出的短语、口误、重复和可能的错误转录。无论这些讲学录多么具有启发性，我们都不能认为它们可以与施特劳斯本人为出版而写的那些著作等量齐观。

2014年8月

"《波斯人信札》讲疏"中译本说明

1965年冬至1966年春,施特劳斯连续开设了两个学期的孟德斯鸠研读课,讲疏《论法的精神》和《波斯人信札》。全部课程共三十三讲,第一个部分是《论法的精神》讲疏(共二十六讲),第二个部分是《波斯人信札》讲疏(共七讲),按录音整理的记录稿超过60万字,篇幅很大。为阅读方便,我们将《波斯人信札》讲疏单独刊行(文中方括号中的页码仍然是原整理稿中的页码)。因此,本稿中的第一讲到第七讲,对应的是1966年春季课程的第十讲到第十六讲。

以小说方式探究重大政治问题,是西方文史的传统手法。因此,《波斯人信札》不仅是西方文学史上的名著,也在西方政治思想史上占有重要位置。在这部小说中,孟德斯鸠假托两位波斯人离开祖国出游欧洲后写的书信以及他们与各色人等的通信,曲折地表达了启蒙思想的基本诉求。两位主人公之一郁斯贝斯在离开祖国前往欧洲的途中写信给朋友说:

> 由于渴望增长知识,我跟里加离乡背井,抛弃平静生活的温馨,辛辛苦苦出来寻求智慧,在波斯人中,我们可能是头两个。我们诞生于繁荣的王国,但是我们认为我们土国的边界并不就是我们知识的极限,不应只用东方的智慧来启迪我们。
>
> 请告诉我别人怎么议论我们的出游,不要光说好听的。我估

计不会有很多人赞同。……(第 1 封信)①

小说人物当然是虚构,但作家编故事往往会有现实原型。让今天的我们难免有些惊讶的是:代表东方文明的波斯人郁斯贝斯的原型竟然是个名叫黄嘉略的中国人。此人出生富裕家庭,喜欢游历,23 岁那年(1702)结识了来华传教的利昂纳神父,随他航行 8 个月后到达巴黎,从此定居下来。黄嘉略在巴黎学习法语,十年后还结了婚——想必娶了个巴黎姑娘。黄嘉略后来进了王室图书馆当翻译,因为,十多年前(1697),白晋神父从远东带了一批中文图书回去,收藏在王室图书馆。孟德斯鸠 20 多岁时到巴黎游学,多次到王室图书馆找黄嘉略攀谈,了解中国这个文明古国的方方面面——还在黄嘉略的指引下进一步阅读传教士所写的关于中国的书籍。②

也许由于水土不服,黄嘉略年仅 37 岁(1716)就去世了——这让我们难免想到《波斯人信札》中与黄嘉略相关的另一个"八卦"。小说中的另一个游历欧洲的波斯人里加在信中写道:

> 巴黎的居民好奇到荒诞的地步。我初到巴黎时,被视为天外来客:男女老幼无不以先睹为快。我一出门,所有的人都趴在窗户上看我……我去看戏,立刻就发现千百把长柄眼镜对着我……如此的殊荣不免成为一个负担。我不认为自己是个如此稀奇、如此罕见的人,而且虽然我自视甚高,但我万万没料到一个谁也不认识我的大城市居然被我闹得鸡犬不宁。于是我决定脱下波斯装,穿上欧洲服,看看我改装后的面貌究竟还有没有什么令人赞赏的东西。这一试验使我认识到我的真正价值……我一下子落到可怕的毫无价值的境地……(第 30 封信)

这封信的落款日期是 1712 年,据史家记载,黄嘉略正是在这年年

---

① 孟德斯鸠,《波斯人信札》,梁守锵译,北京:商务印书馆,2006。
② 参见戴格拉夫,《孟德斯鸠传》,许明龙、赵克非译,北京:商务印书馆,1997,页 44-47。

底脱下中国文人长褂，换上了西装——也许正因为如此，他没过几年就去世了：毕竟，他发现，脱下中式文人服后，自己在欧洲什么都不是……

从第一封信来看，黄嘉略不正是因为不以东方的智慧为世上唯一的智慧才去欧洲游历的吗？在今天的我们看来，黄嘉略是有福之人，令人羡艳。毕竟，早在18世纪的开纪第二年，他就幸运地移民巴黎。他为何死得那么早、那么年轻，迄今还是个谜。在笔者看来，黄嘉略初到欧洲时很有可能不知道，当时的欧洲一如今天的中国，正在发生一场伟大的变革：商业化文明将让人的自然欲望成为人的自然权利，古老的德性将变得一钱不值。十多年后，当黄嘉略明白这一点时，他就身患不治了。得出这样的推测的凭据是，《波斯人信札》讲的正是黄嘉略看到的当时欧洲正在发生的这场变革。

如果我们在阅读《波斯人信札》时把无论郁斯贝斯还是里加的信都读作黄嘉略写给国内同胞的信，那么，我们可能会感到更为切身，也因此而更有收获——何况还有施特劳斯这位洞悉幽微的老师带领我们一起读。毕竟，郁斯贝斯走出国门游历欧洲尤其巴黎之后，与我们中的不少人一样，他最终变成了启蒙分子，甚至可以代替孟德斯鸠说话了。

这部讲课记录稿的中译篇名，是我们根据潘戈教授的"编者导言"所拟，仅为了标题的方便，未必恰切。

刘小枫
2016年元月
古典文明研究工作坊

女人、阉奴与政制

——孟德斯鸠《波斯人信札》讲疏

英文编者说明

1954年冬天,施特劳斯在芝加哥大学讲授了一门孟德斯鸠的课程,但这次课程既无录音,也无文字记录。1965年秋季他再度开设了孟德斯鸠课程,但课程在进行两次之后因生病而取消。1965年冬季,施特劳斯重新开始了两个学季的孟德斯鸠课程,至1966年春季结束。这门课程在冬季课程以及在春季课程的前九讲中,提供了对《论法的精神》一书的详细讲解,并且,在春季课程的第十讲到第十六讲中提供了对《波斯人信札》的详细讲解。课程以研讨课形式进行,每次课程都从阅读学生论文开始,接下来是教授对学生论文的点评,然后是大声阅读文本,最后是教授进行评论以及回应学生的提问和评论。课堂上学生论文的阅读没有被录音,但记录稿中常常记录了教授对学生论文的评论。

遗憾的是,这门课程的音频录制并不完整。秋季课程两次讲课的录音得以保存下来,同时保存下来的还有冬季课程最后五次课的录音(在十七次课程之外),以及春季的十六次课的录音。因此,1966年冬季课程的第1次课到第12次课没有录音。但其他课程录音都保存了下来(这些在施特劳斯中心的网站上都可以找到)。请注意1966年冬季课程的录音带对应如下几讲:音频1对应第十四讲;音频2对应第十三讲;音频3对应第十五讲;音频4对应第十六讲;音频5对应第十七讲。冬季和春季学期课程的录音文字打印稿在1960年代晚和1970年代早期完成。我们目前的计划是对原始打印稿进行文字处理,根据重新灌录的音频文件对原始打印稿进行校订,并且首次将1965年秋季学期的两次课转录为文字。1966年第一次课程的录音非常糟,邻近开头约有三页篇幅由片段句子构成,这些句子被一些无法听清的词语打断,这些在文字记录稿中都以省略号注明。但这些地方还是原封不动地保留下来出版,以尽可能地保持课程记录的完整性。

这份记录稿由潘戈(Thomas L. Pangle)、拉克(Justin Race)、比塔尔(Brian Bitar)、皮克尔(Clara Picker)、卡耶(Pamela Kaye)负责编辑,沃福德(Peter Walford)在编辑方面提供了协助。西德恩(Olivier Sedeyn)提供了翻译方面的帮助。音频文件由九月音频的哈丁进行数据方面的重新灌录。原始打印稿的打字者身份不详。

在课堂上大声朗读课本时,文字记录稿记录了文本出现在课程安排的文本版本中的表述,保留了最初的拼法和标点。并且给所有这些段落注明了出处。课堂上使用的译本如下:

  Montesquieu,《论法的精神》(*Spirit of Laws*), trans. Thomas Nugent (New York: Colonial Press, 1900) [个别部分由使用其他版本的人提供]。

  Montesquieu,《波斯人信札》(*The Persian Letters*), ed. and trans. J. Robert Loy (Cleveland: World Publishing, 1961)。

关于施特劳斯课程文字记录稿整理计划的历史,有关这方面的概况以及编辑方面的指导原则,请参见前面有关记录稿的一般说明。

英文编者导言

潘　戈（Thomas L. Pangle）撰

　　这两份记录稿集中体现了施特劳斯课堂教学和他的那些成书作品之间的强烈对比，这个对比在他的整个课程中非常明显。在课堂中，施特劳斯更为轻松随意、十分健谈，善于探索，更直接地面对学生听众，但也正因为如此，较之他的其他所有成书著作来说，他在课堂中的观点就不那么唾手可得，不那么清晰，不那么复杂，不那么敞亮，也不那么彻底。换句话说，他的课堂教诲在最基础的意义上是导论性的。唯有在极少数场合，我们才能瞥见他最严肃的思考和最深刻的追问。因此，在这些课程中，施特劳斯给出了论证的非常诱人的线索，但也仅限于此。这个论证归功于马基雅维利，通过马基雅维利，他看到孟德斯鸠自认为已经解决了启示宗教对理性主义的各种挑战。在这些线索中，最清晰的线索出现在第二次课程中，施特劳斯在那里对《论法的精神》第25章第12节做了如下评论：

　　　　这是一段非常精彩的论述。我不知道还有什么可以同它相提并论，尽管在我看来，它是极其少见的作家和政治家的实践背后的一类规则或原则：这就是通过改变重点从而引诱人们远离某种宗教，在这里，孟德斯鸠放在核心位置的是，通过生活中的那些有用的东西来攻击宗教，通过尘世生活中的那些有用的东西来攻击宗教，[使]人们忘记他们的宗教。这是极少数政治家多多少少出于本能做过的事，并且也是像孟德斯鸠这类人有意地做过的事。

(1966年春季课程,第三讲)

稍后施特劳斯又给出了如下评论:

就这整个问题的理论讨论而言,在何种程度上,它是一种对于启示宗教的批判,并且着眼于尘世福利的正当性的标准?这是值得考虑的一个问题。我们可以正当地说,与人的救赎相关的启示宗教本身并不关切,或者仅仅是以一种非常次要的方式关切政治的福祉。但是这一开始于马基雅维利的现代传统,试图表明基督教欧洲相对于比如说古代共和制的罗马在政治上的劣势,或者甚至可能是相对于伊斯兰国家在政治上的劣势,正如马基雅维利在其著作中不时地向我们表明的那样,以及相对于土耳其的某些征服者和统治者在政治上的劣势。并因此,他们将这视为一种充分的批判。这是一个重大的问题。是否这一点在原则上是充分的呢?自然地来讲,启示宗教的代表人物们通常会出于为自己辩护的那些理由,倾向于拒绝这一点。但是在我看来,这并非问题的核心所在。(1966年春季课程,第四讲)

至于孟德斯鸠本人对于神的信和不信,施特劳斯就第24章第10节及其对于廊下派的称颂做了如下评论:

这是一个非常重要的观点,但是其完整的含义在这里还没有十分清晰地展示出来。我们必须考察孟德斯鸠在受到耶稣会会士和詹森派教徒的那些攻击之后撰写的一篇简洁的文字,也就是"为《论法的精神》辩护"。在这里孟德斯鸠说,指责他的那些人宣称廊下派是自然宗教的追随者,也就是指某种类似于自然神论的东西。"在我看来,他们是一群无神论者。"我对此感到非常吃惊。这一点当然产生了非常严重的后果,因为他是以对培尔的批判开启这本书,而无神论与社会不相容。在这里我们听到所有时代的那些伟大君主,尤里安还有两位安托尼乌斯,这些廊下派,都是无

神论者。(1966年春季课程,第五讲)

很遗憾,施特劳斯没有为我们留下有关孟德斯鸠的自成一体的书面作品,仅有少量饱含深意的评论——在这些课堂记录稿中,我们可以找到有关这一点的一些微弱的或者说模糊的证据。

在他的第一篇公开出版的重要的有关卢梭的解释性研究中,施特劳斯用了一些篇幅来讨论孟德斯鸠的共和理论对卢梭的影响,或者(更为关键的是)卢梭对于孟德斯鸠的共和理论的批判。[①] 在那里,施特劳斯写道:孟德斯鸠"虽然赞赏古典的古代精神,但至少从表面上看,他摇摆于古典共和政体和现代(受到限制的)君主政体之间"(《论法的精神》,第二章第4节,第五章第19节和第二十章第4节与第7节;对观第六章第3节和第十一章第6节)。"这种明显的摇摆是因为孟德斯鸠意识到作为政治原则的'德性'有着内在的问题。""德性的要求与政治自由的那些要求并不一致,事实上它们有可能相互对立。""对于德性统治的诉求,可能无异于要求大面积干涉公民的私人生活,这种要求可能与人类放任自流的种种任性和弱点发生冲突,而孟德斯鸠似乎已把这些视为人性不可或缺的部分。"施特劳斯继续说道,其结果就是,孟德斯鸠不得不"规定,德性的要求必须受制于有关'审慎'的考虑,因此他就将立法者的德性等同于节制"。而在孟德斯鸠看来,节制不过是"较低层次的德性"。从"有别于德性的自由出发,孟德斯鸠更喜欢英国的秩序,而非古典时代的共和政体"。孟德斯鸠因此"转向,或者返回现代立场,即试图从商业或封建荣誉观所培养的精神中寻找德性的替代物"。

因此,这里所谓的"明显的摇摆"就似乎是出现在现代人的特定支持中,而不同于古代和与古代相对立。而在第一次孟德斯鸠课程中,施特劳斯在对第二十章第1节的评论中宣称:"孟德斯鸠是如下这类人之一,他们在数量上极少,而不是很多——他们作为反对普通的人类恶

[①] 《论卢梭的意图》,载于《社会研究》(Social Reserch 14:4),1947年12月,页459-460。[译注]中译文参见冯克利译、刘小枫校订,载于刘小枫:《设计共和》,华夏出版社2013年版,页276以下部分。

的解毒剂来说是有用的,如果我们不为之做点什么的话,我们所有的人都可能会遭受到这种普通的人类之恶,这就是想要做到两全其美。更合理的看法是认为,任何事物都有代价,要抛弃其他一些东西"(第17讲,1966年冬季课程)。施特劳斯返回到了这一可能是从孟德斯鸠那里学来的重要教诲——这就是我们面临着根本性的其他选择。并且理智上的轻率和缺乏真诚的一个具有损害性后果的来源(crippling source)就是,我们试图通过模糊它们之间的相互矛盾,试图将那些吸引我们的不能相容的东西结合起来。在第二次课程有关第二十一章第14节的评论中,施特劳斯说道:

> 这是一段精彩的论述,是普遍真理的一个例子,这就是两全其美。我还记得,我曾遇到过一些人,他们宣称自己属于亚里士多德时代的人。并且,尽管我们知道亚里士多德一直以来都不是民主派,他甚至还公开支持奴隶制。这些人解释亚里士多德,就好像在读一个反对奴隶制的人一样,并且将他视为一个成熟的民主派。亚里士多德之所以魅力四射,是因为这一失败的解读是如此普遍,就好比说两全其美。在我看来,这一点能够打动人,但毕竟这也是一种失败。这是一个要点。(1966年春季课程,第三讲)

在《什么是政治哲学》一书中,施特劳斯更为简练地论述了卢梭和孟德斯鸠之间的关系:他说,孟德斯鸠的"善于绕来绕去的智慧,因其魅力而腐化,因其腐化而生魅力,这种人的降格,激发了卢梭充满激情的,但仍然是令人难忘的抗议"。①

卢梭充满激情地反对孟德斯鸠矮化了政治哲学有关人身上那些人性的东西的观念,施特劳斯因此展示了他对卢梭的做法的一种深刻同情,尽管如此,施特劳斯也澄清了他的如下认识,即在某种重要的意义上(在施特劳斯看来,卢梭充分地领悟到)孟德斯鸠起而反对"托马斯主义的自然法",而试图"在治国理政的技艺方面恢复被托马斯主义的

---

① 《什么是政治哲学》,页50(中译本参见李世祥等译,华夏出版社2011年版,页41)

教诲极大地限制的范围"。尽管他也指出需要发掘"孟德斯鸠私底下的想法",但施特劳斯总结说,"作为一个研究政治的人,作为一个在政治上理智健全的人,他所明确教导的东西,更接近于古典派的,而非托马斯的精神。"①在第二次课程中,在对《论法的精神》的第十四章第 10 节的评论中,施特劳斯指出,孟德斯鸠的"整个进路指向对普遍有效的公法的拒斥","考虑到自然所带来的无限多样的生活方式,普遍有效的公法就是不可能的。在这个问题上,孟德斯鸠很显然与霍布斯和洛克决裂,而以某种方式回到了柏拉图和亚里士多德"。"同一种政体并不是在所有条件下都是可能的或者好的。"并且"在这里也暗含了其他的观点,这就是任何自然法都不会是普遍有效的"。

在孟德斯鸠的两次研讨课程的第一次中,在讨论《论法的精神》的开篇时,施特劳斯强调,孟德斯鸠与现代人(马基雅维利、霍布斯、斯宾诺莎和洛克)在反对古典方面,有着深刻的一致性,尤其是反对古典作家对于作为整体的自然和人性的理解。具体来说,施特劳斯指出,在孟德斯鸠看来,作为整体的自然受制于一种毫无目的的必然性,并且在他看来,我们的人性受情感而非理性规定。在之后的部分中,也就是在对第十章开头几节的评论中,施特劳斯注意到,"最明显的,并且,在某种意义上也是最重要的事是,在此,区分了出自自然的法和出自自然之光的法。"并且,后者[施特劳斯补充说]"是古老的经院哲学的表达,如今我们仍然在使用这个表达,它的意思就是理性法。"但是:

> 从这里的表述中,我们可以看到,两者的区别如下:自然法适用于一切物种,而不特别地属于人类。而理性法仅仅适用于人。但是有意思的是,这种理性法不再被称之为自然法。这不仅仅是一种术语方面的变化,而是一种非常深刻的变化,这就是从目的论的理解走向了一种非目的论的理解,关于这一点,我们在之前已经谈论过了。(施特劳斯在第二次课的开始重复了这一点)(1966 年冬

---

① 《自然权利与历史》,第 4 章("古典的自然正当"),结尾部分。孟德斯鸠教诲的这个方面对卢梭的影响,参见页 277。

季课程,第八讲)

在靠近第二次课程开始的地方,我们看到了施特劳斯的如下评论:"他[即孟德斯鸠]说,自由就是做法律许可的一切事情的权利[这里针对的是第十一章第3节的内容]。谁持有这种自由观?这是霍布斯的自由观。这不是道德的自由观,法律在这里是指实定法。它们可以允许一切暴行,甚至可能会要求这些暴行。"(1966年春季课程第一讲)

在他有关财产和贸易的教诲中,孟德斯鸠同古典政治哲学的决裂才表现得最为清晰,在第一次课程中,在对第二十章第3节的评论中,施特劳斯如此来论述《论法的精神》有关财产权的教诲和古人有关财产权的教诲之间的关键差异。对孟德斯鸠来说:

财产的保障意味着要保障对更多财产的获取。很显然,你可以在没有扩大财产的可能性的情形下,使自己的财产获得保障。说每个人从他的祖先那里继承了农场,并且将该农场传给自己的子孙,并不存在扩大财产的可能性。要想知道这些观念同古典思想究竟有多大联系,只需要读一读柏拉图和亚里士多德。但孟德斯鸠,就和他之前的洛克一样,关心的是获得越来越多的东西的自由,我们可以在《联邦党人文集》的第十篇中熟悉这一思想。大家看一看,麦迪逊在那里是如何[陈述]这一公式的:保障获得财产的不平等的能力。并且,就事情的性质而言,这里没有目标,也没有任何可能的限制。立法机关可以通过没收性的税收设置实际限制。它可能会这样做。但是从总体上讲,这里没有任何原则可以防止[无限的获取]。(1966年冬季课程,第十七讲)

在第二次课程的一开始,施特劳斯就为我们概述了他对于《论法的精神》的教诲的理解,这个概述非常有用,它告诉我们孟德斯鸠的教诲对于充分理解现代西方社会的动力原则有着本质性的意义。当然,孟德斯鸠在那部有影响的著作的一开始,显然就是以古典德性作为其方向。但是,"关键的地方",在施特劳斯看来,即"孟德斯鸠理解的那种德性,乃是激情","而对柏拉图和亚里士多德来说,德性肯定不是激情,而是一种面对激情的姿态。"如今,"德性的含义,如孟德斯鸠理解的那样,乃是完全地致力于共同善。"它"与亚里士多德所讲的那种普遍的正义有着特定的亲缘性,在亚里士多德那里,这种正义包含了其他一切的德性。"但是,"完全致力于共同善要求的那种德性,需要的是自我克制。这一点就产生了一个巨大的难题。"这是因为,"如果德性意味着要否定自我的话,那么,它就必定会以某种方式与自我保存相分离,并因此不能从自我保存中推出来。"对孟德斯鸠来说,"结果就是这样,由于关于德性和自我保存之间的冲突,存在着这种难题,因此孟德斯鸠就不得不转而批判德性本身。"而"这就意味着不仅批判古典哲学,也要批判基督教。""我们已经注意到,"施特劳斯继续说,"指导孟德斯鸠的规范,他看待事情的那种视角,随着论证的前行而改变了,因此,尽管德性的原则很显然直到第八章一直都是主导,但此后改变就发生了,在第十一章和第二十章中,一种全新的原则出现了。"这个原则就是"freedom,是的,或者说是 liberty,无论你喜欢哪个词都可以,但如果不将其视为是对德性的替代,就是一个误解。"更准确地说,"自由的根源,正如孟德斯鸠理解的那样,乃是霍布斯式的自我保存学说,而不是传统的学说。"其背后的观点,施特劳斯补充说,"在柏克 1791 年 6 月 1 日给利瓦罗(Rivarol)的一封信中得到了非常清晰的表述,我在《自然权利与历史》一书第 188 页中援引了这个表达。"这就是,如果德性可以"还原为"

一种仁慈或友善,抑或是自由的德性,那么,那种自我克制的严峻德性就会失去它的地位。这就是我对柏克思想的转译。柏克在谈到随着法国大革命走上前台的新道德时说,"巴黎的哲学家们推翻了那些抑制欲望的德性,使之变得面目可憎或可鄙,而代之以一种他们称之为人道或者仁慈的德性。"这就是孟德斯鸠想要引发的一种变革。人道或仁慈缺乏一种针对自身或者也可能是针对他人的严厉性,这是关键所在。和善[与]许可(permissiveness)取代了德性此前具有的严苛性,这是我们直到如今能够看到的一场伟大变革。在我看来,我们每个人都能举出一些例子来。最明显的例子是性道德,但这不是唯一的例子。(1966年春季学期,第一讲)

"在这部著作中上演的一幕内在的戏剧",施特劳斯承认,乃是"从德性到自由的运动",并且,"在我看来,这一点对于我们理解当前的社会来说有着非常重要的意义[强调为笔者所加]",施特劳斯继续说,孟德斯鸠"和霍布斯和洛克所做的那样,与古典政治哲学决裂,尽管他采取了略微不同的方式。"在"某些方面,他明显地回到了古典,在他的笔下找不到这一自然的公法,并且他也承认无限多样的环境的影响,它们在不同的国家、不同的条件下和不同的社会中,要求截然不同的政治安排。"但是,"在另一方面,我们可以说,他在现代的方向上较霍布斯甚至是洛克走得要更远。"

第二次课程的一开始有关孟德斯鸠的概要式论述非常具有启发性,而不仅表现在施特劳斯在那里表达了对孟德斯鸠的理解的某些重大保留。这一点在他比较详尽地讨论第二十一章第20节末尾部分的时候也出现了。在那里,孟德斯鸠宣称"于是,我们开始纠正马基雅维利主义(Machiavelism),而且一天比一天见效,做出决策时要多一些宽和。过去被叫做政变的事件,如今看来,除去它所带来的恐怖,只不过是轻举妄动而已。"对此,施特劳斯评论说:

> 这是一段非常特别的论述。在我看来,这就是人们说的以一种非常高贵的形式出现的自由幻相。因为在阿姆斯特丹,商品交易已经形成,这完全没有依赖那个大型的军事性君主国的权力,特别是西班牙,相反,那些军事性的君主国却依赖阿姆斯特丹的商品交易,这是他们无法控制的,货币市场,因此这里就出现了一种超政治的力量,超越了马基雅维利主义,这是他们必须要遵守的一种力量。《论法的精神》一书首次出版于七年战争爆发的八年前,腓特烈大帝的首次马基雅维利式行动也就是第一次西里西亚战争的八年后。十九世纪拿破仑三世治下,有一个名叫朱伊的法国人写

了一本书,书的主题是马基雅维利和孟德斯鸠的对话,在这本书中,作者让孟德斯鸠说了如下的话,正如我们所见,这非常正确,即认为这些事情不再会发生了。而马基雅维利则向他表示,这些事情很容易发生。只要特定处境中发生稍微改变,就会导致这些事的发生。朱伊指的是拿破仑三世在其帝国初期发起的那些改革……在那个时代,这种信念——这种高贵的、自由的[和慷慨]的信念——仍然罕见,它具有一种后来已经不再具有的吸引力,而如今你只能在贫民窟中找到它。我希望这是一个你们听得懂的主张,如今在许多情形下,它依然是迷人的和打动人心的,但正如我所说,它失去了最初的辉煌。如今,人们肯定会说,它是错的,因为在他之后掌权的是资本主义及其追随者,要等到社会主义或一种自由化的共产主义出现时,才会是它的天下。就仿佛人身上的这些肮脏的和残忍的事情都已通过社会改革而被清除。你可能会清除掉其中的一些,但取而代之的又是另一些。这一点是肯定的。因此,我要说,这是一段非常有意思的论述。(1966年春季学期,第二讲)

几页之后,施特劳斯回到了这个观点,并且做了进一步的发挥,说的是在他看来在某些思想家笔下严重缺乏节制,而这些思想家是以那种似乎是新古典主义的清醒(sobriety)为特征的。

> 孟德斯鸠拥有的这一确定性——在那些伟大的人物中他肯定是第一个——不会再发生了。我们已经达到了一个特定的阶段,就未来而言,特定的事情是不可能发生了。当然,这一点在时间的进程中会采取各种各样的形式。如今一个自由主义者说某事再也不可能发生,在根本上不同于孟德斯鸠这样说的意思。但思想本身却相同,并且是一个创新。之前,那些有思想的人通常认定,不管我们已经达到了什么样的阶段——不论是文明的高级阶段,抑或仍旧处于中等水平,这里都常常有一种陷入到野蛮主义的危险,方式有若干种,比如通过野蛮人的胜利,通过自然灾难,或者其他。

（1966年春季课程，第三讲）

施特劳斯坚持反复地激发参加研讨课的同学们对孟德斯鸠这一巨大失败进行复杂的反思，他将这种失败归结给了一般意义上的现代思想，它的最具启发性的典型特征是：

你们也许还记得《联邦党人文集》中的前几篇，在那里，汉密尔顿反对譬如康德这样的伟大人物共享的一种单纯的信念，这就是认为，贸易以及与之相随的共和主义，不是今天我们所说的共和主义，而是在传统的意义上所说的共和主义，将会使整个世界变得和平。汉密尔顿带着这种常识说了如下这番话：我翻阅了那些史书，想要考察共和国是否总是和平的。结果我看到一些人一直以来都对此表达质疑。但从某种意义上说，那些赋予现时代以其特征的，不是我们通常能够找到的（同样也在现时代中能够找到的）那种常识，而是这种独特的充满希望的思想，不管你们如何称呼这种思想。在这个方面，孟德斯鸠是最有魅力的代表之一，因为正如我们所知，他有着如此丰富的常识。（强调为我所加，1966年春季课程，第三讲）

并且也说道：

令人惊奇的是他为后来成为如此有影响的那些事情做准备的观点，以及仿佛为后来成为如此有影响的那些事情奠定基础的观点。在我看来，最引人注目的那些事实中的一个就是我不止一次提到的那段话，也是我们在课堂上读到的与进步有关的一段话，这就是进步再也不可能发生了。我们如今已经达到了一个层次，并且再也没有可能落到这个层次之下了，而在之前的时代，即便是那些相信进步的可能性，并且相信我们已经获得了伟大进步的人，他们也想当然地认为一种新的野蛮主义、一种新的衰败可能会发生。在我看来这是一件非常新奇的事。我想要搞明白的是，是否我们可以在较孟德斯鸠更早的时代,发现这个直到我们时代仍然有着非常强有力影响的观点,这就是认为不可能会蜕化到野蛮主义。比如说,一个如此著名的摆脱了进步错觉的人,也就是法国作家索雷尔,也不加质疑地认定欧洲将仍然始终保持其作为欧洲的地位,永远不可能沉落,而如今我们可以委婉地说,我们对法国沉沦的可能性保持一种开放的心态。(1966年春季课程,第四讲)

"我们已经卖出了大量货物",施特劳斯告诫我们说,

> 从十七世纪开始,它一开始就似乎具有一种绝对的可靠性。它改善了地球上人们的命运,并且那些极少数的问题,那些最重要的实践方面的问题,也将消失了。这是培根和笛卡尔这些人最初给我们承诺的未来,并且这些承诺在比如说孟德斯鸠这些人的笔下得到了进一步的阐发。

施特劳斯对于孟德斯鸠的保留,即对于后者有关人类感情的理解所做的保留出现在施特劳斯对《波斯人信札》的讨论中。在第116封信中,孟德斯鸠笔下的一个人物提出了一种典型的关于允许离婚的现代论证,为其奠基的是如下主张,即在婚姻中,"感情必须占据重要位置",而传统,在其对婚姻关系必须永恒存在的强调中,"试图把感情固定下来,而感情正是人性中变化最大、最不稳定的东西,人们将两个几乎总是不相匹配、彼此无法忍受的人联结在一起,而一旦结成联姻,便无可挽回,无望改变"。孟德斯鸠笔下的那个人说,传统"就像那些暴君,把活人和死尸捆绑在一起"。对此,施特劳斯做出了如下评论:

> 在这里,问题是这样的。对离婚来说,不应强制性地将无法彼此相融的人绑在一起。但这里的说法超出了这一点。感情——他们必须从感情深处彼此相爱。但感情是不受控制的,或者说无法固定下来,因为它是世界上变化最大、最不稳定的东西。这一点当然就大大超出了孟德斯鸠的主要目的,也就是说离婚的权利。因

此,人们会在结婚两年之后轻而易举地陷入到爱情之中,并且,如果这一点并没有遭到共同体道德的强烈抵制,那么它们就当然会产生在我们这个时代常常看到的结果。

　　一般来说,如果的确具有这种品质,那么我们是否可以在感情基础上建立任何制度呢?首先,在这种相对来说古老的看法看来,婚姻并不意味着爱情,我在这里所指的是我们今天的意义上所讲的爱情,难道这不是一个更明智的看法吗?当然,这些问题孟德斯鸠并没有再度提及,对他来说这个问题已经是解决了的。这也是他的自由主义的一部分。感情与制度相对立。这是同一个故事的另一个部分。(1966年春季课程,第十五讲)

接下来,施特劳斯反复地回到了现代人对柏拉图所谓的爱欲(eros)的理解上面:

　　关于爱情是婚姻的基础这个问题,我一直在重读简·奥斯汀的小说,我非常喜欢她的小说,但这次阅读比以往任何时候都对如下事实深有感触,也即,在她看来,或者至少是在她笔下的女主角们看来,一位真正端庄的女性,一位有道德的女性,是不会与自己不爱的人结婚的。否则,道德就是——这里有许多段落都可以很好地用在一本关于亚里士多德《伦理学》的评注中,但这些东西不是亚里士多德意义上的。我不是说它与亚里士多德的观点冲突——但仔细思考一下,我们就可以肯定地说,这是与他的观点冲突的,只要你想一想他在《政治学》中的那个美妙设想——45岁的男人应该娶18岁的女子为妻,这样他们差不多会同时达到生育的巅峰时期。(1966年春季课程,第十五讲)

　　孟德斯鸠的意思是——在多大程度上他能使感情成为婚姻的中心,这一点很难说。如果仅仅从字面上来看这一点,就会使婚姻完全取决于心血来潮,取决于激情和非激情的起伏,但我还不能这样说。孟德斯鸠头脑非常清醒,并且作为高等法院的法官,他不会轻易地认为能够将感情作为婚姻是否应该继续保持下去的唯一标准。只要考虑一下孩子的问题就够了。(1966年春季课程,第十六讲)

在这种语境下,施特劳斯最终走向了对孟德斯鸠整体教诲的一种独特反思——从整体上讲,孟德斯鸠的教诲与柏拉图的全部教诲背道而驰,我们在这里可以用施特劳斯的这个反思来作为这个导言的结语:

这里也有一种可能性,即在人这里,还有其他某种东西,用基督教的话来说,这就是良心。用柏拉图的话来说,是对美的热爱,是对高贵之物的热爱,但孟德斯鸠在何种程度上提供了这一点,却很难说,至少不那么清楚。——我的意思是,不仅在《波斯人信札》中如此,在《论法的精神》中也如此。(1966年春季课程,第十六讲)

第 一 讲

1966 年 4 月 27 日

......①

[184]施特劳斯:好了,首先,你提到出版日期,1721 年。这是在《论法的精神》第一版出版的 27 年前。这就产生了一个非常著名的难题,这就是,撰写《波斯人信札》的那个孟德斯鸠是否和撰写《论法的精神》的是同一个?我们已经对晚期的孟德斯鸠有了一些了解,但在读完和讨论《波斯人信札》之前,我们无法回答这个问题。我们必须保持开放的头脑。也许在这两本书中是同一个孟德斯鸠,我的意思是在某些关键性的方面,这两本书的观点相同。但也许孟德斯鸠的思想发生了变化。

在这本书讨论的许多主题中,你的文章特别提到它对法国摄政统治(French Regency)的评论。假如孟德斯鸠真的涉及到了这个问题,那么这和比如说,与论题似乎没有什么关系的(non-topical)主题,也就是穴居人的主题之间有什么联系呢?比如,今天一个文化人能对 LBJ 管理(LBJ administration)发表评论,不是一件难事,当然,孟德斯鸠也可以针对法国的摄政统治做同样的事。但区别在什么地方?也就是在孟德斯鸠的《波斯人信札》中,即便我们仅仅考虑今天的人们才有兴趣读的部分,在他对法国摄政统治的评论和我的意思是新闻记者对法国摄政统治的评论之间有什么区别?

---

① [中译编者按]这里省略了之前涉及《论法的精神》的内容,该部分内容放在《从德性到自由:孟德斯鸠〈论法的精神〉讲疏》(即出)的附录中,这个省略的部分以对土耳其宰相的讨论作结,在施特劳斯看来,这是向《波斯人信札》的一个自然过渡。

学生：我不敢肯定自己是否听懂了您的意思,但在我看来,孟德斯鸠的评论似乎不那么直接……

罗斯(Mr. Roos)：呃,这里有一个简单的区分,看起来,如今的新闻记者可能会对于具体的政策,具体的人物进行评论,而孟德斯鸠则使用了某些类似于……更普遍的材料……

施特劳斯：是的,但是你说的还不足够准确。

学生：呃,当他谈到法国摄政统治时,就像一位波斯人那样说话。当他谈到穴居人时,他说起话来如同……

施特劳斯：这一点也并不——我的意思是某种更简单的东西。一个评论者通常情况下会诉诸某些特定的判断原则。或者如果他掩盖这些原则,就会变成一篇讽刺作品。因此,它就不会是价值中立(value free)。但孟德斯鸠所做的已经通过有关穴居人的系列书信得到了说明,这就是表述了原则本身,并为之做了合理说明。这一点是否充分是另一回事,但它肯定是必须被说出的东西。

[185]在你用来对《波斯人信札》进行一般性描述的范畴中,出现了这样一些词,"书信体小说"(epistolary novel)和"观念小说"([a] novel of ideas)。这些东西相互排斥吗?

马利伟特(Mr.Meriwether)：不是。

施特劳斯：不,显然相互排斥。因此,你在脑海中想到的是什么,或者你引用的那个人究竟想的是什么?

马利伟特：这不是一个直接引用,但我注意到,他提到的有些评论,也就是在导论中,出于这方面的考虑,我认为它是作为一种复合的体裁(mixed genre)而被提及,被作为一种书信体小说来引用。这里也有《波斯人信札》的评论者认为这是一本观念小说。我不过是……

施特劳斯：我知道。换句话说,你不想使用这些作为区分。

马利伟特：是的,我不想。

施特劳斯：但这里也有一种可能是潜在的区分。当我们在今天思考一部小说时,我们所指的主要是对某些人类行为及其遭遇的某种叙事。我接受这种看法。而观念就不是人类的行为或遭遇。那么,孟德斯鸠做了一些什么呢?《波斯人信札》通篇很少提到人类的行为和遭遇,并且这里,正如你引用的权威作者告诉你的,也有一些观念。那么,在这样一本书中,在这两件事情之间,也就是在行为、遭遇与观念之间,有着怎样的联系呢?或者我们不妨这样说,可能的联系究竟是什么呢?

兰肯:在这本书中,具体的行为和遭遇在很大程度上都从属于观念,它们都只不过是一些例子。孟德斯鸠并不打算把握这些偶然性的事件,并且在其特殊性中来关注它们,但是他们几乎"看到了我眼下要告诉你的东西"。

施特劳斯:但更重要的东西是什么呢?在某种意义上,观念肯定更为重要。但是在另一种意义上,另一种讲法可能更为重要。好了,我们已经讨论过,在阅读《美诺篇》时,你们还记得,我们讨论过行为和言辞。在这里行为可能要比言辞更有启发性。并且,在我看来,从这个区分出发要比从其他区分出发要更明智。

接下来我要谈谈这个学期接下来的课程。从现在开始,我们不需要提交论文,也许对于你们来说是一个福利,尤其是对于那些厌恶读论文的同学们来说。但不这样做又会增加我们中的任何一个人的担子。我们都必须阅读那些指定的阅读内容,如此我们的讨论才有效。下一次我们将讨论第24-47封信,如果你们中有人还没有读过前23封信,那么,你们还应该阅读这些信,否则你们就无法跟上我们的节奏。我可以向你们保证你们不会觉得乏味。读《波斯人信札》不像是读社会学刊物,或者这种类型的刊物。它的味道和那些东西都不一样。我这样说并不是想[186]反对社会学刊物。但这样说也不意味着《波斯人信札》就是那种用来打趣的读物。

好的,接下来进入到《波斯人信札》中,首先看看它如何开始行文。郁斯贝克写信给他住在伊斯法罕的朋友吕斯当,这是一个波斯人。那个地方现在好像仍然叫伊斯法罕,我不知道,我不是这方面的专家。你们知道,它们的名称总是换来换去。这里有一个地方叫君士坦丁堡,但眼下已经没有人这样来叫它了。① 好的,我们接下来开始阅读开端

---

① [译注]如今叫伊斯坦布尔。

部分。①

兰肯[读文本]：

我们在科姆只待了一天，朝觐了生过十二个先知的圣母墓后又上路了……

施特劳斯：这里还有一些话，我们就不读了。好的，这句话已经透露出要旨，圣母生的不是一个先知，而是十二个先知。好的，我们接下来读下一段。

兰肯[读文本]：

我跟里加由于渴望增长知识，离乡背井，抛弃平静生活的温馨，辛辛苦苦出来寻求智慧，在波斯人中，我们可能是头两个人。

我们诞生于繁荣的王国，但是我们认为王国的边界并不就是我们知识的极限，并且，也不是唯有东方的智慧才能启蒙我们（nor that Oriental insight alone should enlighten us）。②

施特劳斯：译文有点问题，应该是"不应只用东方的光明来启蒙我们"（the Oriental light should alone enlighten us）。顺便问一句，你们的译本中是否带有导言呢？我们应该读读导言的第四段。

兰肯[读文本]：

书中那些写信的波斯人曾经跟我住在一起，朝夕相处。他们把我视为另一个世界的人，所以对我什么也不隐瞒。事实上，从那

---

① [译注]从这里开始进行对《波斯人信札》正文的研讨。本书的《波斯人信札》中译文主要参考了梁守锵译本（商务印书馆，2006 年版），读者亦可参考罗大冈译本（人民文学出版社，2012 年版）。译者在少量地方根据施特劳斯所用英译本做了改动，以下不一一注明。

② Mnontesquieu, Charles de. *The Persian Letters*, Translated by Robert Loy（Cleveland&New York: Meridian Books, 1961），第一封信，页 47。

么远的地方移居来的人无须再保守秘密。他们把大部分信给我看,我把这些信抄下来。其中有些甚至使我惊奇,他们本不该让我看的,因为这些信的内容极大伤害了波斯人的虚荣和傲慢(pride)。①

施特劳斯:译文有问题,应该是"和嫉妒心(jealousy)"。好了,你们在这里看到,他允许了如下这种可能性,即在这里有一些信件他没有向我们展示出来。因此,这里的坦诚并非百分之百,并不是必然的。在这里,郁斯贝克关注智慧,这一点就更为清晰了。智慧同样意味着的——这只是同一件事的另一种表达,他希望将自己从自身的偏见中解放出来,这种愿望是《波斯人信札》一书的作者和他共有的。这也是一个古老的说法,你们只需要去读一读《奥德赛》的开场,就可以看到这一点,那里说,"奥德修斯看见了众多城邦的法律和心灵"。而这是与奥德修斯的独特的智慧相互联系的。从偏见中解脱乃是一种类型的疏离(alienation),是懂得用一种外来者的眼光,一种外在的眼光来看自身,这是[187]支撑着《波斯人信札》以及所有那些并不只是轻率之作的这类作品的最为普遍的考虑。这也是郁斯贝克一生的一个主要特点,但这里也有另一个东西,一个同样有力的关切,这是我们无法忽视的,是什么呢?

学生:确保他的女人们的安全。

施特劳斯:是的,是对他的妻子们的关切。我们来看看第2封信,这封信是写给黑人阉奴的,我们在这里读读第二段话的末尾部分。

兰肯[读文本]:

你以替她们做最下贱之事为荣。你毕恭毕敬、诚惶诚恐地服从她们正当的命令,你像她们的奴隶那样伺候她们。但是,当你担心用来维持风化与节操的法律松弛时,你就要像我本人一样,以主

---

① 《波斯人信札》,导论,页43,44。

子的身份发号施令。①

施特劳斯：好的,就到这里。我们翻到下一封信,也就是他的女人扎茜写的信。我们读读第二段,我来给大家读一下,在这里,扎茜描述了她对郁斯贝克是多么的亲近和服从。[读文本]

> 我们不得不脱掉这些服饰,以天然本色呈现在你的眼前。我完全不顾羞耻,一心只想挣得荣誉(pudeur)。

你们在这里看到,非常有意思的是,这里存在一些必须由阉奴去施行的羞耻法,但是在郁斯贝克和他的妻子们之间却不存在这种法律。这是一个重要的考虑因素。因此这里就似乎有两个核心要素,一是郁斯贝克对智慧的关切,另一个则是他对自己的女人的关切。那么,这就当然需要解释,我们接下来就将会进入到这种解释。好了,我们转到第5封信,我们在这里不可能完全读完这封信,我的意思是,在课堂上我们无法将这封信通篇读一遍。

学生：您的意思是说,郁斯贝克关心的不仅仅是他的女人？他的女人显然代表了他的荣誉,因此,在某种意义上,你可以说他关心的不过是保全自己的荣誉。

施特劳斯：是的,可以这么讲。但是,一个人关心自己的荣誉有许多种方式。为何在这里仅仅通过女人来实现呢？这可能是一个问题,难道不是吗？我在这里的意思是,人们非常关切自己的荣誉,比如说士兵,他们的荣誉就不取决于女人。因此,这个问题就仍然存在。稍后我们将看到这一点意味着什么。

一开始就很明显,一个波斯的绅士,我们不妨可以这样说,他具有一种罕见的对于获取智慧的追求,在这里还不是如今的那种有组织的乘飞机的旅行,在专家的指导下,两个星期就可以游玩全欧洲了。因此,郁斯贝克的旅行非常危险并且充满艰辛。但郁斯贝克不怕麻烦,一

---

① 《波斯人信札》,第二封信,页48。

路上他只担心一件事,这就是他的女人,除非他能获得智慧,否则这些女人将一直被幽禁起来,以致饿死。你们在这里看到,尽管这种对智慧的欲爱对他来说是某种非常值得称颂的东西,但是我们可以说,他对他的女人们极不公道。他原本是要将她们都带在身边的,如果是在今天的话,估计他会这么做。我已经看到过,这里有少数来自多偶制国家的学生,他们是带着自己的妻子们过来的,但至少就我所见到的,我认为,他们还没有像郁斯贝克那样多的妻子。

[188]接下来我们转到第5封信,在这里,我们可以发现有关郁斯贝克的更多信息,在吕斯当来信的第二个句子中,他说,[读文本]

> 人们无法理解你会抛开你的那些女人,离开你的父母,你的朋友,你的祖国,到波斯人从未到过的地方去。

顺便提一下,这是《波斯人信札》中第一次提到女人。为何是这样的?这就给予了郁斯贝克一个解释为何他要离开的机会。这个离开的行动是一个非理性的行动。之前不曾有任何波斯人这样做过,但他却这样做了。在接下来的一封信中,他对于他的朋友内西尔说了如下的话,大家看看最后一段话的开头。

兰肯[读文本]:

> 内西尔,并非我爱她们。在这方面,我已麻木不仁,不会产生什么欲念,在我妻妾成群的后房,我曾经防范产生奸情;并在产生之后,用爱情摧毁这种奸情。但是我虽然态度冷淡,却还是产生了一种暗暗的妒忌,它煎熬着我。

施特劳斯:换句话说,这并不是单纯的爱,甚至也并不仅仅是欲望。在郁斯贝克对于他的妻子,他的女人们的关切的背后,是一种嫉妒。接下来我们转到他的妻子们给他的信,比如说,在第7封信中,我们看到,他的妻子们爱他,她们是爱他的,但她们的爱并没有免于各种麻烦。她们是被迫爱他的。郁斯贝克作为一个自由人,不是被迫地去爱他的妻子们。接下来我们看看,在第 7 封信中,这是法特梅写给郁斯贝克的信,读一读第二段。

兰肯[读文本]:

  当我嫁给你的时候,我还没见过一个男人的面孔,你现在还是允许我看到的唯一的男人……

施特劳斯:接下来读一读这段话的末尾部分。
兰肯[读文本]:

  我向你发誓,郁斯贝克,我挑选的一定是你。世上只有你一个人值得爱。

施特劳斯:好的。那么,这里的逻辑是什么?这是一个好的逻辑吗?缺陷在哪儿?在此我们并不需要深入到逻辑的任何精细的地方中去。

学生:这个女人不知道任何其他的男人。

施特劳斯:因此这里就不可能有比较。换句话说,她的爱建立在无知的基础上。这个事实就适合于一种更宽泛意义上的解释,因为,通过另一种方式,对于法特梅是真实的东西,对于除郁斯贝克之外的以及那些非波斯人之外的波斯人都是真实的。因此,我在此提出这个比率:这个特别的后房之于波斯,就好比波斯之于世界。正如人们认为他们自己的就是最好的,在许多情形下是因为他们并不知道还有其他东西,相同的说法也正确——这是一个古老的说法。在这方面,希罗多德有过一些说法,如此等等。至于后房中妻妾们所过的悲惨生活,我们也可以在同一封信中读到,读读倒数第三段末尾:"更不幸的是,她甚至无法以自己的优越条件去为他人的幸福服务……"

[189]兰肯[读文本]:

  ……她成为后房无用的装饰品,只是为了丈夫的荣耀,而不是

第 一 讲　　　　　　　　　　　　　　　27

为了丈夫的幸福而摆设着。

施特劳斯：好的。接下来读最后一段话。你们会看到,在这里程序暗示的就是我们刚刚读到的内容。让我们看一看随后会产生一些什么样的想法,并且当我们有足够多的材料汇集起来的时候,就将它们放到一起来。好了,接下来读下面的两个段落。①

兰肯[读文本]：

你们这些男人心肠真狠,你们高兴地看到我们激情难抑而无法满足,你们把我们当做没有七情六欲的人；而我们要真的这样,你们又要大大生气了。你们相信我们如此长期受到禁锢的欲望,一见到你们男人,就会激发出来。让人爱上自己并不容易。你们让我们的官能陷于痛苦(affliction),好计自己更方便地获得……

施特劳斯：译文有问题,应该是"让我们的官能陷于绝望(despair)"。

兰肯[读文本]：

……你们让我们的官能陷于绝望,从而更方便地获得你们不敢从自己的长处中获得的东西。

再见,亲爱的郁斯贝克,你可以相信,我一生只为爱你而活着。我心中只有你,别离不但没有使我忘掉你,相反,使我对你的爱更加炽热,如果我的爱情还能变得更为炽烈的话。

施特劳斯：好了。就到这里。换句话说,在这个地方,当然是在波斯,男人和女人之间的关系,就类似于上帝和人之间的关系。女人崇拜男人,在世界上没有什么东西——这是这个句子的双重意义——在世

---

① [译注]这里施特劳斯所指的下面的两个段落,是指倒数第三段下面的两个段落。他说的这个程序以及放到一起来的材料,指的就是将第7封信的最后一段话和倒数第三段话放到了一起进行分析。

界上没有什么东西像你一样值得我去爱。在这里女人就把男人神化了。我也留意到,迄今为止,在女人们写给郁斯贝克的信中还没有虔敬的迹象。我这样说对吗?虔敬将在适当的地方出现。有人举手了,你有什么问题?

学生:我想要将这一点扩大。阉奴似乎以某种方式提醒我们,他们在独身教士那里受过训练。

施特劳斯:是的,但我们必须要等待孟德斯鸠在这个方面的发挥。很好,我很高兴你能看到这种可能性。在这样一本书中,很难给一个人的想象力划一个准确的界限。好了,接下来我们读一读第8封信的开头部分。

兰肯[读文本]:

"郁斯贝克寄友人吕斯当"。

你的信在埃泽龙收到,现在我住在此地。我早就料到我的远行会引起议论,我才不管这些呢。我的敌人有狡猾的计谋,我有我的谨慎打算,你说我该听谁的?

[190]施特劳斯:在这里,郁斯贝克第一次提到了他的前史,究竟是什么导致他成为一个远行者。他在接下来的两段话中这样说。

兰肯[读文本]:

我从幼年时起便出入宫廷。可我敢说,我的心并未受宫廷生活的腐蚀,我甚至拟定了一个宏伟的计划,我敢于在宫廷中做有道德的人。我一发现邪恶,便避而远之,可然后我又去接近邪恶,因为我要把它揭露出来。我甚至还把真情上奏国王,我发表了一通迄至当时还没有人说过的话。我使阿谀奉承者惊慌失措,但我同时也使崇拜者及其偶像惊讶不已。

但是,当我看到我的真诚率直为我树了敌人,我引起了大臣们对我的妒忌而并没有博得君主的宠信。在一个腐化的宫廷中,我只能靠薄弱的德性坚心守志,于是我便决定离开这个宫廷。我佯装极其热爱科学,结果弄假成真。我不再参与政务而隐退于乡间别墅。但这办法本身也有不妥之处:我的敌人随时可以算计我,而我却几乎无法自卫。根据一些人私下的建议,我认真考虑了自身的安全,决定远走异国他乡。而我早已退隐林下,可以为我出国找个差强人意的借口。我去陛见国王,向他表示想学习西方科学的强烈愿望,我委婉陈辞,说明他可能从我的远游中得益,蒙国王恩准,我走成了,于是我便免于成为我敌人的牺牲品了。

施特劳斯:换句话说,郁斯贝克远行的直接原因是对自己生命的恐惧(fear for his life)。因此,他的逃亡、流亡,是一种自愿的流亡。但正如他所认定的,他的女人们在某种意义上是[安全的]。但这一点取决于他的那些阉奴们,取决于这些人是否值得信赖。我们稍后就可以看到在这里会有一些麻烦。

接下来我们转到下一封信,也是迄今为止最长的一封信。这封信是阉奴总管寄给伊毕的。当然,在这里我们无法读完整封信。在这封信中描述了阉奴的可怜命运。他除了接受命令之外,几乎丧失了一切快乐。他必须尽可能地表现出伪善。我们在这里读一读第六段话的末尾:"她们想好点子,我突然出来制止住。我的武器就是拒绝⋯⋯"

兰肯[读文本]:

我的武器就是拒绝,处处一丝不苟,嘴边总挂着义务、道德、廉耻和端庄这些词。[191]我不断跟她们谈到女性的弱点和主人的权威,使她们不敢有任何非分之想。然后我自怨自艾说自己如此严厉实出无奈,我装作要她们了解:我没有别的用意,只是为她们好,我对她们有着十分深厚的感情。

施特劳斯:好的。就到这里。他说的感情当然不存在。阉奴是没有爱的。那些女人爱郁斯贝克,但却不爱这些阉奴。阉奴不被任何人所爱,这是阉奴的特征。但他[握有]权力。这个事实,也就是说他不被人所爱这一事实,是他的权力之源,与此同时也是他的权力的限度。

这一点在这封信中得到了大篇幅的描述,并且谈到了各种细节。好了,接下来,我们看到了来自郁斯贝克的友人米尔扎的一封信,这封信中向我们透露了在郁斯贝克离开之前伊斯法罕的形势。

兰肯[读文本]:

> 我们在这里就许多事情来争辩,所讨论的通常都是有关伦理的问题。

施特劳斯:好了,接下来读最后一段,就足够了。
兰肯[读文本]:

> 我曾跟几个毛拉们交谈,他们满口成段成段的《古兰经》,真令我无可奈何,因为我不是作为真正的信徒,而是作为人,作为公民,作为人父跟他们交谈的。

施特劳斯:这里也设定了背景。在此关心的是道德,是伦理,但却是一种理性的伦理(rational ethics)。而那些神职人员,那些毛拉们,对此是毫无兴趣的。当然,如果郁斯贝克的立场不是这样,米尔扎就不会给他写这样的信。这一点很清楚。这是向接下来的四封信的一个自然过渡,马利伟特先生(Mr. Meriwether)针对这四封信已经做了较好的解读,也就是关于正义问题做了一个较好的解读。在这里我们听到了郁斯贝克有关正义,也就是道德的看法——这些主题是不可分的。郁斯贝克的推理支持正义,也就是说,反对无限度的自私,这个推理简单来说就是——这个推理表达得非常漂亮,但却并不新——人的相互依赖使得任何人想要无限自私变得不可能了。

马利伟特先生提到了柏拉图,我们尤其会想到《王制》卷一和卷二,想到忒拉绪马霍斯和格劳孔的论证。好的,但是,马利伟特先生,你知道,在穴居先民们持有的立场和忒拉绪马霍斯与格劳孔持有的立场之间的区别是什么吗?我的意思是,毕竟这一点非常根本,[192]即如果没有他人的帮助,就没有人过得好,至少在"好"(well)这个词的通常意义上来说是如此，并因此，你就必须强迫他们，否则他们就不会帮助你。这一点太细微，以至于忒拉绪马霍斯和格劳孔都忽视了。那么，帮助忒拉叙马霍斯和格劳孔走出困境的那个窍门究竟是什么？这一点在这里并未提到，马利伟特先生，你说呢？还是你很长时间没有读《王制》前面的部分了？你是否还记得在格劳孔那里，通过他脸上的微笑，我们可以很清楚地看到一个人如何变得最不正义和摆脱这种不正义。

学生：您是说巨吉斯的指环(ring of Gyges)吗？

施特劳斯：是的。换句话说，那些占据优势的人物可以走出来，可以避免这一困境。但这一对于占据优势的人物的提及在此消失不见了，因为一个特权人物能够，他是一个极聪明的人，因其天性或因后天的练习，欺骗与他一起生活的人，在成功地佯装是他们的友人的同时伤害他们。因此从这个占据优势的人的视角出发，这是一个罪犯的视角，广场上的人都是傻瓜。而从普通常人的视角出发，广场上的那些人都是明智的人，因为你必须得体地对待他人，否则你就不能期待他人能得体地对待你。但这里有一些特别之处需要我们考虑。你正确地说到，这些人因为自己愚蠢十足的自私而受到伤害。但他们中的极少数人却活了下来，并且造就了一个兴旺发达的社会。马利伟特先生，你还记得霍布斯的论证是什么吗？

马利伟特：霍布斯认为，在自然的战争状态中，那些有着基本常识的人相信，为了避免混乱，必须联合起来。

施特劳斯：但如果你追随霍布斯的论证，那么首先他们就会陷入这些麻烦，也就是每个人针对每个人的战争，接下来，他们就看到，这是一群傻瓜，然后他们就建立了和平。接下来我们来读一读第12封信的第七段。这些明智的穴居人建立了一个繁荣的社会，一个社会的奇迹。现在，我们读"傍晚……"

兰肯[读文本]：

> 傍晚，当羊群离开草地，倦牛拖回铧犁，人们聚在一起，在俭朴的晚餐中，他们歌唱，唱到穴居先民的不义和不幸，唱到在一个新民族中的德性和这个民族的幸福。

施特劳斯：好的，"一个新民族中的德性"和"穴居先民的不义"——这些难道不能提醒我们想到霍布斯吗？最初状态，原初状态，自然状态，他们都愚蠢地陷入到战争中。然而，在第二个阶段，在有了这个经历之后，他们变得明智起来。因此，换句话说，如果这是正确的话，自然状态就是一种糟糕的自然状态。

学生：区别难道不在于这里少了理性的算计了吗？理由就在这里，但是它完全沉浸在迷人的歌声中和对神的崇拜中，那两个开始这种生活的穴居人并不是人群中的聪明人，但他们的内在心灵却安顿在正确的地方。

[193] 施特劳斯：很好，是这样的。但郁斯贝克所说的，乃是正义的人相较不义之人在理性方面占据的优势(rational superiority)。

学生：但是理性上的优越性之所以起作用，是因为它以情感作为支撑。

施特劳斯：很好。但这一点并不与无限制的自私是愚蠢的这个事实冲突。并且你说，宗教为此提供了支持。这一点也完全对。但究竟是哪一种宗教呢？

学生：信奉多神的宗教。

施特劳斯：信奉多神的宗教，这一点非常重要。因此，你们有时可以在文献中发现的一个简单观点是，孟德斯鸠也许是一个自然神论者。你们知道自然神论[意味着什么吗]？一个单一的上帝，就像某些人说的是一个笛卡尔式的上帝(Cartesian God)。但这并不是我们在这里的基础。一种正确类型的多神论宗教，当然不会有一个谋杀自己生父的宙斯，这可能是——好的，你想要说一点什么？

学生：是的。从第四段以下，我认为，在这里我们可以看到，在穴居人的教导(我将其视为是孟德斯鸠的教诲)和《论法的精神》的主要线索(也就是说，在这一田园牧歌中与之相关的地方[douceur])之间存在着一种差异，但在《论法的精神》中，我们已经表明，德性以及捍卫共和式德性的那些严苛的不人道的法律，与这些友好的、衡平的家庭关系对立。孟德斯鸠在这里有更多的令人遗憾的教诲，它们与穴居人的田园生活的可能性相冲突。

第 一 讲

施特劳斯：我很奇怪你如此肯定穴居人的教诲就是孟德斯鸠的教诲。它不过是郁斯贝克的教诲。我们必须保持谨慎。我们不妨顺带读一读你提到的第四段。

兰肯[读文本]：

> 谁能在这里描绘出这些穴居人的幸福呢？一个如此公正的民族理应受到神祇的垂爱。自从这个民族睁开眼睛认识了神，他们也就学会敬畏神，于是宗教便来淳化自然在习俗中留下的过于粗野的民风。

施特劳斯：好的，换句话说，要想道德达至巅峰，宗教就是必要的。这一点很重要。好的，接下来我们读一读这封信最后一段话的开头。

兰肯[读文本]：

> 大自然向他们的欲望所提供的东西，正是他们所需要的。

施特劳斯：因此，换句话说，自然是好的，并因此，正义就是自然的——这两个方面相互联系。但是，如果这里有某些霍布斯主义的痕迹，也就是说，存在着一种糟糕的自然状态，那么，自然的善就必定受到质疑。在这里我仅仅将这一点作为问题提出来。你想要说什么？

学生：我认为，这个部分整体上揭示出来的就是存在两种可能的自然状态，也就是说，不存在公民社会。一种是霍布斯式的自然状态，[194]第二种则或多或少属于卢梭的自然状态，在那里，每个人都是幸福的，并且这里也不存在任何统治。

施特劳斯：但是，在卢梭的自然状态中，他们并没有生活在一起。在那里，他们都是孤独的、愚蠢的动物，或者你指的是通常人们对卢梭有关自然状态的思考抱有的那种看法。

同一个学生：是的，我这么想。

施特劳斯：但最好提一下洛克，自然状态是一种和平状态。甚至在洛克那里，它也不起作用，但至少初看起来对此，这里存在更有说服力的证据。好的。你有什么问题？

学生：孟德斯鸠是否改变了他有关宗教的效果的看法，因为在《论法的精神》的第三十一章第2节，他讨论过公民政府如何形成⋯⋯

施特劳斯：不妨等等，不妨等一下。我们目前还处在这个阶段，在这里我们试图阐述一些临时性的问题（provisional questions）。因此，不妨首先来理解一下这些问题。好了，现在必须结束有关穴居人部分的讨论。接下来我们读第13封信第7段。

兰肯［读文本］：

> 有人来对一个穴居人说：一群外邦人抢了他的家，把什么都拿走了。这个人回答道："如果他们合乎正义，我愿诸神保佑他们能比我更久享用这些东西。"

施特劳斯：换句话说，他们都是一些极其善良的人，并且对自己的所得从不恋恋不舍。唯有因为不幸，被人偷盗，他人向他展示了不义，他才不希望他人是最好的——这是一群极其和善的人。好的，我们进入下一段。

兰肯［读文本］：

> 穴居人这么欣欣向荣，不能不令人眼红。相邻的部族集合起来，找一个无聊的借口，决定要去抢他们的牲口。穴居人一听到这个消息，就派了代表到他们那里对他们说了一番这样的话。

施特劳斯：换句话说，从正义的行为中获得的世俗的繁荣会招致妒忌，然后招致战争，并因此，穴居人除了作正义的人之外，还必须成为战士。他们要成为优秀的战士，打败懦弱的进犯者。孟德斯鸠在这里并没有讨论任何困难的问题。换句话说，在这里他没有讨论，在面对侵犯者的自卫过程中，究竟可以走得多远，底限是什么？在这里他没有讨论这些问题。相反，做一个正义而又勇敢的人为什么会存在难题呢？

在此,这就是问题的回答。那么,它的目的是什么呢?这一点在第14封信中被说出来了。接下来我们读读这封信的开头。

兰肯[读文本]:

由于人丁日增,穴居人认为选举国王的时机已经成熟。

[195]施特劳斯:接下来我们读下一段的开头部分。

兰肯[读文本]:

人们派代表告诉他他已被选举为国王……

施特劳斯:也就是说,他是人群之中的最公正的人。这是一群公正的人,并因此,一旦他们想要有一个国王,他们就想要那个最公正的人做他们的王。很好,我们继续往下读。

兰肯[读文本]:

……他说:"上帝不容……"

施特劳斯:等一下,等一下。

学生:为什么是上帝呢?

施特劳斯:是的,这是他正义的标记。其他人则没有他那么公正,并且是多神论者。他们都是一些好人,但是——老实说,在我看来,这就是他想要表达的东西。好了,这个智慧的人说了一些什么?"上帝不容啊,你们还是要建立君主制了。""然后,他厉声说道……"

兰肯[读文本]:

穴居人,我明白是怎么回事了。你们开始感到道德是个沉重的负担了。在目前情况下,你们没有首领,所以你们只得勉强凭道德行事,否则你们就不能存在下去,就会重蹈你们祖先的覆辙。但是,你们可能觉得道德束缚太厉害了,你们宁愿听命一个君主,服从他的那些法律,因为那些法律还不如你们现在的风俗严格。你们知道那时你们便可以实现你们的野心:发财致富,驰禁纵欲,消闲自在,只要不犯大罪,你们就无须道德约束了。

施特劳斯:我们在这里停一下。这里的说法与我们在《论法的精神》开端所读到的东西一致,也就是共和政体及其德性。在君主政体中,则是某种较德性略低的东西,在那里被称为荣耀。正如我们看到的,这个公正的人是一位一神论者。他也相信有来世,这一点我们从这封信的末尾就可以看到,尽管在有关普通的穴居人的叙述中没有提到这一点。你想要说什么?

夏夫勒:我接下来要说的东西可能是错的,或不成熟,但是穴居人在保卫城池的时候女人也同男人并肩作战,并且,他们的财产在某种程度上是共有的,以及他们请求一个人比他们更公正的来统治他们,尽管这个人不愿意担任统治者,这些事实似乎都可以使人想到《王制》。

施特劳斯:哦,我也看到了,是这样的。孟德斯鸠当然读过《王制》。但他理解得怎样,却很难说,因为他有关柏拉图的那些明确的判断并不太有启发性。

[196]夏夫勒:我在想是否这一点意味着对《王制》的某种批判。

施特劳斯:嗯,不能这样僵化地来看。在更为深刻的意义上,可以这样说。对这一更为深刻的意义,我们不需要任何进一步的证据,因为我们已经从《论法的精神》中看到,在孟德斯鸠将德性确立为目的之后——并且在这个语境中[它提到]《王制》是一份民主制文件,你们还记得吗,也就是对德性的关注——接下来他就想要祛除德性,代之以某些较德性更舒适的东西,他称之为"自由"。因此,很显然,这个人,这位作者理解古老传统的那些原则——不管是它的古典形式,还是基督教形式,在这里并不重要——然后,基于我们之前在阅读《论法的精神》时所谈的理由,他又从这方面转向。我的意思是,在撰写这类有关柏拉图的论述的过程中,他究竟想得多么深,这很难说。但任何思考过这个问题的人,都以或多或少的清晰性,接近了这些不同的可能性。并且,如果他没有得到伟大人物的指点,他在分析中就无法走得更深,但是他理解这些不同的可能性。毕竟,最为简单的是,这里是否存在一种类似德性的东西,意指一种超越无限制的自私的能力,还是根本就不存在这种东西?我认为,即便对那些智力最平庸之人来说,这一点也清楚。在这个问题上,我们并不需要柏拉图来作为支持。只有为了对所有内涵进行充分的阐释,寻找好帮手才是有益的。好的,你有什么问题?

学生:这里也存在一个重要的区分,难道不是吗?这个区分存在于如下两个方面,一方面是为什么在这里智慧的人会拒绝接受统治他人,另一方面是为什么在《王制》中,哲人不想统治他人。

施特劳斯:是的,的确是这样。那么,他们哪一个更公正?

同一个学生:在某种意义上,就是这里说的这个人。

施特劳斯:非常好,是的。那么为何哲人拒绝统治?

同一个学生:因为他们不想将时间用在这个方面。

施特劳斯:他们生活在没有统治的福岛上。是的,你说得很对,的确,在这里还有更多的东西我们没有说出来。好的,你有什么想要说?

学生:呃,这个人对于一神论的信仰,是否表明这个想要选举一个国王出来的国家已经走向了堕落?此人给出的解释是,他们在先人前面是不能这样做的。这也使我们想起了以色列民选举王的那个著名的例子。

施特劳斯:是的,很好,萨姆勒,我们必须要注意这一点。接下来的一封信也具有某种意义上的重要性,它以一种更激烈的方式讨论了阉奴们的生活方式。请记住我们在前面发现的那些因素,下一次我们再继续。请大家记住我的忠告,好好读这些信,这样才能展开讨论。

第 二 讲
1966年5月2日

[198] 施特劳斯：今天没有论文，因此就直接开始。我在这里只提醒注意你们可能已经忘记了的一个要点。我们已经注意到了书中的主要人物郁斯贝克的两种不同关切：一方面他想要变得智慧，另一方面他又放心不下他的女人。这是郁斯贝克的存在的两个支柱。而现在，出于如下理由，这两者之间的关系，也就是智慧和妻子之间的关系，并不等同于理论和实践之间的关系，这个理由就是，任何想要变得智慧的人，任何想要过一种致力于追求智慧生活的人，正如你们中的多数人可以从痛苦的经验中懂得的那样，当然也必须留意他的追求的外部条件。他必须或者很有钱，并且善于理财，或者能挣钱。这是实践方面的考虑。但在获得智慧和拥有一个后房，在这两者之间不存在必然关系。因此，我们就必须使这些事情保持开放，看一看它们究竟怎样联系在一起。

我们迄今为止讨论的最重要部分是在第11封信和第14封信中发现的，这就是有关穴居人的故事，有关正义的故事。尽管在这里还没有出现这个词，但孟德斯鸠在事实上谈到了自然法。自然法当然不同于实定法，这个主题在孟德斯鸠笔下一而再再而三地出现。如果我可以顺带提及，并且着眼于我们在《论法的精神》的最后几章讨论的内容，那么，自然的（natural）和历史的（historical）之间的区分就是直接地从自然的和实定的（positive）之间的区分中产生出来的。从某个特定的时候开始，迄今为止称之为实定法、实定宗教等等这些内容，就被称之为历史的。这当然意味着对同一件事的彻底的重新解释。因此，整个问题就可以还原为如下简单的公式：为何这种意义上的"实定的"要被"历史的"取代。好的，你有什么看法？

学生：我不理解历史的东西是如何取代了那些仅仅是实定的东西。看起来它取代了之前同样被认为是自然的那些东西。我的意思是，这里存在着特定的……

施特劳斯：最终是这样，的确是这样。重点是这里没有任何问题。尽管之前人们谈到了自然宗教（natural religion），但这一点现在仅仅下降为历史宗教（historical religion），或者实定宗教（positive religion），而现在我们称之为历史宗教。同样的说法对下面的内容来说并不真实，比如说，……天（heaven），这是一种自然现象，如今据说它不是自然的，而是实定的。但肯定地讲，我在这里所说的东西无论如何并未涉及到事情的根源。它不过是对即将追问的问题的一个简单表达。

但是，回到这些有关穴居人的信，在这里展示给我们的自然法需要得到自然宗教的支撑。说得委婉一些，这种自然宗教不一定是一神论的。一般来说，它应该是多神论的。但这一点就引发了一个较大的难题。这些信很明显将正义展示为仁爱的。其他的选择是不正义的，会导致每个人针对每个人的战争。但为何如果正义明显是仁爱时，神圣的赏罚就是必要的？在我看来，这是我们迄今为止遇到的最深刻的问题。

[199]接下来转到第15封信，读一读第三段，并且你们也要告诉我这封信是谁写的。

兰肯[读文本]

> 阉奴总管寄黑人阉奴雅龙，寄自埃泽龙。
>
> 主人把目光投注到你身上的时候终于到了。当刀将你自然永远地分割开时，自然还未发出他的声音。我且不说，当时我究竟是为你惋惜，还是看到你被提到我的地位而感到高兴。我平息你的哭喊，我认为你是取得了第二次生命，你摆脱了永远要惟命是从的奴隶身份，而达到了可以发号施令的奴隶地位。

施特劳斯：好的。这是我们迄今为止看到的有关阉奴的语气最强的叙述。成为一个阉奴乃是第二次生命，在此一个人就获得了一种能够发号施令的奴隶地位。这一点具有非常重要的涵义，在上一次的课程中我们已经触及到了这些涵义中的某一些。紧接着这封信之后的，是郁斯贝克寄给三墓看守者毛拉穆哈迈德·阿里的一封信，①很遗憾在这里我们不打算读这封信，但这封信清晰地记录了郁斯贝克的伊斯兰教正统思想。我们必须想一想，这一点究竟是否是郁斯贝克采取的一种预防措施。但是眼下我们还不能这样说。然而，我们可以从第 17 封信中看出，郁斯贝克对于伊斯兰教正统的叙述，他对于自己的正统思想的申言，看起来仅仅是提出他的质疑的一个引子而已，并且，这些质疑指向有关宗教仪式的律法（ceremonial law）。我们接下来读一读第 17 封信第二段的开头部分。

兰肯［读文本］：

为什么我们的立法者不让我们吃猪肉和一切所谓的污秽的肉类呢？为什么他禁止我们触及一个尸体，并为了纯洁我们的灵魂，命令我们不断地沐浴（bodies tirelessly）呢？

施特劳斯：译文有点问题，应该是 body tirelessly。接下来读下一段的开头部分。

兰肯［读文本］

至睿的毛拉，那么是不是只有我们的感觉才能判断事物是洁净还是不洁净的呢？

施特劳斯：也就是说，我们的感觉（senses），我们感知到的东西，而不是任何意义上的启示。在接下来的一封信中，穆哈迈德·阿里为有关仪式的律法，也就是说伊斯兰教有关仪式的律法做了辩护，但他是

---

① ［译注］也就是第 16 封信。

以非常奇怪的方式这样做的。换句话说,除了已经确信这些事情的人之外,他的一些说法似乎不会令其他任何人相信。① 第 19 封信讨论了那个时代的土耳其帝国,这封信非常有意思,因为郁斯贝克,或者说孟德斯鸠,在这里可以毫无困难地谈论有关土耳其帝国的真相。因此,这里就没有什么问题了。接下来的一封信,也就是第 20 封信,是写给他的一位妻子的,这封信仍然讲的是郁斯贝克的妒忌。因此,这里就出现了另外一个主题。我们接下来读读这封信的几个地方,读第二段吧。但也许你们已读过了我之前要求[200]读的那些内容——呃,是不是我应该严格地只从第 24 封信开始呢?但这样一来,是不是我就省略掉那些你们认为重要的内容——马利伟特先生,你有什么问题要提?

马利伟特:我想说的是,孟德斯鸠在有关穴居人的故事中的确提到了"正义"一词。

施特劳斯:是的,他的确提到了一个词,但不是正义,而是"自然法"。我说过这一点。

马利伟特:在那里不仅出现了"自然法",也出现了"正义"这个词。

施特劳斯:是吗?我不知道,我需要再查一下。

马利伟特[读文本]

人道就相当于怜悯,并且从中产生出了正义的自然法。②

施特劳斯:哦,我原先看到了这句话,但后来又忘了。好,这位同学有什么想说吗?

另一个学生:在第 15 封信插入了一句有关阉奴的话,这里的表述是说自然还未发出他的最后之言。这个表述正处在描述自然正义的章节和郁斯贝克质疑宗教的章节之间。

施特劳斯:不是宗教,而是实定法,这是更准确的说法。自然法和

---

① [译注]也就是第 18 封信。
② [译注]此句在有关穴居人的故事的第 11-14 封信中译本中并未找到。

实定法。

同一个学生：第 15 节中的说法表明，波斯人的实定法背离自然法。

施特劳斯：也许不是背离，而是在根本上不同。但你说的内容，我看看——从第 11 封信到第 14 封信讨论的是自然法，而接下来的第 16 封信讨论的是实定法。

同一个学生：他质疑了实定法。

施特劳斯：这讲得通，很好。可以肯定，在这里存在一种非常紧密的联系，并且他的计划也得到了非常好的实施。我们是否可以在每一种情形下发现它，这还有待考察。是否在我们身上能产生正确的观念，取决于我们在判断上的一点精明，但也取决于好运气，在这里没有任何意义上的观念机器能为我们解决这类问题，因为我们首先并不知道在其中置入的是哪些问题。好了，现在转向第 20 封信，读第二段话。

兰肯［读文本］：

我听说有人看到你跟白人阉奴纳迪尔单独待在一起，这个阉奴会因不忠不义丢掉脑袋的。既然有许多黑人阉奴供你使唤，而且规定，不允许你在卧室接见白人阉奴，你怎么居然连这一点都忘记了？

施特劳斯：好了，接下来读下一段。

兰肯［读文本］

你也许会对我说，你对我绝对忠诚。但你能够不忠诚吗？你怎能骗过[201]那些对你现在的生活已经非常惊奇的黑人阉奴的警惕？你怎能砸烂幽禁着你的重门巨锁？你的贞洁是迫不得已的，可你还自吹自擂；而且你自夸不已的这种忠贞，由于肮脏的欲念，已经千万次丧失了它的德性和价值了。

施特劳斯：好的，就到这里，在这里我们看到郁斯贝克在后房中的

第 二 讲

所作所为,在这里,只有黑人阉奴,并且也讲述了后房妻妾们被幽禁起来的方式,因此,这里当然地也涉及到一种仪式性的法律,这是郁斯贝克为后房的女人们规定下来。这些女人的德性很显然不同于穴居人的德性。从严格意义上讲,它们是强制性的——我的意思是,在与自己的感官接近的方面,穴居人落后于她们。并且,第 21 封信表明,我们在前面已经提到了这一点,也就是主人郁斯贝克同阉奴之间的关系,就好比是那个专制君主也就是苏丹同伊斯兰宰相之间的关系。但我们在前一次已经讨论过这个问题了。

请大家暂时思考一下这些主题,也就是智慧和妻妾之间的关系问题。既然根据穴居人的故事,智慧可以在某种意义上等同于于正义,那么,我们要思考的也就是正义和爱之间的关系问题。这是一个古老的说法。正义是自然的,当然,它的意思不是说所有人在实际上都是自然正义的——没有人说过这一点——而是说,不正义之偏离自然,正如疾病之偏离自然。这就是在那里说出来的意思。正义是自然的,但爱不也是自然的吗?难道在这里不存在两者发生冲突的可能性,并因此对正义乃是自然的这个绝对的主张产生质疑吗?

卢梭对于这个问题的解决方案非常有意思。在这里,我们不想深入地讨论卢梭,而只是来看一下他提出的几个明显的主张。在自然状态中,所有人都公正,因为他们都纯朴,如此等等。因此,我们就可以说,在自然状态中并不存在爱情。当然,这里是存在性的,但性与爱之间有什么关系,我想这一点大家都知道。我是在偏爱这个特定的女人的意义上来谈论爱的。根据卢梭在《论人类不平等的起源和基础》中的论述,这种爱只有在约定的基础上才能出现。对于这些内容,我在这里只是顺带提及一下。

学生:在上次我们读到的一封信中,提到郁斯贝克关切的不是他对女人们的爱,他关心的不过是在占有自己的女人的过程中得到的荣耀。我们读过一段话,在那里他向我们表明,激励他的不是对他的女人们的爱,而是一种更为约定性的关切(conventional concern)。

施特劳斯:是的,无论怎么讲,你刚才的说法都非常真实。我们务必记住这一点。但在我看来,我们即将会遇到对这一点的限定。接下来我们逐步进入到有关欧洲的那部分书信。在第 24 封信中，郁斯贝克的一位友人，里加，在信中谈到了巴黎，谈到了他对于巴黎的第一印象和对于欧洲的总体印象。这就是相对于亚洲人的闲散节奏的一种不安分的运动。好的，你有什么问题。

[202] 学生：我的问题可能重复了之前说过的要点，我想说的是，智慧与妻妾之间的关系，也就是，一个追求荣耀的人，可能不那么有趣，如果我们如同一位追求荣耀的人那般来看待这些女人们的话。在我看来，一个智慧的人可能会非常担心失掉他的荣耀，他可能非常在乎……

施特劳斯：为什么这么说？你的看法也许对，但理由呢？

同一个学生：呃，我还不知道准确的理由是什么。

施特劳斯：但是你务必要搞清楚为什么。好，你在一种截然不同的意义上使用了荣耀(honor)这个词，一个追求荣耀的人(an honorable man)，这一点与 point d'honneur 没有什么关系。当我们谈到"荣耀"一词的时候，通常情形下是指一种外在的东西，仅仅是外在的东西。

同一个学生：也许，一个智慧的人不会如此在意外在的东西。

施特劳斯：是的，这要依条件而定，但这个问题的确需要某些思考。罗斯先生，你有什么问题？

罗斯：在第 22 封信的第一段话中，雅龙对阉奴总管谈到了郁斯贝克，他说，郁斯贝克不再为自己担心，而是害怕比自己宝贵千百倍的人会出事……

施特劳斯：很好，你想要从这里得出什么结论？

罗斯：两个结论：首先，这是另一个证据，表明妻子们对郁斯贝克来说在某种意义上的确是一种荣耀。

施特劳斯：当然是这样。

罗斯：其次，孟德斯鸠在某种意义上戏仿了他的荣耀概念，当然这样做不可能是明智的。

施特劳斯：嗯，这类事情也许已经在《论法的精神》之中有所暗示了，在那里，荣耀被视为封建君主政体的原则，而德性则较之层级更高。如果德性被其他某种东西替代，它也只可能被人道替代，而不是被荣耀替代。这是你想要说的意思吗？这是说得通的。好的。现在我们回到第 24 封信,这封信也讨论了法国君主政体,在第五段中讨论了虚荣和自负带来的权力。

兰肯[读文本]:

> 法国国王是欧洲最强大的君主。他不像他的邻居西班牙国王那样拥有金矿,但他比西班牙国王还富有,因为他会利用他的臣民的虚荣心来取得财富,这个财源比金矿更取之不尽,用之不竭。他进行或者支持一些大规模的战争,除了卖官鬻爵,没有别的资金,可由于人们出奇地虚荣,结果他的军队有饷可发,要塞军需充足,舰队装备精良。

[203]施特劳斯:是的,这些句子清晰地表达了这些事情的否定含义,对于那些一心只想着自己的人的关切表达了否定。然后他说,法国的国王都是一些大魔法师,并且,在接下来的那段话中,他也将同样的词用到了教皇身上。

在第 26 封信中,这是郁斯贝克写给他的妻子的一封信,当然,在这里我们无法搞清楚是否他是以同友人交谈时的那种坦率来对自己的妻子讲话。正如他在给那位伊斯兰神职人员写信时有所保留一样,在这封写给自己妻子的信中也有一种说教意图(pedagogic intent),因为他必须确保在他出门在外的这段时间,他的女人们不去做任何不光彩的事。眼下,在这封信中,最重要的是,他谈到了波斯相对于欧洲的优点,因为波斯的女人纯真、娇羞,生活在后房里,而欧洲的女人们则在街上四处乱跑,这是极端堕落的标志。我们不妨看一看,在这里是否有一些特别有意思的观点。好,那我们接下来就读一读第二段,这个段落非常短。

兰肯[读文本]:

> 如果你在这里长大,那你就不至于那么局促不安。这里的妇女毫无拘谨之态,她们当着男人之面抛头露面,仿佛她们就是要弄得男人魂不守舍。她们眼波留盼,寻找男子,她们在寺院里,在散

步场所,在她们家里和男人见面。她们没有让阉奴服侍的习俗,她们没有你们那样高尚的纯真和可爱的娇羞,而是不加掩饰的厚颜无耻。这是我们根本无法习惯的。

施特劳斯:好的,就读到这里。如果是在二十世纪,郁斯贝克又会怎样说呢? 我不敢想象。倒数第二段也非常有启发性,不妨读一下。①
兰肯[读文本]:

罗珊娜,这并不是说我认为她们的行为已经达到伤风败俗的程度,已经放荡得令人可怕,完全违反夫妇之道。很少女人会完全堕落到这一地步。她们由于出生,心中都铭记着某种贞操观点,虽然这种观念被世俗的教育(worldly education)削弱……

施特劳斯:如果我的版本靠得住的话,那么,"世俗的"(worldly)一词完全是译者画蛇添足。对于教育一词这里是否有形容词,一种 *mondaine* 的教育? 没有,很好,请继续。
兰肯[读文本]:

……但没有被摧毁。在外表上她们完全有可能放松了有关贞操的非有不可的义务,可一到最后关头,自然便会起来抵制。

[204]施特劳斯:如此等等。这里很明显是在说教。换句话说,她们是一些品性低劣的女人,但她们仍然是女人,也就是说,她们不会去犯通奸的罪行。这就是为什么我要说这个部分有明显的说教味道的原因。在接下来的那封写给内西尔的信中,②谈到了郁斯贝克在自己身上发现的糟糕心情,但我们不知道为何他的心情如此糟糕。是因为同自己的女人分开太久,但……他不是有欧洲的女人陪着吗,抑或只是

---

① [译注]在中译本中,这段话是出现在倒数第三段。
② [译注]即第 27 封信。

因为他眼下生活在一个别样的世界里？我们并不清楚其中的原因。好的,你有什么看法？

学生：这封郁斯贝克写给内西尔的信揭示了波斯和土耳其之间的一个区别,并且信中说他通过住在士麦拿的伊本寄东西给内西尔,我因此就想,是否这里有一种暗示,也许寄到土耳其的信要说得更坦诚……

施特劳斯：可能是这样,可能吧,这一点很清楚。为了对这本书给一个完整的解释,我们必须要做什么？可能一个学季的研讨还不够,你必须做一个完整的统计,比如说,那些信是谁写给谁的,主题是什么,例如,郁斯贝克写给这些或那些友人们的信就不同于他写给自己妻子们和另外一些友人们,以及男性友人们等等的信。我们需要做这样的工作。这一点是清楚的。但波斯和土耳其之间的差异是什么呢？土耳其是逊尼派国家（sunnitic country）,不是吗？而波斯是什叶派国家（Shi'ite）。你们知道两者间的差别在哪里吗？一个非常重要的实际区别在于,逊尼派国家禁止饮酒,这里说的酒是在一切含酒精的饮料的宽泛含义上说的,什叶派则严格遵循《古兰经》中的说法,或者当禁止饮酒时,从严格字面上解释,说这仅仅是指禁饮葡萄酒。因为,这是穆罕默德使用的言辞,因此,什叶派不反对饮从其他材料中制作的酒。

同一个学生：这些人都是波斯人吗？

施特劳斯：是的,因此,这就有某种程度上的重要性。我们稍后就会看到是这一点。布鲁尔先生,你有什么想法？

布鲁尔：一个小问题。郁斯贝克在第6封信中,这封信是写给内西尔的,在这封信中他谈到自己对妻子们的担忧,内西尔似乎是郁斯贝克在私人事务方面的心腹。

施特劳斯：是的,这里涉及到有关妻子们的一些问题。他的健康不是太好。你可以读读倒数第三段。①

兰肯[读文本]：

但是,亲爱的内西尔,我恳求你不要让我的女人们知道我的现

---

① [译注]这里是指第27封信的倒数第三段。

状。因为如果她们爱我,我不愿她们为我流泪;如果她们不爱我,我不愿意她们得此消息,更加大胆妄为。

[205]如果我的阉奴们以为我危在旦夕,从而跟女人们可耻地沆瀣一气而有望不受惩处,那么他们很快就会接受女人们的甜言蜜语,这些女人会使铁石心肠的人动心,会使没有生命的东西蠢蠢欲动。

施特劳斯:好的,因此这里存在某种联系。你有什么问题?

学生:我想是否这里存在着前后矛盾,在第17封信中他谈到了我们的感官是我们唯一的指南,而在另一封信中他谈到了铭刻在心灵中的德性形象,他认为这一点是自然的,这两封信都是郁斯贝克写的。

施特劳斯:你说的是哪几个部分。

学生:第17封信和第26封信。

施特劳斯:在第26封信中的哪个地方?

兰肯:您要我读过那段话。他向自己的妻子谈到了铭刻在心灵深处的德性形象……

施特劳斯:这就可能意味着,的确这里有一种铭记在心的品格,或德性的类型,是对于德性的某种内在的理解,一种朝向德性的内在倾向。我认为,这就是他想说的内容。但是,郁斯贝克将其说给自己的妻子听这个事实可能会使我们疑惑,是否他真正地相信这一点。毕竟,你们有没有读过洛克对于内在观念(innate idea)的批判?这是一个要点。并且,我们可以稳妥地认定,孟德斯鸠在这个方面站在洛克一边,不承认存在内在观念。

学生:您说这适合于说教……

施特劳斯:是的,这是最自然的解释。

学生:在《论法的精神》中,这里有一个地方,在我看来,在那里孟德斯鸠将矜持(modesty)也称为自然法。因此,这就不必是他的一种单纯的适合于说教的评论,他可能会将其视为一种自然的本能。

施特劳斯:可能是这样,很好。但我们不妨看看是否这一点也出现在任何写给男士们的信中,在这些地方他不会有这样的动机。

第 二 讲

此外，我们通常必须考虑如下可能，这就是他可能会在这两本完成时间相差大约 27 年的书中改变自己的想法。夏夫勒先生，你有什么话要说？

夏夫勒：他在第 26 封信的开头说，"罗珊娜，你是多么幸福。"而在最后一段话的开头又说，"罗珊娜，我同情你。"在中间的部分他描述了波斯人的起补充作用的宗教法，而这是法国缺少的。但它们在法国的缺失没有产生那种在他看来是不自然的唯一的不忠诚。[206]这就在某种意义上提醒我们，比如说犹太人的希伯来律法，这些律法被设计用来辅助《圣经》中的教诲，在我看来，其主要作用是为了避免违反原初的……换句话说，它似乎是想要暗自地作为一种歌颂，歌颂法国在这些事情方面享有的自由，而有别于波斯人的严厉。

施特劳斯：是的，在这里的确有这类东西的含义。通奸绝对违反自然，并且，根据他在这里的说法，也不会到处发生。但是他的担心又否定了这一点，就像我们有时会对孩子们说的那样，这种事情不可能发生。

学生：在稍后的地方，他又说这些行为一直在发生……失去了自己的妻子，意味着他收获了一个情人。

施特劳斯：是的，我也这样认为。好了，现在我们转到下一封信，也就是第 28 封信，他谈到了巴黎的剧院，并且，在这里，我们看到了一个年龄稍老的女演员写给里加的一封信，她愿意随里加一起去波斯，并且，她缺乏女性的矜持到了令人吃惊的程度。但可能她不曾婚嫁，并因此你就不能在严格意义上说她通奸。这里不止有一封信是里加写给某个男士的，而这个男士的名字又没有给出来。我一直想要弄清楚这一点究竟意味着什么。你们想起了什么了吗？也就是在这里收信人的身份并没有向我们透露出来。

学生：呃，我刚才在想另一个问题，就是在这里使用了三个星号，但也可能没有什么联系。当郁斯贝克在他的国家中时，里加会给他写信，然后，地点也明确地指出来了，也许是在某个法国绅士的家中，但究竟是哪个绅士，却没有明说。但在那种情形下，理由可能是——呃，这是孟德斯鸠本人的家中，因为他一开始就说这些人和他同住了一些时间。但也可能不是这样,因为这里也可能是写给波斯王国中的某个人。

施特劳斯:好的,我了解了,这个点找得好。但是为什么他要这样做,毕竟他也可以使用另一个波斯人的名称,或者一个听起来像是波斯人的名字。我不知道。也许我们在后面可以找到关于这个问题的答案。好了,接下来我们进入到第29封信,这封信非常重要,因为它再次讨论了有关宗教的问题,特别是法国的宗教。我们在这里读一读第29封信的第二段。

兰肯[读文本]:

> 主教是属于教皇的执法人员,在教皇领导下,承担两个很不同的职务。

施特劳斯:好了,这里所谓的执法人员,当然没有批判的意思,而不过是一种类型——在孟德斯鸠看来,基督教就如同伊斯兰教一样,是一种律法,一种神圣的律法。因此,那些神职人员就是执法人员。好的,我们继续往下读。

兰肯[读文本]:

> 当他们集合起来开会时,主教和教皇一起制定教规戒律。而当他们单独行动时,他们唯一的工作就是免除他人履行教规。因为你一定知道基督教充满无数清规戒律,极难奉行;因此人们认为既然履行这些义务不容易,那就不如由主教来免除人们奉行这些教规,结果这后一种办法便被视为共同的善。这么一来,如果有人不愿过斋月……

[207]施特劳斯:斋月就是禁食的那个月。
兰肯:换句话说,就是大斋节。[接下来读文本]

> 如果有人不愿办结婚手续,想取消许愿,想违反教规去结婚,

第 二 讲

甚至如果想收回誓言,那他们便去找主教或教皇,主教或教皇立刻给予免除。

施特劳斯:这就是基督教呈现在他面前的样子,这里有非常多的比较困难的做法,并在这个方面遭到指控。当然,同样的说法对于其他宗教也是正确的,这一点通过例子得以暗示或明示。在写给毛拉的信中,他谈到了有关禁止饮酒、吃猪肉等的例子。

学生:这一点是不是因为,在伊斯兰教以及在犹太教中,律法都占据了中心地位,因此里加遗漏了有关基督教神学的整个要点?

施特劳斯:不,不能这样说。我认为,这只是其中的一个——你怎么称呼它?考虑到时间,你称为时代错乱(anachronisms)。在这里涉及到空间或者说时间,并且,他们根据自己的宗教来解释西方宗教。他明确地谈到了有关信仰的条款,并且伊斯兰教本身也有自己的信仰条款,至少有这么两项:一是神的统一性,二是穆罕默德是神的使者。

兰肯:呃,更通俗地说,就是特伦托的罗马主义(Tridentine Romanism)。至少可以说具有更多的律法面向,比如说,在周五不进食,要这样,不准那样——更多的是一种颁布宗教的律法,而没有像新教那么多的布道激情,不管是在后来,还是在曾经的中世纪。因此,在我看来,他对律法的强调,就十八世纪的法国天主教来说是非常正确的,尤其是在詹森派教徒被摧毁之后。

施特劳斯:我认为,这里的重点在于,在上下文中,这里的内容表明,在所有实定宗教中存在一种实定的律法。并且,针对所有实定宗教,也提出了相同的难题。

另一个学生:这一旦可能会对那个问题产生影响。当他称主教为执法人员的时候,你是否认为,他在这里是想要在极其宽松的意义上使用这个说法,来表达他们与律法有着某种关系,也就是说,他们通过律法得到豁免?因为,至少就我知道的来说,在他谈论执法人员的时候,执法人员是指那些试图从既有的律法出发推导出一切不同的原则来的人。

施特劳斯:不,我认为,在这里他的意思当然是,他们是解释律法意义上的执法人员,并且,在这里他指的当然不单是教会法。这里也没有特别地提到教会法,而只是简单地提到了戒律,也就是你可以或者不可以做的那些事情。我不知道,在这里新教和天主教之间的区别是否有兰肯先生认为的那么重要的意义,我还记得北部德意志的一位国王支持路德的例子。菲利普国王在结婚之后不幸爱上了另一个女人。毕竟,一夫一妻制[208]在基督教中已成法例。因此,教皇就不能在这个问题上施加影响。但因为菲利普是一个新教徒,因此他就请路德来帮忙,路德那时好比是新教的教皇。路德采取了一系列措施,具体的措施我不记得了,但结果是菲利普最终娶了两个妻子。因此,在我看来,这类问题到处都存在,除非你要说,在新教中没有以宗教为基础的律法。我的意思是,我并不在意你如何称呼它们。

兰肯:将许多规定带进新教中的是清教徒。如果你想要从新教的视角来批判天主教的话,就要攻击它的律法。

施特劳斯:好。在这里数量上的差异并不是关键。新教中的节日要比天主教中的少很多。并因此,在这个领域中也就少有冒犯僭越之举。但是,正如我所说,数量并不具有决定意义。你们如何面对一夫一妻制这类事?多偶制是否符合新教?如果你要说摩门教的话,这也不过是其中的一个教派,并且,为了使之成为国教(become established),还需要有一个特别的先知。因此,在这里问题仍然存在。或者你还有其他的意思?在新教中是否没有关于生命和行动的规定?你是想要说这些吗?

兰肯:不,不,这里仅仅是强调的问题。我们会发现唯信仰伦(antinomianism)更有可能在新教神学中发生,这是新教神学面临的一个问题,但对他描述的那些人来说却很难产生这个问题……

施特劳斯:当然,在我看来,他们之所以去巴黎,也就是法国并非是偶然,他们没有去一个新教国家。的确是这样,但是这并不意味着在这里给出的对基督教的批判仅仅限定在天主教上面。在这个部分稍后,他批判了宗教裁判所,但正如我们可以看清楚的,他说的内容仅限于西班牙和葡萄牙。因此,换句话说,如果这里有任何基督教内部的(intra-Christian)区分要做出来,那么我认为这一点已经做出来了。接下来我们具体来看一看。然后,他谈到了巴黎人的好奇心,①接下来是雷迪写给郁斯贝克的一封信,这个年轻人正在逐步地加入到他们的队伍中来,雷迪眼下正在威尼斯,对这座神奇的城市感到惊讶不已。我在这里说的是第 31 封信,读一读这封信的最后一段。

兰肯[读文本]:

要不是这样,亲爱的郁斯贝克(要不是这里没有符合教规仪式的洁净的水),我就会很高兴在这座城市生活了,因为在这里,我的思想日益成熟。我学习经商的诀窍,明白君主们的利益所在,了解他们政府的形式。我甚至也没有忽略欧洲民众的迷信。我钻研医学、物理学、天文学,我正在研究各种艺术(arts)。

施特劳斯:在这里艺术是指各种工艺(crafts)。

兰肯[读文本]:

总之,我在故乡,那是云遮雾障,闭目塞听,而如今仿佛云开见日,豁然开朗了。

[209]施特劳斯:这在某种意义上是郁斯贝克他们整个旅行的一个准则。这里还有另一封信,是里加写给三个星号替代的人物的。这个人是谁我们还一直没有能够识别出来。

学生:在雷迪的信中,他指出他在这座渎神的城市中所做的那些美好的事,都是神厌恶的。

施特劳斯:他在哪一封信中说过?

同一个学生:在兰肯刚刚读过的这封信里,也就是第 31 封信中。

施特劳斯:是的,很好,很好。因此他就处在一个中间的立场上。换句话说,他夸大了他获得的进步,你是想要说这个吗?

同一个学生:呃,还不只是这样,尽管在关于这个城市的渎神的方

---

① 即第 30 封信。

面他谈到了这一点。但从最后一段话来看,他似乎想要说神的厌恶对他来说是无所谓的。

施特劳斯:我在想是否孟德斯鸠并不想将自己展示为一种对自己的自相矛盾毫无意识的人。换句话说,他正处在过渡阶段。好了,接下来转到第33封信,这封信讨论有关饮酒的问题。也许我们需要读完整封信。

兰肯[读文本]:

郁斯贝克寄雷迪,寄自威尼斯。

巴黎由于酒税很重,酒贵得要命,似乎当权者想要借此执行神圣的《古兰经》有关饮酒的戒律了。

施特劳斯:换句话说,法国政府比穆罕默德要更务实一些。好的,继续往下读。

兰肯[读文本]:

想到这种饮料所能产生的悲惨后果。我不禁把它视为造化赠予人类的最可怕的礼物。如果说有什么东西能损坏我们君主们的生命和名誉,那就是酗酒,而这正是他们之不义与残忍的最有害的根源。

即使人们会因此蒙羞受辱,我还是要指出:律法禁止我们使用……

施特劳斯:律法在此很显然指神圣律法,也就是沙里发(Shariah,即伊斯兰教的法律)。

兰肯[读文本]:

……律法禁止我们的君主们饮酒,可他们却狂饮无度,从而使自己甚至失去了人的尊严。与此相反,基督教的律法是允许君主们饮酒的,我们却没有看到他们因此犯下任何过错。人类的精神就是矛盾:肆无忌惮地纵酒无制时,人们[210]狂热地反叛了教规圣训,而本来为了使我们更有德性而制定出来的律法,往往却只能使我们更加深受谴责。

施特劳斯:这些可能是从保罗那里直接地得来的,也可能不是。好的,我们继续。

兰肯[读文本]:

但是,我虽然不赞成饮用这种令人丧失理智的酒浆,却也并不谴责这些能使人精神愉快的饮料。人们寻求医治最危险的疾病的良药,人们也寻求解忧之物,这是东方人的睿智之处。当一个欧洲人,遇到不幸之事,他别无良策,只有阅读一个名叫赛涅卡的哲人的著作。而亚洲人比欧洲人有见识,而且在这方面是更优秀的物理学家,亚洲人喝的饮料可以令人心欢意得,而忘掉痛苦的过往。

施特劳斯:你们在这里可以看到,酒与能使人兴奋的饮料之间是有差异的。并且,波斯人也这样区分。好,我们继续。

兰肯[读文本]:

苦难难免,药石无效,天意难违,人生本是不幸,再没有比用这些来自解自慰更令人痛苦的了。以苦难与生俱来为由来减轻苦难,是荒诞的做法。因此不如使精神从自己的那些反思中超脱出来,把人作为感情的人,而不是理性的人来对待。

施特劳斯:这是孟德斯鸠的极其典型的风格。因此,不是说教,而是做一些事,使人的心境得以舒缓。当赛涅卡和其他人的所有教导都彻底失效时,畅饮一番可能会对驱散糟糕的心境有非常好的效果。郁斯贝克也走在了这条路上,即从《古兰经》中反对饮酒的禁令中解脱出来,但是这一点也是有些模糊的,因为他也许仍然是一个什叶派的穆斯林教徒,接受了传统以来的解释,认为穆罕穆德并非一般性地禁止酒精性饮料,而只是特别地禁饮白酒,因为他曾经使用了这个词。我认为这个词是 Khamr。在接下来的一封信中表明了他从这一禁令中解脱的更进一步的阶段。① 我们来读几段。

兰肯[读文本]:

> 波斯女人比法国女人美丽,但法国女人比波斯女人娇俏。

施特劳斯:换句话说,他已经在欧洲看到了某些优点,好的,读下一段。

兰肯[读文本]:

> 波斯人气色如此红润,是因为她们在波斯过着有规律的生活。她们不赌博,不熬夜,不喝酒,几乎从不抛头露面,必须承认,后房内院与其说宜于行乐,不如说宜于养生。这里生活平静,毫无刺激。

[211]施特劳斯:在这里可以看到情况是如何逐步发生改变的。在波斯一切都好,但似乎在欧洲要更好。好的,接下来读下一段。

兰肯[读文本]:

> 至于男人,在波斯没有在法国快乐。在波斯男人身上,根本看不到这里各个等级各种身份的人都有的这种思想自由和心情舒畅。
>
> 土耳其的情况更糟。那里有些家庭里,从建立君主政体以来,世世代代没有人笑过。

施特劳斯:在下一段的开头,孟德斯鸠谈到了亚洲人不苟言笑。欧洲人则不是如此。这一点在某种意义上更为吸引处在这个阶段的郁

---

① 即第34封信。

斯贝克。我们还注意到,这封信是寄给生活在士麦那的伊本的,而前一封有关饮酒的信则是写给雷迪的,雷迪是一个年轻的波斯人,眼下正待在欧洲。我以为这一点通常必须要考虑。眼下的问题是,这两种性格,一方面是欧洲人的性格,另一方面是阿拉伯人的性格,它们的根源在哪里呢?我们接下来读第34封信的最后一段话。

兰肯[读文本]:

> 有一个法国人对他说:"你必须摆脱陈腐之见,这种无耻之徒以替别人看管女人为荣,以干人类最卑贱的工作而沾沾自喜,这种人正由于忠心耿耿——这是他们唯一的道德——而益发可鄙,因为他的忠心是出于羡慕,出于妒忌,出于绝望;这种人因为自己男不男、女不女,便渴望对男女两性进行报复,所以只要能够折磨弱者,便同意受最强的暴虐对待;这种人利用自己的生理缺陷,自己的丑陋和自己的畸形,来博取他这种身份的全部荣誉。他受到倚重只是因为他根本不配受到尊重;总而言之,这种人,叫他守在门口,他便须臾不离,顽固得胜过合页和门闩,还洋洋自得从事了五十年这可耻的职务,他为了替主子看守唯恐失去的东西,施尽卑劣的伎俩。从这种无耻之徒那里,究竟能够指望得到什么样的教育呢?"

施特劳斯:换句话说,教育是亚洲人不同于欧洲人的理由。并且,在这两种情形下,教育都与特定的宗教教育有关。这就引出了如下问题,这个问题曾经在《论法的精神》中得到了明确讨论,但早在《波斯人信札》时期,这个问题必定就已经出现在孟德斯鸠的头脑中,因为如下内容非常明显,这就是:欧洲人的教育较基督教的教育来说是否在层级上更高?你们是否还记得,他谈论过欧洲人接受的三种教育,是否还记得现代人接受的教育不同于古代人接受的教育?这当然是一个问题。但是,在亚洲,这个问题看起来是简单的,你们可以说这就是宗教教育。

[212]学生:在这段话中,他明显谈到了阉奴们受到的教育。这就暗示了一种对罗马神职人员的强烈反对,后者的影响在巴黎的教育

中占据主导。而在亚洲,事实上也不是所有的教育都是阉奴的教育。这里也有一些自由人。

施特劳斯:因此可以说,在伊斯兰国家,除非偶尔有阉奴的教育之外,不存在任何意义上的教育。换句话说,这个事实上的错误就表明,他指的不是波斯的阉奴,而是指西方国家与之类似的人,尽管这些人并没有被从物理上剥夺生育能力,但却从道德上剥夺了它。

学生:那些再次获得生命的人表现出一种奇怪的服从态度,这就使他们获得了发号施令的资格。

施特劳斯:是的,的确是这样。这一象征手法随着我们的阅读进程将会越来越清晰。换句话说,阉奴和这些女人的主人之间的关系首先就类似于伊斯兰宰相和苏丹之间的关系,也类似于教士、神职人员和上帝本人之间的关系。随着进一步的阅读,我们将看到这一点会频繁出现。好的,关于这一点我们就说到这里。

在下一封信中,我们将在郁斯贝克身上发现一个巨大的转变。① 这封信是写给他的表兄的,此人也是一个神职人员,一位苦修僧。在这封信中郁斯贝克究竟做了什么?你们还记得吗?嗯,他请求对基督教徒的救赎。这些基督教徒因为自己的不可避免的无知而得到谅解,他们也许从未听过伊斯兰教。但是如今他走出了这一步。如今他较之最初变得更温和、更宽容。在接下来的第36封信中,谈到了法国人的咖啡、交谈和争论,并且因此就谈到了一场主要的争论,也就是有关古人和现代人的争论——换句话说,是否荷马是最伟大的诗人,还是有现代诗人可以同他相提并论?接下来,在第37封信中,更具体地讨论法国,谈论路易十四。我们不妨读读第一段。

兰肯[读文本]:

> 法国国王垂垂老矣。在我们的历史书上,还没有一个君主在位这么久的例子。据说他有极高的本领,能令人对他惟命是从。他以同样的天才管理他的家庭,他的宫廷,他的国家。人们常听他

---

① 即第35封信。

说世上所有的政府中,他最喜欢土耳其人的政府,或者我们尊严的苏丹的政府。可见他对东方的政治是何等的重视。

施特劳斯:这一点我们已经从《论法的精神》中知道了。如果用孟德斯鸠的语言,该如何来表达这一点呢?

兰肯:说路易十四想要成为一个暴君。

施特劳斯:还可以说法国君主制连同他一起已经成为现时代的一种专制政体,一种东方的专制政体。也许我们应该读读接下来的部分。

[213]兰肯[读文本]:

我研究了他的性格,发现其中有些矛盾是我无法解决的。例如,他的一个大臣只有十八岁,而他的一个情妇年已八十。

施特劳斯:我不知道他在这里说的大臣是谁,十八岁也许是一种夸张的说法。

学生:是巴伯齐厄侯爵(Marquis de Barbezieux),卢弗瓦的第十五子,1691年任国务大臣,时年23岁。

兰肯:也可能是凯尼侯爵(Marquis de Cany),他在十八岁时继承了国务大臣的职位。

施特劳斯:正如不可能在十八岁时获得博士学位一样,想要找出在23岁时仍然国务大臣的也不可能。那么八十岁又如何呢?——蓬帕杜夫人多大年龄——不,是曼特龙夫人。

兰肯:她那时有七十八岁了。

施特劳斯:路易十四那个时候多少岁?

兰肯:他和曼特龙夫人大概同龄,七十五岁了。

施特劳斯:很好,我知道了,因此这是一种为时日久的美丽感情。好的,我们继续。

兰肯[读文本]:

他爱他的宗教,但是谁要是主张应该一丝不苟地恪守教规,他又无法忍受;他虽然远离喧嚣的城市而且很少跟人交谈,但他从早到晚,只关心使自己成为人们谈论的对象。

施特劳斯:因此,在这里,这个波斯人可以毫无顾忌地表达孟德斯鸠对于路易十四的看法。好的,接下来的一封信又是里加写的。① 这封信有一种论证的形式。我们也许应该读读第一段,这里涉及到的是一场学院派争论。

兰肯[读文本]:

> 对于男人来说,究竟是不给女人自由好,还是给她们自由好,这是个大问题。在我看来,赞成或反对,都有许多话可以说。如果欧洲人说,使自己所爱的女人不幸,那么这就是缺乏高贵的标志,那么,我们亚洲人就会回应说,放弃自然所赋予的男人支配女人的权利,才是卑贱的表现。如果有人对亚洲人说,把大量妇女幽禁起来是件麻烦事,他们就会回应说,一个不服从的女人比十个服从的女人更麻烦。

施特劳斯:在这里你们看到,这里说的是多么中立,"他们回应说",在这里"他们"指的是谁?"他们回应说一个不服从的女人比十个服从的女人更麻烦"。换句话说,多偶制要好过一夫一妻制。但在这里说了"他们",没有说"我们"。这就显得更为高深了。正如你们将要看到的,在接下来,他也以第三人称来谈论他们。

兰肯[读文本]:

> [214]亚洲人反过来也会提出反对意见说,欧洲人跟不忠贞的妻子在一起不可能幸福,那欧洲人便会答复说,亚洲人如此津津乐道的忠贞,在情欲得到满足之后,不免会令人感到腻味。并且他们也说,我们的女人和我们太过紧密地黏在一起,这种平静的占有

---

① 即第38封信。

不会引起我们的任何欲望,也引不来任何恐惧。而稍微卖弄风情就如同食盐,可以增加胃口,防止腐化。比我聪明的人恐怕对此也难以做出决断,因为如果说亚洲人的长处是设法减轻不安,那么,欧洲人的长处则是妥善行为,不引发任何不安。

施特劳斯：这里稍微停一下。我们在这里可以看出,很显然,里加是走在从亚洲人的偏见中解脱出来的道路上。但他采取了一种中立的立场:这是问题的两个方面。我无法在这里做出判断。也许我永远无法对此做出判断——因此这对于他来说就是一个问题。好的,接下来我们跳过下一段往下读。

兰肯[读文本]：

自然法是否规定女人要服从于男人,这是另一个需要认清的问题。有一天,一个对于女性有着强烈的嗜好的哲学家①对我说："不,自然从来没有定过这样的法律。我们对女人的支配是真正的专横。女人之所以让我们支配,是因为她们比我们温和,因此比我们更多人道和理智。如果我们男人讲道理的话,这些优点无疑会使女人占优势,可是因为男人不讲理,结果这些优点反倒使她们失去了优势。然而,如果我们确实对女人只有一种专横的权力……"

施特劳斯：也就是说,不是一种基于自然或理性的权力。

兰肯[读文本]：

"……那么女人对我们则拥有自然的威力,她们的威力就在于魅力。我们男子的支配权并不是在任何地方都存在,而美丽的威力则无所不在。那么,为何我们拥有特权,是因为我们力量更为

---

① 编者注:丰特奈尔(Fontenelle),此文因那些风格潇洒的科学对话而闻名,比如《关于宇宙多样性的对话》(Sur lapluralite des mondes)。

强大,但这样一来就会使我们拥有的特权成为一种不义。我们用尽一切手段来打击她们的勇气。如果男女教育平等,那么,彼此就会势均力敌。我们在此不妨测试一下女人未经教育削弱的各种才能,就可以知道我们究竟是否比她们强了。"

施特劳斯:换句话说,在这里他处在一种极端的解放状态,尽管他表达了一个对女人大献殷勤的哲学家的观点,但很显然他不反对这种观点。关于这一点他在这封信的最后一段话中说的非常明确。

[215]兰肯[读文本]:

亲爱的伊本,你看,我沾染了此地的爱好,此地人们喜欢发表奇谈怪论,对一切都标新立异。先知已经解决了这个问题,并确定了男女两性的权利。他说:"妻子应当尊敬丈夫,丈夫应当尊敬妻子,但是丈夫的权利比妻子的权利高一级。"

施特劳斯:换句话说,在这里他在某种意义上回归到了他的正统立场上,但他这样做究竟有多真诚,我们却搞不清楚。接下来的一封信讨论的是有关伊斯兰教的问题,是写给一个犹太人的,但这位犹太人已经改宗伊斯兰教了。① 那么,孟德斯鸠为什么要选择写这样一封信,一封写给改宗伊斯兰教的犹太人的信?他在这里谈到了穆罕默德诞生时的奇迹。他出身时便被施了割礼。接下来读一读第四段,看一看他究竟讲了些什么。

兰肯[读文本]:

他来到世上时,包皮已经割除,呱呱坠地时,便已满面喜色。此时大地震动三次,仿佛自己正在分娩。所有神祇匍匐在地,列国君主王位倾覆。路济弗尔被掷入海底,泅游四十天,才出深渊,逃到卡贝斯山上,以可怕的声音召唤天使们。

---

① [译注]即第39封信。

施特劳斯：为何他会认为那个改宗了的犹太人对于这些论证会比一个由穆斯林双亲带大的穆斯林信徒更加印象深刻，对此我们很难看清楚。

学生：这一点不是提出了一个问题？您在前面提过，这类传说不能说服那些从来不曾被说服的人。并且，那个穆斯林并不是作为一个穆斯林出生和受教育的，而是出于某些原因现在成了一个穆斯林。

施特劳斯：换句话说，是因为不恰当(ineptitude)，不仅这里的论证十分糟糕，并且，用在此处也很不恰当，是这样吗？

学生：也许是。

兰肯：呃，在我看来，穆罕默德的诞生在伊斯兰教中不是一桩大事，但基督教却在童贞女的诞生一事上有许多讲法，仿佛将其视为信教与不信教的一个主要障碍。如果在这里是向例如说一个改宗的犹太人谈有关耶稣基督诞生的问题，这就是恰当的(appropriateness)，[216]因为关于耶稣基督的主张说的是他是大卫的正当子嗣，而不是弥赛亚。

施特劳斯：我明白你的意思，可能是这样。但是为什么要向一个改宗的犹太人说这些话，而不是说给一个没有改宗的犹太人听呢？这是因为那个未改宗的犹太人是不会受这些话的影响的，而改宗了的那个犹太人则就可能会接受这些说法。是的，这就会更简单一些，很好。好的，我们继续。第41-43封信构成了一个整体。这些信中讨论的是实践方面的问题，也就是说，是否要将黑奴变成阉奴的问题。那个奴隶给郁斯贝克写了一封让人充满怜悯的信，也就是第42封信，郁斯贝克表现出了极大的善意，允许这个黑奴不做阉奴。这是此处的情节中最重要的部分。布鲁尔，你有什么想要说？

布鲁尔：第39封信是谁写的？

施特劳斯：哈吉·伊比，注释中对此有一个说明，此人曾经去过麦加朝圣。因此，他的名字就不是哈吉，而是叫伊比。伊比也是第九封信中的收信人。①

布鲁尔：在第9封信中，伊比是一个阉奴。

---

① ［译注］两个中译本第9封信的收信人和第39封信的寄信人都不是同一人。

施特劳斯：他是一个阉奴吗？是的，你是对的，他随郁斯贝克一同远游。但这也就使我怀疑是否他们是同一个人。好的，你有什么看法？

学生：呃，令人困惑的是，第39封信是从巴黎发出。那么，这个关心改宗者的穆斯林，此刻在巴黎做什么呢？并且，他为什么会认识士麦那的某个人？

兰肯：这就是说，他们是同一个人，因为他也在巴黎。

施特劳斯：是的，他眼下就在巴黎。你是如何知道这一点的？喔，我看到了，是在这封信的末尾。因此首要的事实就是，尽管他生活在欧洲，但他的信仰却没有改变。这一点也许与那些曾经在信仰问题上做了某种和解(accommodation)的人不同。

学生：再加上如下事实，即在另一封写给随郁斯贝克一起出行的阉奴的信中，不是这一封，而是写给雅龙的那一封，信的作者写道，不要因为在基督教国家周游而堕落，并且，当你回来做一次朝圣时……

施特劳斯：我看到了这个地方。

学生：也许他是一个传教士，但伊比可能已经使这个犹太人改宗了……

施特劳斯：在他去西方国家途经士麦那时。

学生：这个犹太人可能是一个什叶派的穆斯林。

施特劳斯：不，士麦那是在土耳其，土耳其是逊尼派的地盘，而不是什叶派的。

[217]同一个学生：但这些旅行者却是什叶派的。

施特劳斯：嗯，这一点我还不知道。我们应该找一个在伊斯兰方面的专家来帮忙，但在我看来，孟德斯鸠自己在这些事情上知道得并不多。第44封信讨论的是人类的自负，尤其是自负对法国人的影响。然后在第45封信中讨论了一个法国的炼金师。第46封信再度讨论不同的宗教。也许我们可以读读这封信的开头。

兰肯[读文本]：

> 我看见这里一些人在宗教问题方面争论不休，不过在我看来他们同时也在竞相比试谁最不信奉宗教。

他们不仅不是较好的基督徒,甚至不是较好的公民,正是这一点使我感触颇深。因为不管你信奉什么宗教,遵守法律、热爱人类、孝顺父母从来都是首要的宗教行为。

施特劳斯:换句话说,这里在自然的宗教和实定的宗教之间做了一种潜在的区分,而对一切宗教来说共同的东西就是自然宗教。因此,自然宗教就包含着这些道德的行为。在这里提到了对父母要虔诚,而不是对上帝虔敬。这一点后来导致了康德的学说,在康德笔下没有对上帝的特定义务。宗教意味着将道德设想为对上帝的顺从,将道德命令视为神的命令,但这里不存在对上帝的义务。这就是十八世纪的主流学说得到的结论。好的,我们继续。

兰肯[读文本]:

因为,既然神建立了他宣扬的宗教,一个虔诚守信的人的首要目的,难道不应是赢得神明的欢心?而达到这个目的的最可靠的办法,无疑便是遵守社会的规矩,履行人类的义务。因为不管你信什么宗教,只要你假定有一个宗教,那就也要假定神热爱人类,因为神建立一个宗教就是为了使人类幸福,既然神热爱人类,那么,我们只要也热爱人类,也就是说,对人类履行仁慈和人道的义务,不违反他们据以生活的法律,那就一定能够博得神的欢心。

施特劳斯:多少有些不同,因为法律本身并不与仁慈和人道相关。人道(humanity)是一回事,而合法性(legality)是另一回事,好的,我们继续读。

兰肯[读文本]:

这样做,就比举行这种或者那种仪式,可以更有把握去博得神的欢心,因为仪式本身并不表明仁慈的程度,仪式之所以好,只是人们设想神命令举行这种仪式,然而,这一点就存在着激烈的争论。在这一点上,人们很容易[218]搞错,因为必须从无数宗教仪式中选出一种宗教仪式来。

施特劳斯：在我看来，郁斯贝克现在已经得到了彻底的启蒙和解放。他唯一承认的宗教是道德。而不管是伊斯兰教还是基督教，抑或是犹太教，或者无论其他何种宗教，对他来说都不重要。这就是他迄今为止所得到的结论。因此，在这个词语的最宽泛的意义上来说的仪式化要素就完全地过时了。你们也许还记得，在之前他曾有一个疑问。如今，在这里发生了一件事情，过去他在这件事上一直保持沉默。他提到了三点：一是对法律的观察，二是对人的爱，三是对父母的虔敬。但这最后一点，他迄今为止没有重提过。好了，这里不妨读读最后一段话。

兰肯[读文本]：

> 一个人每天向神这样祈祷："主啊，人们关于您而争论不休的问题，我一点也弄不明白。我愿意根据您的意愿来为您服务。但是我去求教的每个人，都要我按他的方式为您服务。我要向您祈祷时，我不知道该用何种语言跟您说话，我也不知道该用何种姿势。一个恶人说我要站着向您祈祷，另一个人要我坐着，还有一个人非要我跪着不可。不仅如此，有的人认为我每天早晨要用冷水沐浴，另一些人坚持说如果不割掉身上的一小块肉，您就会厌恶我。一天，我在行商客栈吃一只兔子。我身旁的三个人把我吓得发抖。他们三个人都说我严重地冒犯了您。一个人说这动物不洁净，另一个说，因为这兔子是闷死的，最后一个人说，因为我吃的不是鱼。一个婆罗门经过那里……"

施特劳斯：我猜想他会说不该在这一天吃兔子。

兰肯：是的，[接下来读文本]：

> 一个婆罗门经过那里，我请他裁断，他对我说，"他们都错了，因为您肯定没有亲手杀死兔子。""是我杀的！"我说，"啊！您干了

一件大逆不道的事,神永远不会宽恕您的!"他厉声对我说,"您怎么知道您父亲的灵魂不是投生在这个动物身上?"

施特劳斯:这是这封信中唯一一处提到父亲的地方。这是否是他提出有关给父母带来荣誉的问题的方式?我还没有搞清楚这个问题。也许不是这样,但它的确是我在这里能找到的唯一证据了。好了,这封信的要点已经非常清楚了。好的,你有什么问题?

学生:我不确定我这样说是否有道理,但是,如果这里有一种放弃使父母得荣誉的暗示的话,这里不也就有一种暗示,即要放弃使那个作为父亲的上帝得到荣耀,而仅仅使人得到荣耀吗?

[219] 施特劳斯:嗯,我们在《美诺》中也有类似的例子。你的意思是这样吗?当苏格拉底说美诺要追求那种德性,这种德性除了其他东西之外,也包含有使父母得到荣耀、善待父母的内容,但根本没有说过要使诸神获得荣耀和善待诸神——它们说的也许是一回事。这可能是最简单的一个解释。换句话说,宗教就包含着道德的行动。

但是,在道德之外,难道不存在宗教的超出部分(en excess of religion)?这里的问题在于,这种超出的部分包含什么内容?希腊人通常给出的答案是牺牲和祈祷。但我们在这里仅仅说祈祷。但祈祷难道不是完全多余吗?在这里不妨运用苏格拉底使用的论证,孟德斯鸠当然也知道这个论证,这就是,对人来说什么是善,上帝难道不比人自己知道得更多吗?好了,这里当然也会有向上帝表达感激的祈祷。我不知道,孟德斯鸠在书中是否将这一点说清楚了,或者他究竟是如何将这一点说清楚的,但是这里显然存在这样的可能性,即根本就没有给任何行动留下空间,根本就没有给任何超出道德行动的善的行动留下空间。

兰肯:我认为,可以根据您之前所说的内容对这里有关父母的事情给出一个回答。在严格意义上的自然状态中,不存在婚姻,并且根据自然也没有家庭。但人也总是根据某些法则来生存,父母是某种只能根据约定才能为人类知道的东西,尤其是在父亲的问题上是这样。婆罗门之所以选择轮回,就暗示了社会是可能的,就像在《王制》中,在那里,人们不知道自己的双亲是谁,因此,他们就不会对于他们的双亲表达出任何特别的敬畏……

施特劳斯：这个理由太薄了。还需要有进一步的证据。但我不排除这一点，我只是排除你提供的论证，这不是一回事，因为在这里有某种东西，就像猜左右的游戏一样（guessing right）[笑声]。

兰肯：好吧。

学生：难道这里没有一种暗示，即在这个部分中，婆罗门在某种意义上要比启示宗教更合乎理性？他在某种意义上拥有正确的观点，但却是基于灵魂轮回这种看法的基础上。并因此，在想要搞清楚吃兔子是否正确之前，我们应该直面这个理论问题。

施特劳斯：换句话说，我们得到的最初印象，也就是婆罗门属于一个全然不同的联盟，不同于严格意义上的启示宗教的代表，在你看来就非常重要？

同一个学生：是的，在某种意义上是这样。因为他给出的理由尽管愚蠢，但至少有根据。其中的一个前提是建立在孟德斯鸠已经说过是必要的东西基础上的，也就是建立在虔敬的基础上的。而启示宗教给出的理由则简单得多——呃，你可以说这个理由不那么好，因为它不是鱼。但这并没有告诉我们任何东西。

施特劳斯：你详细地说明了我模糊地感觉到的东西，这就是，既然这是在这封信中唯一提到使父母得到荣耀的地方，对我们来说，它就可能是相关的。究竟是不是这样呢？

[220]同一个学生：在某种意义上，这是一种苏格拉底式的相关（a Socratic touch），这就是说，你想要成为一个虔敬的人，但我们必须知道为什么。换句话说，看起来是通往虔敬的这一最简单进路的东西，仍然会卷入到理论问题中，比如说灵魂轮回问题。除此之外，我再也找不到进一步的东西了。

施特劳斯：我们必须等待做进一步发挥。因此，下一次课程我们将读到第67封信（包含这封信在内）。

第 三 讲

1966 年 5 月 4 日

[221] 施特劳斯：我问你一个问题，在第 48-67 封信中，你觉得哪部分最有意思？

学生：呃，第 67 封。

施特劳斯：很好，我也这样认为。这封信的主题是什么？

同一个学生：对于乱伦的禁止是否出于自然法，还是实定法上的规定？但这封信的言下之意表明它是实定法规定的。

施特劳斯：是的，这就是重点。我建议我们就从第 67 封信开始，也就是说，从我们要读的部分的最后一封信开始，从这封信开头读起。你手中的这个法文版编辑得不错。第 67 封信的标题是什么？

学生：伊本寄郁斯贝克。

施特劳斯：有没有注释？

同一个学生：没有注释。

另一个学生：我手中这个版本中写的是"郁斯贝克寄伊本"。

施特劳斯：好，这就是我问有没有注释的原因。我手头的法文本中有注释。

学生：但根据信中说的那些人所处的地点，这说不通，信中说寄巴黎，并且是从……

施特劳斯：我知道，我知道，但我们仍然无法确定。难道这里没有人做考订的工作？

学生：这里有几个注释，但没有一个注释讨论这个问题。

施特劳斯：不妨从第 67 封信开始，兰肯先生今天不在，你是否愿意来碰碰运气？我们当然必须首先读一读这封长信的开头。

阅读者[读文本]：

　　有三艘船来到这里，但没有带来你的消息。你病了吗？还是你喜欢让我惦挂？

　　如果你在举目无亲的他乡，尚且不爱我，那么当你回到波斯国内和回到你家中时，情况会是怎样呢？不过也许我错了。你和蔼可亲，到处都可以交朋友。人心乃是各国的公民。一个美好的心灵怎么可能会不去结交朋友呢？我向你承认，我尊重旧的友谊，但我也不会不愿意到处缔结新交。

　　[222]不管我到何地，我都把生活安排得仿佛我要在那里过一辈子。我对有道德的人都怀有同样温暖的感情，对不幸者都一样同情或者不如说都一样爱怜，对那些不被繁荣的景象遮蔽双眼的人一样尊敬。我的性格就是这样，郁斯贝克，在能够找到人的地方，我都要选择一些人做我的朋友。

　　这里有个盖布尔人，在我心中是除你之外占据首位的人。这个人有着一颗非常正直的灵魂。出于一些私人的原因，他不得不隐遁在这个城市里，跟他心爱的妻子一道过着平静的生活，靠诚实的买卖为生。他一生乐善好施，尽管他追求过一种隐遁的生活，但是他的心灵比最伟大的君主更有英雄气概。

　　我和他千百次谈到你，我把你的信给他看。我注意到这使他高兴，因此我看你已经有了一个你还不认识的朋友了。

　　下面是他的主要经历，虽然他很不愿意将这些经历写出来，但是出于对我的友谊，他不好意思拒绝。在这里我将它们透露给你。

施特劳斯：很显然，这个不知道名字的人拥有相当优渥的财富，尽管郁斯贝克从来没有见过这个人，伊本却肯定地说，他将和自己一样会成为郁斯贝克的密友。人心乃是各国的公民。这个人是一个帕西人（Parsi），正如在这里所称的，是一个盖布尔人（Gheber），这个事实绝不

第 三 讲　　71

是友谊的障碍。现在我们来看看这个新朋友的历史。

[对此前的那位阅读者说]请原谅,我要说你做的没有兰肯好。那么,你呢,××先生,你是否愿意碰碰运气？嗯,罗斯先生吗？很好,你来吧。

罗斯[读文本]:

> 阿费里同和阿斯塔黛的故事。
>
> [223]我出身于信奉拜火教的盖布尔族,这个宗教可能最古老。我极端不幸,在还不明事理的年龄,便已堕入情网。我刚刚六岁,就跟我的姐姐难舍难分。我的眼睛总是恋恋不舍地盯住她,她只要离开我一会儿,回来时便会看到我泪水盈眶。我的爱情与我的年龄一起增长。我父亲惊讶地看到我如此钟情,本来愿意按照由冈比斯人引入的盖布尔人的古老习俗,让我们成婚,可是,我们的民族生活在穆斯林的桎梏之下,我们害怕他们,我们不敢想到这种神圣的婚姻,而我们的宗教不仅批准这种婚姻,而且是明令要求这种婚姻的……

施特劳斯:译文有问题,应该是"我们的宗教明令要求这种婚姻,而不仅仅是允许这种婚姻。"

罗斯[读文本]:

> ……并且它也就构成了自然所造成的结合的这种真诚的形象。

施特劳斯:好的,因此,这种宗教也许就是世界上最古老的宗教。在这里"最古老的"(oldness)当然意味着好的(goodness),这就是这里的表达的言下之意。姐弟之间的乱伦是盖布尔人——我们不妨说帕西人——的宗教要求的,但却是伊斯兰教禁止的,并因此,他们就不能公开地乱伦。好了,我们跳过下一段,在这段话中,描述了他们的父亲是如何将他们两个人分开来的。然后信中接下来说,弟弟离家远行了,姐姐被送进了后房,在那里成为了一个穆斯林。而"按照这个宗教的偏见,她必然以厌恶的眼光来看我。"你们看到这句话了没有?就在这个故事的第三段的中间部分,"这时我厌于自己的处境,厌于这种生活,无法再在特弗利斯住下去,我回到了伊斯法罕,见到我父亲便劈头盖脑说出尖刻的话,我责备他把女儿放到只有改变宗教才能进入的地方。"看到这个部分没有,好的,接着往下读。

罗斯[读文本]:

"你引起主神和照耀你的太阳对你一家的愤怒,你做了比亵渎诸善端更严重的事,你亵渎了你的女儿,她就跟诸善端一样的纯洁……"

施特劳斯:译文有问题,应该是"亵渎了你女儿的灵魂"。

罗斯[读文本]:

"……你亵渎了你女儿的灵魂,她的灵魂就跟诸善端一样的纯洁。我将因痛苦和爱情而死,可是,但愿我的死是主神使你身受的唯一惩罚。"说完这些话,我便走出家门。以后的两年中,我的生活便是观看后房的墙垣,设想我的姐姐可能在什么地方。我每天千百次冒着被阉奴杀死的危险,因为他们一直在这些可怕的地方巡逻。

[224]施特劳斯:即便如此,他还是成功地和他的姐姐谈上了话,他的姐姐对发生的一切倍感悲伤,但还是忠于自己新的宗教和丈夫,她的丈夫是一个阉奴,之后他同自己的姐姐有过一次比较重要的谈话。好了,跳过下面的两段话,往下读。

罗斯[读文本]:

我对她说,"姐姐,为什么我得在这么一种讨厌的环境中才能见到你呢?囚禁你的墙垣,这些门闩和这些栅栏,这些监视你的卑

第 三 讲

鄙的看守,全都使我愤怒欲狂。为什么你失去了你祖先所享有的美好的自由呢?你的母亲是那么端庄的女人,也只是以自己的贞洁本身来向她的丈夫担保自己的德行。他们彼此信任,生活幸福,对于他们来说,淳朴的习俗,比起你在这所豪华的房子里享有的空洞的华贵来,是可贵千百倍的财富。你丧失了你的宗教的同时,也丧失了你的自由,你的幸福,以及为女性增光的那可贵的平等。但可悲的是,你不是妻子(因为你不可能是妻子),而是失去了做人的尊严的奴隶的奴隶。""啊,我的弟弟,"她说到,"请你尊敬我的丈夫,尊敬我信奉的宗教吧!根据这个宗教,我听你说话,跟你谈话都是有罪的。""什么,姐姐,"我气急败坏地说,"这么说来你把这个宗教信以为真了?""唉,"她说,"如果它不是真的,那对我来说就好多了,我为这个宗教作的牺牲太大了,我不能不信它,而且,如果我的怀疑……"说到这里,她不说了。"是的,姐姐,你的怀疑,不管是怎样的怀疑,都是有根据的。这个宗教,使你在现世生活不幸,对来世,又不给留下任何希望,你还指望它什么呢?"

施特劳斯:这里说的"对来世不给留下任何希望"是什么意思?

学生:呃,是说这里没有不朽……

施特劳斯:在伊斯兰教中?

学生:呃,是的,在这里不朽是次要的……

[225]施特劳斯:不,我认为要点是他的姐姐开始怀疑了。

学生:在郁斯贝克前面写的信中,有一封信我认为说的是教皇禁止妇女们阅读《圣经》是正确的,因为《圣经》唯一地展示了通往伊甸园的道路,而妇女们回不去了。

施特劳斯:因此,这就是你想要说的理由。好的。我认为这一点的确与她的怀疑有关。

学生:从她的弟弟的角度看,她现在信奉的是一种错误的宗教,难道不是这样吗?

施特劳斯:不,她现在是一个伊斯兰信徒。

学生:因此,伊斯兰信徒无法得到拯救,因为……

施特劳斯：不，不，可以不考虑这一点。因为她已经开始怀疑了，因此她就不是一个好的穆斯林。但这是我的想法，你也可能是对的。好的，我们继续。

罗斯[读文本]：

你想想吧，我们的宗教，是世界上最古老的宗教……

施特劳斯：你们看，这里说到最古老的，因此也就是最初的，最好的宗教。好的，继续。

罗斯[读文本]：

这个宗教在波斯曾一度繁荣，而且只植根于波斯帝国，它起源于何时已经茫然无考。并且伊斯兰教引入到这里并非偶然。这个教派并不是靠说服而是靠征服才在波斯建立起来的。

施特劳斯：译文有问题，应该是"伊斯兰教只是纯属偶然才传入波斯的。"

罗斯[读文本]：

如果我们原来的君主不是如此软弱，那么你就会看到我们古代的麻葛的礼拜仪式。如果你想象一下自己处在远古时代，一切都向你显示麻葛之道，而丝毫没有伊斯兰教的痕迹。而从那时起，过了几千年之后，这伊斯兰教还只是处于童年时代而已。"但是，"她说，虽然我的宗教比你的宗教创立得晚些，它至少……

施特劳斯：原文中说的是，"[我的宗教比你的宗教]更现代"。这是很有意思的一个表达。好的，继续。

[226]罗斯[读文本]：

……更为纯洁，因为它只礼拜真主，而不像你们还礼拜太阳、星辰、火,乃至诸善端。姐姐,我看得出来,你从伊斯兰教徒那里,学会了污蔑我们的宗教……

施特劳斯:译文有问题,应该是"我们神圣的宗教"。

罗斯[读文本]:

"我们并不崇拜星辰,也不崇拜诸善端,我们的祖先从来没有崇拜这些东西,从来没有为星辰和诸善端建起庙宇,从来没有向它们供献牺牲,他们只是对它们做宗教的礼拜而已,只是低级的礼拜,是把它们作为神的作品和神的显现而行的礼拜。不过,姐姐,看在照耀我们的主神的面上,请收下我给你带来的这本圣书,这是我们的立法者琐罗亚斯德的书,请你不带偏见地读这本书吧。在读这本书时,请接收照亮你心灵的光辉吧!请你记住,你的祖先长期在巴尔赫城礼拜太阳,最后请你记住我,我不希望得到安宁、财产和生命,我只希望你改变信仰。"我十分激动地离开了她,留下她独自一人,对我平生可能有的最大的事情做出决定。

施特劳斯:在这里你们看到,这个弟弟是他的宗教的一个非常好的辩护士。首先,这是最古老的宗教,其次,异教,也就是对于造物的崇拜,被说成只是对于单一主神的崇拜的一个附属性部分。他并没有否认对善端、太阳和其他这些东西的崇拜,而只是否认造物是不能接受崇拜的,他的意思是这些东西都是被造的。我们可以说是异教——但在这里他没有使用这个词——异教是一种真正的自然宗教。他在这里并没有使用这个表达,但这就是他暗示的内容。

学生:他似乎在《论法的精神》中更详尽地阐明了这一点。他在那里提到了那些宗教,在他看来越是古老的就越好……

施特劳斯:但在那里他没有谈到任何一种特定的宗教,而是作为一个政治思想家,从宗教的外部,从宗教的上端来谈的。而在这里这个人谈论的却是他自己的宗教,两者之间不一样。你有什么问题?

学生:在最后一句话中他说,"我十分激动地离开了她,留下她独自一人,对我平生可能有的最大的事情做出决定"。当他说,"我平生可能有的最大的事情"的时候,他是指她的姐姐所做的决定将会影响他的幸福吗?

[227] 施特劳斯:是的,因为他深爱着她。

同一个学生:因此就不是简单地纯粹的宗教方面了。

施特劳斯:是的,在这里你们可以顺带地看到在真理和爱之间的一个简单的联系,在某种意义上,这也是本书的一个主题。或者换种方式说,本书的主题是郁斯贝克对于智慧的追求和对他的女人们的追求。但在这里的联系要更为紧密一些。姐姐当然恢复了她原来的宗教,这一点在下一段的开头说得很明确。她收下了圣书,但这并不是她改宗的唯一来源,因为她太爱她的弟弟了,而和自己的阉奴丈夫在一起的时候,她并不幸福。因此,在这些非理性的动机的帮助下,她才看到了神的光明。

罗斯[读文本]:

两天之后我又去找她,我没有跟她说话,我默默无言地等待着决定我生死的判决。她对我说,"弟弟,一个女人,一个盖布尔女人爱着你。我内心斗争了很久,但是,诸神啊……"

施特劳斯:请注意,这里她说的是"诸神",不是一神论,而是多神论。

罗斯[读文本]:

"……但是,诸神啊,爱情解决了多少困难!现在我的心情是多么轻松!我不再害怕过分爱你了。我不再为我的爱情设置束缚了。爱情即便过火,也属正当。啊!这些是多么适合我的心情啊!但是你,你已经砸烂束缚我精神的锁链,但是什么时候你能够砸烂束缚我双手的锁链呢?从此刻起,我便把自己交给你了。你要迅速接受我的爱情,让人家看看我的这个赠品对于你来说是多么珍贵!"

第 三 讲

施特劳斯：但是无论如何,你们在电视上看到的那些真实的私奔或者冒险故事中,女人们都尝试过多次——我不知道在这里是不是这样——逃离对于自己的囚禁。他们当然要逃离追捕,然后在这个逃离过程中会发生某些事情,[读文本]

> 我们两人生活在远离人烟的地方,四周没有旁人,我们不断互诉爱情,表示要终身相爱,同时,等待机会由某个盖布尔司祭来为我们举行圣书规定的婚礼。我对她说,"姐姐,我们的结合是多么神圣啊!上天把我们结合在一起,我们神圣的教规将要把我们更为神圣地结合在一起。"

换句话说,这不简单地是一种自然宗教,因为,在这里除了自然之外,还有神圣的教规,一种神圣法(nomos)。否则,他们两个人就要在没有任何司祭和仪式的情形下将他们的身体和灵魂结合起来。这就表明,神圣的教规是这种表面上看起来的自然宗教的本质部分。因此,在这里孟德斯鸠就可以明智地避免使用自然宗教这个表达。但接下来这两人面临的是再一次的分离和新的苦难。还没有读过这个部分又喜欢读冒险小说的同学们不妨读一读。我们在这里仅读这段话后面的一个小部分,"但是,更使我无比悲痛的是,我找不到我的姐姐了。在我到家的前几天,鞑靼人入侵了她居住的城市。"看到了这个地方了吗?接着往下读。

[228]罗斯[读文本]：

> 他们看到我姐姐漂亮,就把她掳去,只留下她几个月前生下的一个小女孩……

施特劳斯：好,现在跳过这个部分。然后他们以一种非常复杂的方式再度结合,但有代价。他们所生的小女孩不见了,他们失去了[她],这是他们付出的巨大代价。他们将自己卖给一个善良的亚美尼亚人做奴隶,但仅仅是短期的卖身为奴,并且此后过上了幸福的生活,除了他们的那个可怜女儿。这是他们付出的巨大代价。这里还有其他一些内容,我们来看看这封信的最后一段话。请阅读。

罗斯[读文本]:

　　到了年底,主人信守诺言,释放了我们。我们回到了特弗利斯。

施特劳斯:你们是否还记得,特弗利斯是斯大林的出生地?
罗斯[读文本]:

　　在那里,我找到了我父亲的一个老朋友,他在城里行医小有名气。他借钱给我经商,后来因生意关系,我来到士麦那,在这里定居下来。我在这地方生活六年了,交往的人都极其善良和气,我的家庭也和睦团结。即使全世界的君主把王位给我,我也不愿把我的地位拿去交换。我很幸运,居然找到了那个对我恩重如山的亚美尼亚商人,于是我给了一些重大的帮助,作为报答。

施特劳斯:好的,这就是故事的结局。他现在住在士麦那,而士麦那是——在那个时候属于哪个国家?
学生:土耳其。
施特劳斯:土耳其,位于小亚细亚海岸。土耳其人信奉哪种宗教?
学生:伊斯兰教。
施特劳斯:伊斯兰教,好的。那么,伊斯兰教对于姐弟的乱伦持什么样的态度?我们从这封信的一开始就可以了解这一点。
学生:禁止。
施特劳斯:好的,换句话说,这两人要付出的第二个代价,除了失去他们的小女孩之外,还是什么?
学生:秘密。
[229]施特劳斯:要绝对地保守这个秘密。因为一旦他们被发现以乱伦关系生活在一起,就会带来一些非常恐怖的事情。好的,你有什

么看法?

学生:我还不清楚为什么您要说他必须以自己的女儿作为代价,是因为他将女儿卖给了他将自己和妻子卖身为奴的那个人吗?

施特劳斯:但这封信中至少没有说过他们找到了自己的女儿。

学生:啊,这封信中谈到了的。

施特劳斯:哪个地方?在哪儿谈到的?

罗斯[读文本]:

> 我向所有人求情,我想土耳其和基督教的牧师们请求保护,却没有人理睬,最后,我去和一个亚美尼亚人商量,把我女儿连同我自己卖给他。

施特劳斯:好的,就读到这里。然后他到了犹太人那里,给了他们三十个托曼。但是,在这里我没有看到有提到过他们找到了女儿。

学生:并且当他的妻子向商人求情的时候,也仅仅提到了自己和丈夫。

施特劳斯:好了,我必须要说这个问题并不十分重要,因为他付出的一个更有意思的代价是,他必须要向世人掩盖这场婚姻的乱伦性,因为这是被严格禁止的。好了,接下来我想在这里就进入到对已经接受的原则的质疑中了,其质疑程度要超出我们迄今为止所看到的。我的意思是,当他以自然宗教或自然道德的名义质疑启示宗教本身的时候,并没有包含对乱伦的禁令的质疑。比如说,在十七世纪和十八世纪有不少人替自然宗教、自然道德做辩护,但如果你们查一查观念史在这方面的内容,就很难找到这些人质疑过有关姐弟之间乱伦的禁令。

这个问题当然说来话长。比如说,如果你们读过格劳秀斯在《论战争法权与和平法权》中有关乱伦的段落,就会发现传统以来给出的论证多么复杂,当然,现时代有关这个问题给出的论证也很复杂。我想我在这之前也提到过,在洛克有关公民政府下的婚姻问题的讨论中,没有一个词谈到禁止乱伦的问题。他举了愚蠢的动物以及它们的交配做例子,动物的交配和人类的婚姻之间的唯一区别,在洛克看来,在于人与人之间的两性关系,由于有一个漫长的婴儿期,要更坚固和持久。但他并没有就那些被禁止的内容说过任何话。

如果你们浏览一下十七世纪和十八世纪有关自然法的文献,我想你们就会发现在整个传统中这是一个疑难的问题,这个传统可以至少回溯到色诺芬的《回忆苏格拉底》(*Memorabilia*) 第四章第四节,[230] 在那里给出了一个反对父母和子女之间乱伦,而非姐弟之间乱伦的论证。这是柏拉图《王制》中蕴含的内容,在《王制》中对于父母和子女之间的乱伦是暗自禁止的——这就是,年长的一代和年轻的一代人之间不得婚配,但在同一代人之间是否能婚配却没有做出根本性的禁止。在这里,任何人都是其他人的兄弟或姐妹,因此这种禁止是不可能的。但也可能更早,因为我们可以在阿里斯托芬的谐剧《妇女公民大会》(*Assembly of Women*) 中发现有关这一主题的讨论。这部谐剧在很多方面都预示了柏拉图的《王制》,尽管两者之间的联系大家都知道,但却很少有人使用这部谐剧来分析《王制》。在这部剧中你们甚至可以看到这样一种事态,即父母和子女之间的乱伦在某种意义上是被强行规定的。但是,你们可能说,这不过是一部谐剧罢了。但我们仍然可以从中看出,这类质疑,这种看起来是自然的质疑,看起来是符合自然法的质疑,其实是非常非常的古老。并因此我们就不必在这个方面感到吃惊。这里必须在上下文中思考它。关于上下文是什么,我稍后将向大家说明。好了,这里有位同学有一个问题。

学生:我在想您为什么要如此强调掩盖秘密这个问题。考虑到他们生活在异国他乡,考虑到这个女人就是他的姐姐,因此,掩盖秘密就不是一件特别困难的事情。

施特劳斯:是的,但在信中他仍然被描述为一个非常诚实的人。而诚实似乎首要的是要求一个人不要做那些遮遮掩掩的事情。在这封信的开头,他也说到了有关这个人的其他一些事,正是这些事迫使我们提出了这个问题。是的,说的是他的英雄气概(heroism),你们看到,信中说的是他心中的英雄气概。我认为这一点指的不仅是他的这个不同寻常的冒险故事,也是指他眼下所处的状况。但这一点当然不是决定性的。想要过逃脱正义的惩罚的生活是非常难的,而他实际上就是一个逃脱正义惩罚的逃犯。我不是在技术的意义上说他是逃犯,因为他的罪行还没有被人发现。但是根据世俗中的法律,他的确是犯了罪。

学生:是的,除非他不承认那些法律。我的意思是,这与那个相信自己是谋杀犯,并且躲避公民法的惩罚的人是不同的。

施特劳斯:这里究竟有多少谋杀犯不承认惩罚谋杀的法律呢?他们中的一些人很愿意说,一个简单的观察就是,如果谋杀不被禁止,他们就可能会在背后遭到任何人的攻击,但他们说自己愿意冒这个风险。他们也的确是冒了这个险。这样的人可以说是前后不一,因为他们会说谋杀应该被正当地禁止,但在他们面临的情形中,这种禁令又不适用。他们给出了一种诡辩,解释为何在这种情形下不适用。但在我看来,通常情形下,正如他们运用"直"(squares)和"曲"(crooks)这些漂亮的词汇展示的,直的就是愚蠢的。从整体上看,它们至少是非常有说服力的,并因此,我们必须调整自己,做必要的让步。但对一个诚实的人来说,这可能是一个问题。因此,我认为可以说,这是他们必须付出的代价。好的,你有什么问题?

学生:在这个故事开始之前的最后一段话中,伊本说他很不愿意将这些东西写出来。

[231] 施特劳斯:但他也说,之所以写出来是因为他的友谊。好的,你有什么问题?

学生:我在想相反的情形,也就是说,就像《圣经》中有关亚伯拉罕的故事讲的,①一个人假装他的妻子是自己的姊妹,这一点很难掩饰。

施特劳斯:是的,亚伯拉罕假装这一点,但它不是真的。很明显,亚比米勒王没有将兄弟和姊妹的乱伦视为犯罪。并且你们在《圣经》的前面部分中可以看到,兄弟和姊妹的乱伦对人类的繁衍来说是必要的。必须承认,如果所有人都是同一对夫妻的后代,他们如何能使人类繁衍呢?我认为,这一点通常情形下是为人们承认的。唯有一个问题,就是在当人类的数量足够多之后,这一点就被严格地禁止了。

---

① [译注]参见创世记20"亚伯拉罕称他的妻撒拉为妹子。"

学生：是的，但这不是兄弟和姊妹之间的行为，而是这种行为的结果。也就是说，它导致了家庭的瓦解，并且家庭……

施特劳斯：但在这里并没有提出这个论证。你当然可以说这是一种非常宽泛的、政治上的审慎考虑，可以为禁令提供正当性的理由，但这不会使违反禁令普遍地成为一项罪行。在这里暗示了这一点。

同一个学生：但在第46封信中，他在社会的规则和人道的要求、人道的义务之间做了一个划分，人道的义务要比社会的规则更高……

施特劳斯：但这一点很有可能是指比如说反对谋杀和偷盗的禁令，这些禁令明显是合理的。很显然，如果每个人都杀害其他人，拿走属于他人的东西——即便是在共产主义社会——就会导致所有人针对所有人的永恒战争，但这里没有同样明显的理由反对兄弟和姊妹之间的乱伦。这是一个难题。好的，你有什么问题？

学生：在这个故事的开端，信中说："我极端不幸，在不明事理的年龄，便已经堕入情网。"这似乎表明了理性和爱情之间的某种对立。

施特劳斯：呃，这里没有关于这一点的任何特别的内容，普通人不会在理性的指令下堕入情网。即便人们不再——不管他们年龄多大，哪怕十分年轻，甚至还只是个孩子——但我看到那些十九、二十岁的年轻人在尚未明白事理之前就堕入情网。我不认为这里有任何问题。他想说的只是，他们从孩提时候起就彼此相爱，这种爱情一直保持着，直到成年。

同一个学生：但他也说这是一种不幸。

施特劳斯：要考虑他说这句话的上下文。

学生：是的，但他不是感到自己犯了罪么？

[232] 施特劳斯：不，不，要看这句话的语境。因为这在伊斯兰教国家是被禁止的。你想要说点什么吗？

学生：嗯。也许他们必须付出的另一个代价就是，他们必须离开波斯，而不能待在自己的家乡，因为在这里他们的乱伦人所共知，因此他们只能寻找一个比如士麦那这样的城市，这个城市看起来就像是某种类似于世界公民的城市，而不仅属于土耳其。

施特劳斯：是的，但这个城市仍然是土耳其的。穆斯林允许犹太

第 三 讲

教和基督教,但不允许其他宗教。我们要注意这是伊本写给郁斯贝克的一封信。在《波斯人信札》中,伊本写的信非常少。如果我的统计正确的话,这就是我要说的第一点。你们应该去核对一下。这里还有一封信,也是除此之外的唯一一封伊本写给郁斯贝克的信,这封信不是我们今天要阅读的内容,但为了更清晰地阐明问题,我们在这里必须要读一读。这就是第 77 封信。然而,为了理解这封信,我们必须读前一封郁斯贝克写给伊本的信。我建议现在转到第 76 封信,读读这封信。不需要将这封信全部读完,而只读能使我们看清楚这封信讨论的话题的部分。

罗斯[读文本]:

郁斯贝克寄士麦那的伊本。

欧洲的法律,对于自杀者非常残暴:拖着尸体游街,对着死人咒骂,没收死者的财产,可以说是再一次把他们处死。

伊本,我觉得这样的法律很不公正。我身心痛苦,生活贫困,受人蔑视,为什么别人不让我脱离苦海,而残忍地夺走我自己手中的救药?

既然我再也不愿意作为社会中的一员,为什么别人要我去为这个社会劳动呢?……

施特劳斯:译文有问题,应该是"既然我不再同意作为社会中的一员"。换句话说,社会建立在同意基础上,这是一个著名的古老讲法。这就意味着我可以撤回我的同意。这会导致一些特定的麻烦:难道我不要首先偿还债务,比如说缴纳税收,作为一个男子服兵役?但如果我可以撤回我的同意,我就可以不这样做。好了。第 76 封信的主题是自杀,自杀当然是道德哲学的一个热门话题,在十七世纪和十八世纪,人们常常讨论这个主题,并且不无热情,尽管他们通常也带着某种警惕来谈论。下一封信是伊本回应这一有关自杀的说法。① 这封信不

---

① 即第 77 封信。

长,我们应该完整地读完它。

罗斯[读文本]:

伊本寄巴黎的郁斯贝克。

亲爱的郁斯贝克,我觉得对于一个真正的穆斯林来说,不幸的遭遇不是惩罚,而是儆戒。为对人失礼而补赎悠尤的日子,是[233]极其珍贵的日子。事成愿遂的幸运时光,倒是应该缩短。一切急躁,除了显示出我们想不依靠赐福的真主——因为真主本身便是至福——而获得幸福之外,还有什么用?

如果一个存在是由两个存在所组成,而如果保持两者相结合的必要性,更充分地指明这是对造物主命令的服从,那么,由此便可以制定出宗教法规。如果这种保持结合的必要性成为人们行动的更好的依据,那么由此便可制订出公民法。

施特劳斯:好的,伊本在自杀问题上说了一些什么呢?自杀是犯罪抑或不是犯罪,这是一个问题。

学生:这取决于公民法。

施特劳斯:也取决于宗教法。换句话说,你可以通过两种方式来谈论它。宗教法可能被制定出来。这些句子都是条件句:如果一个存在由两个存在组成,这是指身体和灵魂,并且,保持结合的必要性,也就是生命,指明了对造物者命令的更严格的服从——他没有解决这个问题,我们可以说,如果你不想在特定条件下确保和维持这一结合的话,它就向你指明了对于造物主命令的更严格的服从。

因此,不必进入如下问题,也无需提及像郁斯贝克清晰地表述出来的那个问题,他给出了这个看法:对于反对自杀的禁令我没有任何异议,但这一禁令却是基于一个能被我们质疑的前提上的。这是一封非常审慎的信,信写得非常简明。在我看来,这封信在《波斯人信札》中非常突出,在某种意义上,对《波斯人信札》来说是关键的一封信。

如果可以证明这一点正确——我们当然也必须考察其他的信——那么,伊本就会——现在我们不妨暂时从第 77 封信回到我们

第 三 讲　　　　　　　　　　　　85

之前讨论的第67封信,第67封信作为一个整体,在其中伊本表达了对这个盖布尔人的极大同情,我们目前所能看到的最激进的文字是伊本转述的,但也是在这位盖布尔人讲述的故事中。很显然,伊本并未对此表达出根本性的异议。这是一个前后一贯的人。在我看来,伊本是在《波斯人信札》中迄今为止我们看到的最激进的人,因此相较迄今为止的任何其他人,给了我们更深刻的对《波斯人信札》一书作者思想的某些洞见。这里只有两封信寄自伊本,都写给郁斯贝克。但郁斯贝克写给伊本的信有14封,里加给伊本的信有10封。总体上来看,伊本作为收信人或写信人的信件共计26封。我认为,我们应该在所有情况下来考察这一点,因此我首先将这个问题提出来。好了,接下来回到我们本次研讨课的内容。

学生:我手中的这个版本中有一个注释说,在《波斯人信札》的早前几版中没有这封信。

施特劳斯:你说的是哪一封?

[234]学生:在早前的几版中没有第77封信,有一些人认为这封信原本是想要作为第76封信的结尾的。换句话说,它原本应出自郁斯贝克之口。后来,孟德斯鸠使它出自伊本之口。

学生:在我手中的这个版本中,关于这个问题说了一整页。

施特劳斯:我看一看。好的,换句话说,这封信出现得非常晚,在1754年,也就是说在孟德斯鸠死后,不,他什么时候死的?① 1748年出版了《论法的精神》。

学生:是的,我手中的这个版本中说,这封信首次出现在1754年。因此相当晚。

施特劳斯:好了,这个注释太长了,我们在这里就不读了。也许你稍后可以给大家读一下,告诉我们它的内容。好了,现在回到我们今天研讨课内容的开始部分,也就是第48封信。② 在我看来,这封信是迄今为止我们看到的最长的　封。这封信是郁斯贝克写给雷迪的。在这

---

① [译注]孟德斯鸠逝于1755年。
② [译注]本讲施特劳斯教授耗费了较大篇幅来讲述第67封信和第77封信之间的关系。然后才回到第48封信,也就是本次课程所要针对的内容的开始部分。

封信中，郁斯贝克将自己在法国的生活描述为一种学习的、获得知识的生活，但不是通过书本，而是通过去观察人们和同他们交谈。在第三段中，很显然他批判了波斯人在妇女政策方面的习俗，关于这一点我们在此前已经发现了某些迹象。在这封信中他展示了巴黎的各种类型的人，我认为有五种类型，处在中间的是诗人。我们在这里读一读关于诗人的部分，在第八段。

罗斯[读文本]：

"但是，要是您不嫌我啰嗦，请告诉我，坐在我们对面的那个人，衣冠不整，有时做做鬼脸，用的语言也跟别人不同，没有风趣，却要谈天说地，卖弄风情，这个人究竟是谁？"。"是个诗人"，他回答道，"也就是人类中的可笑人物。这种人说他们生来就是这幅样子，这倒是真的，而且他们一生几乎永远是这幅德行，就是说，几乎永远是最可笑的人。所以，人家都对这种人不客气，对他们毫不留情地加以鄙视。我们对面这位肚子饿极了，才到这里来。这家主人和主妇对任何人都亲切有礼，也殷勤地接待了他。他们结婚时，这诗人替他们写祝婚诗，这是他一生中干得最出色的作品，因为这门婚姻美满，正像他预祝的那样。"

施特劳斯：好的，因此，在法国也有幸福的婚姻，也许要比波斯人的婚姻更幸福，尽管在法国女人们享有更大的自由。接着读下一段。

罗斯[读文本]：

他又说道："您囿于东方的成见，也许不会相信，我们法国人也有美满的婚姻，也有恪守妇道、贞洁自持的妇女。我们谈到的这对夫妇，彼此和睦相处[235]，过着灵魂的不受破坏的宁静生活。大家都爱戴他们，尊敬他们。只有一个问题，即由于他们天性善良，他们在家中款待各式各样的人……"

第 三 讲

施特劳斯：好了，就读到这里。在这个地方有一个关键点，这就是，这个波斯人在信中说，必须要将自己从东方的成见中解脱出来，并且他给出了为什么应该这样做的一些有说服力的理由，因为在法国幸福的婚姻也是可能的。但郁斯贝克在这封信的最后一段话中表达了自己最后的异议，在那里，他展示了另一种类型的生活，一种不那么令人满意的生活。换句话说，郁斯贝克并不能够肯定，这个不同于波斯人风俗的欧洲风俗例子是否充分。但是我们不要忘记这封信是写给雷迪的，如果我没有搞错的话，雷迪是他的年轻的侄子，因此在信中他还必须考虑到自己作为长辈的责任。好了，接下来我们转到第50封信，这封信又是里加写给那个匿名人的。

布鲁尔：我能够提关于第47封信的一个问题吗？

施特劳斯：当然可以，这封信是扎茜写给郁斯贝克的。

布鲁尔：在这封信快要结尾的地方，扎茜描述了旅行中男人和女人的不同。男人们只会遇到威胁他们性命的危险，而女人们则既怕失节，又怕丢命。我在想这是否也表明了这些一般性特征的另一个方面，也就是说，男人们也许会成为开明的政治家，他们只需考虑自我保存的问题，而女人们……

施特劳斯：也许吧，但你在这里的观察自身不能充分地说明这一点，因为女人们也可能宁愿一死，也不愿失去她们的名誉。但是，同样的说法也适合于男人们。我们不可能总是直接地谈论什么是孟德斯鸠的最高原则。我觉得，我们还是要稍微耐心地等一等。

另一个学生：即便是在我们眼下阅读的这封信中，[1]孟德斯鸠也强调了女性的精神方面的特征，他在这里说道："贞洁使我们的少女像天使和无形的天神一样，她们一想到有一天她们会失掉贞洁，便胆战心惊。"

施特劳斯：这里是指波斯人吗？

学生：是的，说的是波斯女人。

施特劳斯：关于这个问题我还没有搞清楚。我们不妨等遇到这个问题时再说……好的，这位同学有什么问题？

---

[1] ［译注］是指刚刚读完的第48封信。这位学生提到的句子出现在第48封信靠近末尾的地方。

学生：这封信也表明，自然法是如何被波斯那些荒诞的习俗荒诞地推翻的。他们为了自己的一顿小小的野餐而杀戮，他们杀了两个人，这些人……

施特劳斯：是的，你说得对，的确是这样。但关于这一点所有国家都有许多例子，因此，我甚至没有注意你提到的这点，但你提到这一点是对的。好了，现在转到第 50 封信，这封信中讨论的是有关谦逊（modesty）的主题。我们读读第二段。

[236] 罗斯 [读文本]：

> 如果说对于上天授予过人才略的人，谦虚是不可或缺的一种德性，那么对于居然摆出傲睨万物的样子，使最伟大的人物也以为耻的那些虫豸，又有什么好说的呢？

施特劳斯：好的，接下来读这封信的最后两段话。

罗斯 [读文本]：

> "你说得有道理！"这位夸夸其谈的人打断了我们的话，"像我这样做就好了。我从来不吹捧自己，我家财万贯，我出身高贵，我花钱大方，我的朋友说我颇有才智，可我从来不说这些。如果说我有某些优点的话，那么我最重视的优点，就是我的谦虚。"
>
> 我真佩服这个厚颜无耻的家伙。于是当他高声谈话时，我低声地说道："对自己知耻自爱，绝不自夸；对听众存敬畏之心，不放肆狂言；不自损价值去伤害他人的自尊，这样的人多么幸福啊！"

施特劳斯：好的，在这里他没有暗示谦虚是对自负的限制，是自负的一种更审慎的也更聪明的形式。这一点也与这种类型的道德主义者的一般倾向相符。接下来的一封信是波斯派驻莫斯科维亚的使臣写的，这封信中当然提到了彼得大帝。① 在第 53 封信中，我们听到了有

---

① [译注] 即第 51 封信。

关阉奴的更多的消息,这封信是伊斯法罕的一个女人写的。我们在这里读这封信的第六段。

罗斯[读文本]:

我曾听你说过好多次,说是阉奴从女人身上享受到一种我们无法理解的官能快感。这是自然给他们的损失做的补偿,自然有办法弥补他们的不利条件。他们完全可以虽不再是男人,但仍然是敏感的,因此在这种情况下,他们仿佛有着第三种官能,从而可以说仅仅换了一种快感而已。

施特劳斯:这是一个要点。换句话说,他们拥有一种快感,而这是不是阉奴的男男女女们不知道的。这一点在某种意义上已经在前面的信中揭示出来了,这是一种从权力中,从他们享有的特定类型的权力中特别地获得的快感。在第 54 封信中出现了一个人,此人一心想在人群中抛头露面,却没有获得成功。这一点对各种人来说都常常如此,而不仅指法国人。这是摄政时期,法国摄政时期的风尚,在这里是从社会学的角度出发对这种风尚的表述,但这种事在历史的各个时期都是这样的,至少从忒奥弗拉斯托斯(Theophrastus)以来是如此,此人是亚里士多德的学生,撰有《论品格》(The Characters)一书,这本书特别关注这些恶在这 特定历史时期采取的形式。

学生:他两次提到了阉奴结婚,但在我看来,这可能是伊斯兰教禁止的,我对伊斯兰教方面并不十分了解,但难道[237]这里不存在某些律法禁止一个男子和一个他无法对之负责的女人结婚吗?

施特劳斯:我也认为这种说法对,但我们必须按照孟德斯鸠呈现给我们的伊斯兰教来理解,这是否基于他对伊斯兰教方面的无知,还是尽管他对此有认识,仍然这么做,这一点还需我们做新的考察。

同一个学生:但他这样做是有意扩大关系吗——

施特劳斯:是的,因为阉奴的某种象征意义,他们是女人和主人之间的中间人。第 55 封信谈到了法国人在忠诚方面的风尚。在里加写给伊本的这封信中,这一点对于那些波斯人性格的发展来说是非常有意思的。但在这里我们不打算读完整封信。接下来读一读第四段的结尾。

罗斯[读文本]：

这里的男人采取宽容的态度，把妻子的不忠，视为是自己的命运，在劫难逃。一个丈夫，如果想要独占妻子，就会被视为公共欢乐的破坏者和企图不让人人分享阳光的疯子。

施特劳斯：好的，就到这里，接下来读下一段的开头。

罗斯[读文本]：

这里，一个热爱妻子的丈夫，是一个没有本事让别的女人爱上自己的人……

施特劳斯：换句话说，这没有什么好夸耀的。
学生：看起来我们已经进入到先前的那个问题了，您觉得呢？
施特劳斯：嗯，我不知道，但我在这里听到了一些内容。我们继续读，稍后一点的部分，倒数第三段。

罗斯[读文本]：

在一般情况下，容忍妻子不忠的人，不会受人非难，相反，别人还称赞他处事谨慎，只有在特殊情况下，才有损体面。

不是说法国没有谨守妇道的女人，而且可以说这些女人品性卓绝。我的车夫总是把她们指给我们看，不过这些女人全都奇丑无比，只有圣徒才不会厌恶她们的贞德。

施特劳斯：好的，接下来读最后一段。
[238]罗斯[读文本]：

我跟你谈了这个国家的风俗之后，你不难设想法国人是不大

第 三 讲

在乎夫妇是否忠贞不二的。他们认为,对一个女人发誓永远爱她,就跟肯定自己会永远健康或者始终幸福一样可笑。当他们向一个女人承诺说自己永远爱她时,他们是认为,这个女人也向他们承诺仍然会一直可爱下去(remain lovable)……

施特劳斯：译文有问题,应该是"向他们承诺永远可爱"(always lovable)

罗斯[读文本]：

……如果这个女人不守诺言,男人也就不必履行自己的承诺。

施特劳斯：好的,我认为,不难找出这里的论证。但在这本书的情节发展过程中最有意思的一点是,里加在这里已经开始接受欧洲的价值观念。接下来的一点是,这并非对于多偶制的证成。如果这个条件得不到满足,那么就有了某种法律上的替代。这一点也是可能的。我们继续看接下来的一封信,这封信是郁斯贝克写给伊本的,谈论的是赌博的问题,我们读一读最后一段话。

罗斯[读文本]：

我们神圣的先知主要的意图似乎是不让任何事物扰乱我们的理智。他禁止我们饮酒,因为酒会令人失去理智,他特地制订了一条专门的戒律,不许我们赌博。而且虽然他无法消除引起各种欲念的原因,他却抑制这些欲念。在我们那里,爱情……

施特劳斯：接下来这封信提到了多偶制。

罗斯[读文本]：

在我们那里,爱情不会引起躁动,也不会产生狂想。这是一种恹恹的情欲,使我们的心灵处于平静状态。多妻使我们免于女人的支配,而且缓和我们强烈的情欲。

施特劳斯：因此这就是在一个更高级的层面上为伊斯兰教做的证明，即证明伊斯兰教是一种理性的宗教或者说是一种相当合理的宗教。并且，是在一封不是写给伊斯兰神职人员，而是写给伊本的信中这样做的。顺便说一句，伊本是雷迪的叔叔，这一点我们从第 25 封信的开头就可以看到。因此，这里就存在着某种联系。我们接下来不妨看一看。有些东西不是直接地令人产生兴趣。任何人在突然看到一个前所未见的异国他乡的时候，几乎都会写这样的信。好了，接下来进入到第 59 封信，读一读最后两段话。

罗斯[读文本]：

郁斯贝克，在我看来，我们从来都只是暗地里根据自身的经历来判断事物的。并不奇怪，黑人把魔鬼画成皮肤耀眼洁白，而将他们的神画得黝黑如炭。有些民族的维纳斯[239]双奶拖到屁股。总之，所有的偶像崇拜者都让他们的神祇长着人的面孔，并将自己的一切秉性加在了神祇身上，对于这些我并不感到惊奇。有人说的很对，如果三角形也要创一个神，那么，它们就会给他们的神三条边。

亲爱的郁斯贝克，当我看到一些人趴在一粒原子上，也就是说趴在地球上，因为地球无非浩瀚宇宙的一个点而已，居然自命为神明所创造的典范时，我真不知道这种极度荒诞的夸张如何同人类极度的琐碎（pettiness）协调起来。

施特劳斯：不是琐碎，而是渺小（littleness）。人在根本上是以自我为中心的，这就意味着不仅法国人以自我为中心——这一点和这封信之间有什么关系呢？他不也在波斯做过观察吗，在那里他深深地卷入到了太多的人际关系中，很难有作单纯的观察者的自由。在我看来，在这里出现的反驳意见是，这封信是一个生活在法国的法国人写的，尽管这个法国人到过许多地方，但毕竟还是在欧洲之内。因此，这一点并不能提供太多帮助。

第 60 封信也是写给伊本的，在这封信中郁斯贝克也谈到了欧洲的特定优势。这封信讨论犹太人及其处境。接下来读一读倒数第二段。

罗斯[读文本]：

在欧洲,犹太人今天享受着前所未有的安宁。基督徒开始摆脱过去充沛于心中的不宽容精神。人们已经感到,将犹太人驱逐出西班牙,法国迫害跟君主的信仰稍有不同的基督教徒,这些事情做得不妥。

施特劳斯：他在这里指的是胡格诺教徒。

罗斯[读文本]：

人们发觉,热衷于发展宗教事业,跟对这个宗教所应有的热爱是两回事。而热爱自己的宗教和遵循这个宗教,没有必要仇恨和迫害不皈依这个宗教的人。

但愿我们的穆斯林在这个问题上的看法跟基督教一样明智,在阿里和阿布·伯克尔之间努力地建立起来的和平是非常好的……

施特劳斯：意思是在什叶派和逊尼派之间建立和平。

罗斯[读文本]：

……而让真主们去决定这些神圣的先知们的功德。我希望人们能够以崇拜和恭敬的行动来纪念他们,而不是[240]毫无意义地争个高低。我希望不管真主给这两位先知指定了什么样的位置,是在他的右边还是在真主宝座的踏板下面,大家都尽力不辜负他们所赐予的恩宠。

施特劳斯：换句话说,这里说的是欧洲的另一个优势,在这里他说欧洲是波斯的典范,正如我们已经看到的在女人方面那样。接下来的一封信给我们展示了基督教的一位神职人员提出的自我批判,讨论的是信仰狂热带来的危险这个问题。

学生：但似乎尽管他给出了证成，但是——他说他们自己感觉到不妥。这是经济成本方面的不妥吗？因为这些人要么是手工艺人，要么是商人。因此，他们觉得有所损失，因为找不到可以替代的人，而不是说他们改变了自己的想法。

施特劳斯：是的，是这样。孟德斯鸠如何来说清这一点？

同一个学生：呃，也许这个方面的利益要大于……

施特劳斯：宗教狂热对共同善有害，也对公共利益有害。因此，这是一项论证。必须将单纯的事实，也就是西班牙驱逐犹太人之后经济衰落的事实，必须将这个事实转换为一项论证。这些东西如果没有被明确地表达出来，被理解为原因和结果，就不能发挥作用。你们明白这一点吗？这些所谓的经济力量（economic forces），当它们本身为人们了解时，它们就作为一种因果关系而为人所知，并因此，就会影响后来的理性行动。

当然，在这里自然而然地忽略掉了一个问题，正如在所有这类论证中一样，也就是说，也许，共同善作为尘世间的善，相对于信仰的纯粹性或一个国家中信仰的纯粹性来说，正如那个时代的西班牙人所认为的，完全是毫无意义并且微不足道的。你们知道，这一点当然必须分为两个阶段，但是这个论证在这里根本就没有得到讨论。在之前我们曾经将这一点同《论法的精神》联系起来，我们是否不能说，一种宗教是否会因为它导致的经济的和政治方面的结果不令人满意这个事实而遭到排斥。你们是否认为这一点不是必然地得出来的？在这个问题方面展开思考是非常重要的。

学生：关于这个问题的另一个方面就是，如果宗教有利于共同善，也就是说，有利于国家统一或者其他类似于此的东西，那么，驱逐异议者或者是杀害他们就可以被被解释为有利于共同善。

施特劳斯：是的，的确是这样，这是大家都知道的。

同一个学生：这无疑是问题的一个部分，尤其是对他在这里提到的法国而言。

施特劳斯：是的，这种事常常发生，并且我们当然必须考察这整个问题。但一种宗教在政治、社会和经济方面产生的那些不令人满意的结果[241],这个事实并不能构成对这种宗教的反驳。我的意思是,如果这是一条泪谷(valley of tears),那些适合于泪谷的东西就并不必然是好的。在这里我只是大概地说一说,但你们必须认真对待这一点。这仅仅是论证的一个部分,并且唯有当人们说一种宗教是必然的时候,真正的宗教从比如政治的角度来说才必然也是最好的宗教,在我看来,《圣经》通过如下故事很好地表达了这一点,这就是,摩西被描述为一个非常穷困的公共管理人,并且他是从他的岳父那里,也就是异教徒叶忒罗学到了有关公共管理的一些基本原理。叶忒罗作为公共管理人做的比摩西要好。因此很有可能,某种特定的异教要比启示宗教更有利于促进优良的公共管理。但这一点并不能解决我们面临的问题。不能解决我们这里的问题。我们必须通盘地考察一下,而不是不加质疑地认定这一点,即政治上的优先性,或者甚至是卓越,乃是最高的标准。这一点还需要再做考虑。否则我们就会使事情过于简单和容易。

那么,这封由教会中人谈论有关宗教狂热之危险的信,当然表明——就目前的语境来说也许是最重要的——表明了一种宽容精神,这种精神甚至影响了欧洲的教士们,而不仅是我们之前看到的对于普通人的影响。第62封信再度讨论了有关后房的问题,我们在这里读一读这封信的开头。

罗斯[读文本]:

> 泽丽丝寄巴黎的郁斯贝克。
> 你的女儿已经四岁了,我认为该叫她进入内院了,而不必等到十岁时才交给黑人阉奴,剥夺幼女的童年自由,让她在充满贞洁的神圣墙垣之内接受圣洁的教育,这是绝不嫌过早的。

施特劳斯:好的,继续读下一段。

罗斯[读文本]:

因此，我不能同意那些母亲的意见，她们只是在女儿即将嫁人时，才把她们禁闭起来。由于她们是把女儿强迫禁闭在后房，而不是奉献给后房，这样，她们本应启发女儿接收一种生活方式的，结果却采用了粗暴的手段。难道一切都得靠理智的力量而不能由习惯来潜移默化吗？

施特劳斯：后房是神圣的。因此这里需要的是一种奉献，一种供奉。并且，正如你们可以从这段话的末尾看到的，这一点与理性的限度联系起来。好了，接下来我们跳过下一段往下读。

罗斯[读文本]：

如果我们仅仅靠义务而从属于你，那么我们有时会忘掉这个义务，如果我们只是出于本能而依附你，那么，某种更为强烈的本能也许会削弱前一种本能。但是，如果法律把我们交给了一个男人，那么，它就会使我们不去接近其他男人，把他们拒之于千里之外。

[242]施特劳斯：换句话说，是一种平衡——我的意思是，比理性更强有力的东西是律法，因为律法的强制性特征。好了，我们接下来读下一段。

罗斯[读文本]：

自然，为了男人的利益无所不能，它不仅给男人以欲望，并且要我们女人也有欲望，要我们成为男人享受乐趣的活工具。自然使我们受情欲之火的煎熬，以便让男人安宁地生活。如果男人对我们不再表现冷漠，自然便用我们使他们恢复冷漠，我们使男人处于这种幸福的状态，但我们却从不能享受到这种状态。

施特劳斯：好的，这些话想要表达什么呢？女人是低贱的，因为她们的激情较男人的激情要更强烈。难道这一点不是在这里想要潜在地表达的东西吗?"我们从不能享受到我们使他们处于的那种状态"。我们不必讨论这一点是否在事实上正确,因为这样一来将会陷入到无穷无尽的问题之中。我们在这里仅仅讨论它直接传达出来的内容。好的,你有什么看法?

学生:是否他在这里想要传达一种女修道院的情感,因为在英文译本中,出现了"圣洁的教育"、"神圣的围墙"这些词。

施特劳斯:是的,这一点很清楚。我们至少可以这样说。关于它,这里有某种宗教性的东西。但其意思稍后在倒数第二段中才得到澄清,在那里,她称自己生活在其间的神圣的围墙是"你禁闭我的牢狱",因此,换句话说,这是一种非常艰难的转换(conversion)。

学生:她似乎认为女人天性比男人更低贱,并且无法像男人那样幸福。但这一点同样也可能只是律法和后房带来的结果,在后房之中,女人无法得到满足。后房中有许多女人,男人却只有一个。也许,在一夫一妻制的体系中,情况有所不同。

施特劳斯:的确,但接下来我们有必要考虑一下,是否他也使用后房中的妇女和阉奴来作为其他关系的象征。

学生:也许我误解了您的意思,但是似乎当他说女人们不能享有那种幸福状态的时候,他说的是男人们的安宁,这些人得到了满足,而不仅仅是享受到了情欲。她说,[读文本]

"自然使我们受情欲之火的煎熬,以便让男人安宁地生活。如果男人对我们不再表现冷漠(这似乎是他们的正常状态,在这里不受情欲的干扰),自然便用我们使他们恢复冷漠,我们使男人处于这种幸福的状态,但我们却从不能享受到这种状态"。

施特劳斯:是的,是一种得到了满足的幸福状态。

学生:不仅是满足,难道不是吗?男人们不再受情欲的干扰,并因此……

[243]施特劳斯:是的,在之前的一封信中,他称之为一种倦怠的状态(languid state),一种非常愉悦的倦怠状态。好了,接下来读一读

倒数第二段,在那里泽丽丝再度提到了此处涉及到的整个关系。

罗斯[读文本]:

你把我禁闭在牢狱中,可我在这里甚至比你更自由,你加倍注意,让人看守我,却只能使我以你的不安为乐,你的猜疑,你的妒忌,你的忧伤,都表明你无法自主。

亲爱的郁斯贝克,你再继续下去吧!派人日夜看管我吧。你别以为普通的防范措施已经万无一失,只要我能够确定你是幸福的,才能增加我的幸福,而且你要知道,我别的什么也不怕,只怕你对我漠不关心。

施特劳斯:因此,女人们就生活在牢狱之中,但尽管如此她们也比男人们更自由,因为实际上这些男人依赖女人比女人们对他们的依赖更甚。将这一点运用到政治领域,那么,在一个专制政府中,伊斯兰国家的宰相——间接地当然也包含苏丹——在某种意义上是依附于人民的,并因此,较之其他方式来说就没有那么自由。好的,你有什么问题?

布鲁尔:我在想您是否用这一点来指一般意义上女人,因为撰写这封信件的泽丽丝在之前只写过另外一封信,但是尽管如此,她仍然表现得非同一般。还有一个人也写过她们面临的独特的问题,或者说她们对郁斯贝克的情欲,但在那里她书写的是她相对于郁斯贝克的优势,同样也谈到了她对于各种事情的处理。在某种意义上,至少在某种有限的意义上,她是看起来像是统治者的唯一的女性。她也是唯一一位以一般性概念(general terms)来谈论自己处境的女性。

施特劳斯:嗯,难道我们不能说她要比其他女人有想法吗?这是你想要表达的意思吗?

布鲁尔:是的。

施特劳斯:在这封信中,她做了一些一般性的反思(general reflection)。

布鲁尔:但这一点使她不同于其他人吗?你们将她理解为女性的一位代言人,假如说女人在这里可以代表其他东西的话?

第 三 讲

施特劳斯：嗯，但在这里并不是说她要从一个独特的问题出发，也就是说应该对她的女儿做什么，但她在这封信的其余部分中进入到一般性的思考了吗？

布鲁尔：但是她说，我就和你一样的幸福，而不是说所有的女人，因为其他女人的信中诉说了自己的悲惨。

施特劳斯：是的，但她也谈到了我们，你们可以看到这一点。在第3-5段中，她谈到了"我们"。然后，她再次谈到了她自己，是这样的。

[244] 另一个学生：当她谈论一般意义上的女人时，她讨论的是女人相对于男人的低贱。

施特劳斯：是的。

同一个学生：然后她说，尽管如此，我还是能体会到若干快乐。

施特劳斯：是的。是这样，出自她之手的信有多少封？

布鲁尔：这是第二封，这封信之后的情况我还不了解。

施特劳斯：好的，我在这里看到的唯一的东西就是，这封信的作者的性格与伊本相关，关于这一点我在这次课的一开始就提出来了，我认为就涉及到对既有秩序进行质疑而言，伊本似乎是处在情节发展最顶点的一个人物。

学生：在最后两段话中，她似乎是在指责他，因为她说，我更自由，你要加倍注意，我会从中得到欢乐，你的猜疑仅仅表明了你无法做到自主。在某种意义上，这些话听起来是忧郁，并且十分悲哀。她对他说的可能也是其他女人想要说的话，但表达的方式却截然不同。她善于掩饰自己的内在情感。

施特劳斯：我们有必要比较一下这封信同其他女人写的信，我还没有这样做过。你们是不是已经这样做过了？好的，有必要。好的，这里还有一个要点。下一封信是里加写给郁斯贝克的，①我们读几个部分，首先读一下第二段。

罗斯[读文本]：

----
① 即第63封信。

至于我,我的生活跟你以前所见的大致相同,我出入社交界,试图了解上流社会的情况。我精神上残余的亚洲成分,正在慢慢地消失。我毫不费力地适应了欧洲的风俗。看到一间屋子里,五六个男人跟五六个女人在一起已经不以为怪了,而且我觉得这个主意并不坏。

施特劳斯:在这里他就挑明了。换句话说,他不只是无意识地展示自己已经适应了异国他乡的生活,而且对这一点是有意识的。好了,继续读。

罗斯[读文本]:

可以这么说,我只是到了这里之后才认识了女人。我在一个月内对女人的了解比我在后房三十年所了解的还要多。

在我们波斯,人的性格千篇一律,因为都是被迫塑造出来的,我们看不到人们的真面目,看到的只是他们被迫成为的样子(as they are forced to be)……

施特劳斯:译文有问题,应该是"看到的只是一个人迫使他们成为的那种样子"(as one oblige them to be)。

罗斯[读文本]:

在心灵受压抑和思想受束缚的情况下,我们听到人们谈的只是恐惧而不是自然,表达恐惧的语言只有一种,而表达自然的方式千差万别,而且自然是以多种多样的方式表达出来的。

[245]弄虚作假这种艺术,在我们国家如此常用,在所必需,在这里却根本不存在。什么都可以说出来,什么都看得见,什么都听得到,心里怎么想,脸上就表现出来。在风俗道德,甚至在陋习恶癖中,人都可以看到某些纯真的成分。

施特劳斯:我们在这里停一下。不用说,在这里他对18世纪的法国,对于任何时期的任何国家,都有一点夸大其辞。但这里的确存在一种差异,这就是可以在法国找到相较在波斯更大的自由(freedom)或许可(license)。但是,在这里他并不称之为"自由",而只是提供了一种暗示。他在这里谈到了自然(nature)和非自然(not nature)之间的区别,他在这里称非自然的东西为"恐惧"(fear),这种东西抑制了自然。这正是自然和约定之间的古老对立。对东方人来说,一切都受制于约定,但在西方人那里,自然能够发出自己的声音,因此,个体在自身的个性中就可以展示自己。当约定支配一切时,人们遵守约定、服从律法,也就是规则。自然性(naturalness)和个性(individuality)是相互从属的。这是这里必须注意的一个要点。

关于这次课程任务的其余部分,我这里仅简单地说几句。下一封信中报告了后房中的骚乱。① 阉奴总管,也就是黑奴总管,提醒郁斯贝克,说他太过温和,并且说,为了使后房中的女人们生活有序,必须采取更严厉的惩罚措施。他谈到了自己的师父,另一个曾经培养过他的阉奴,他谈到了这个人的准则:[读文本]

"稍不照办就毫不留情地惩罚。他总是这么说,我是奴隶,没错,不过是主人的奴隶,他也是你们的主人,我对你们行使他给我的权力。惩罚你们的是他,而不是我,他是假我的手惩罚你们。"

因此,他就向郁斯贝克表明,如果想要他控制这些女人,就必须赋予他最大的裁量权。如果想要他成为主人的好仆人,可以说,他就必须被赋予这种管束和释放的权力。好的,接下来读最后一段话。

罗斯[读文本]:

请让我放手去做吧!请允许我强行地建立服从。只要一个星期,便可以在一片混乱中重建秩序。为了您的光荣,需要这样做,您的安全也需要这样做。

---

① 即第64封信。

施特劳斯：好的,接下来我们看看郁斯贝克的回复,我们再度看到这是一个相当和善的人。你们是否记得,在那个可怜的年轻人即将被迫成为阉奴,给他写信的时候,他说,好吧,你的愿望准许了。在这里他也愿意推迟严厉的惩罚措施,这个惩罚措施是谁,是阉奴总管提议的吗?

学生：是的。

施特劳斯：这些黑人阉奴比那些白人阉奴要糟糕得多,当然这是根据一种流行的偏见得出的观点,这种偏见甚至在我们这个国家也存在,我想你们肯定也读出了这一点。好的,今天的课程就到这里。

第 四 讲

1966年5月9日

[247]［录音整理稿从课程中间开始］

施特劳斯：在这类情形中，人们通常看到的仅仅是，当被剥夺了种善之后，这种善还是怎样的一种善。我们接下来将从上次离开的地方开始，我们已经读到了第67封信。这是迄今为止我们读到的最激进的一封信，它讨论的是有关乱伦的问题——对此我就不重复了。接下来进入到第68封信。这是紧接在其后的一封信，这封信中描述了一个对法律一无所知的法官，这是对那个时代的法国及其形势的一个讽刺。这里描述的事情是微不足道的。在这封信的后面是另一封有意思的信，也就是第69封信，这封信讨论形而上学，讨论自然神学，而不是启示宗教。我认为应该转到这封信，读一读开头，读前两段话。

罗斯［读文本］：

你可能想象不到，我变得比以前更像是形而上学家了，可是情况就是如此，而一旦你忍受了我的哲学的这一爆发，你就会对此深信不疑了。

最明达的哲人，在思考了神的性质之后，说神至善至美，但是他们极度滥用了这个概念。他们列举了人可能具有和可能想象出来的各种不同的完善品质，并把这些完善品质加在神明身上。而没有想到这些属性往往相互抵触，不可能存在于同一个对象上而不相互抵消。

施特劳斯：换句话说，出发点是传统的看法，即认为上帝是 ens perfectissimo [绝对完善的存在者]。并且必须理解为这必须是真正的完善，而不是想象的完善，否则我们就会陷入矛盾。因此，在将各种完善归结给上帝的时候，必须小心谨慎，这种看法并不非常新。好的，你有什么看法？

学生：他似乎是这样认为，尽管他们能够——也就是说我们能够拥有真正的完善，但这些完善的品质以某种方式彼此冲突，他难道不是这样想的吗？

施特劳斯：是的，这就进入到了一个更深层次的问题。但是一个简单的看法可能是，它们因此就不能是真正的完善了。我们马上会进入到这个问题。我们继续读下一段。

罗斯[读文本]：

> 西方的诗人们说，有一个画家要画美神的肖像，便把希腊最美丽的女子集合在一起，并采取各人身上最好看的部分，画成一个女子，认为这就像最美丽的女神了。如果一个人由此得出结论，说那女神的头发既棕且黄，眼睛又黑又蓝，性格既温柔又傲慢，那此人势必被众人所嘲笑。

施特劳斯：好的，如果我们认真对待这里所描述的形象，那么它蕴含的意思就是，这里不存在最完善的存在者。一切完善都与不完善不可分地联系在一起。不妨以这里的例子为例，我们不可能拥有蓝眼睛，不可能同时拥有蓝眼睛的完美[248]和黑眼睛的完美。这里不存在单纯完善的存在者。如果我们将这一比较严格地转换为形而上学的语言，那么，我们就可以获得那个结论。这里没有一种善不附带一种恶，这是附随它的一种特定的恶。如果你觉得恶这个词太过严苛，那就不妨说是一种缺陷。在我看来，在马基雅维利的思想中，这种类型的某些东西占据着重要位置。好的，我们继续。

罗斯[读文本]：

> 神往往缺少某种完善，而如有这种完善，便可能使他极不完善。但是神只受自己的限制，决不接受其他限制。因为神的必然性，就是神自己。因此，尽管神是万能的，他也不能毁弃诺言，不能欺骗世人。甚至无能为力，更有可能(most likely)不在于神本身，而在于与神有关的事物。这就是为什么……

施特劳斯："不可能"是译者的添加，"通常无能为力并不在神本身，而在于与神有关的事物。"

罗斯[读文本]：

> 这就是为什么神无法改变事物的性质。

施特劳斯：在这里他就在某种意义上更接近了事情的本来状态。神的万能，如果绝对地理解的话，无法同正义共存。确切地讲，神的万能意味着神可以做任何事，也就是说，可以为不义的行为，并因此，当然，这就同他自身的正义冲突。同样，这也不能同神的智慧共存，这就是有关本质(essence)的知识在这里所指的内容。因此，神的正义和神的智慧就限制了他的权力。但正如他向我们表明的，这一点没有任何外在的(extrinsic)限制，而只有内在的(intrinsic)限制。神自身就是他的必然性。

学生：是的，但这一点只有当潜能或力量得到发挥的时候才如此。我的意思是，这里通常存在一个问题，即根据拟人性的概念来讨论神。

施特劳斯：但神能够不正义吗？换句话说，神可能是一个魔鬼，这是一个极端说法。但他有可能是一个魔鬼吗？

同一个学生：不，但是他不能行使自己的全能。

施特劳斯：这是一个要点。神不能行使自己的全能难道不是一个事实吗？或者说神不可能行使自己的全能？这就是他通过"神自身就是他的必然性"所指的东西。神不可能是一个魔鬼，也不能像魔鬼一样行动，他不能做魔鬼可能做的事。这就是在这里他想要表达的观点。好了，接下来读下一段。

罗斯[读文本]：

　　因此，我们某些经师敢于否定神的无限预见性，其根据就在于这种预见性与神的正义不相符，对于这种想法，我们不用感到惊讶。

施特劳斯：在这里他首次提到了这封信的主题，这就是神的预见（divine prescience）。并且，你们看到，他在这里谈到了我们的经师，当然，这里指的不是欧洲的经师，而是指伊斯兰的经师。这是他在欧洲所不了解的事情。这里的关键点在于无限预见（infinite prescience），或者用一个更为常见的表达，我们不妨说是神的全知（omniscience），与正义之间的不相容性。正义预设了人的自由，表达了这样的意思[249]：如果人不能对自己的行为负责，神就不能对人实施奖惩，而如果人不是自由的，他就不能对自己的行为担责。这就是这封信的重点，其论断是，神的全知与人的自由不相容。与此同时，这个论证在有关神学的文献中占据着重要地位。你想要说些什么吗？

学生：前一段话的最后一句——我不理解这句话的意思——您是否可以解释一下呢，"神之所以无能为力，往往可能不在于神本身，而在于有关的事物（not in God but in relative things），这就是为什么神无法改变事物的本质。"

施特劳斯：译文有点问题，"不在于他本身，而在于那些相关的事物"（not in him but in the relative things）。——为什么他在这里称那些东西为相关的，我还没有搞清楚——这是一个问题，一个必须被提出的问题——但至少它包含了神之外的一切事物。这一点很清楚，因为这些东西与神对立。无能为力不存在于神那里，而存在于相关事物身上。这就是为何他不能改变事物本质的理由。事物的本质，例如说一条狗或者一个人的本质，不能改变，这里潜在地包含如下这层意思，即上帝在做这些事的过程中可能会背离自己的知识、自己的智慧。好的，接下来继续从刚才离开的地方开始。

罗斯[读文本]：

第 四 讲

不管这种想法是如何大胆放肆,形而上学与此极其适合。根据形而上学的原则,神不可能预见那些有赖于自由原因规定的事物。因为尚未发生的事物根本不存在,因此就无法认识。因为,无,没有任何特性,是无法被察觉的。神不能够识别出一个不存在的意识,也无法在灵魂中看出那些在其中不存在的事物。因为,直到这个事物得到规定之前,规定该事物的行为肯定是不存在其中的。

施特劳斯:这是对这个观点的详细阐明。这是神的完善或者想象的神的完善同他在这里关切的东西,也就是神的全知和创造自由的存在者之间的冲突。自由行动的本质——这是他在这里提出的一个要点——就在于它们无法预见,它将自行发展,即便是那个全知的上帝也无法预见。

学生:在这个问题上,我感到困惑的是,这个部分似乎是说神就像一个极聪明的人,并且他也是以同样的方式和在某个特定的时间点存在,而不是单纯地作为一个不存在于任何特定空间中的永恒存在者存在。因此,根据自然法,他能够预见某种东西,并因此……

施特劳斯:我们继续读完这个部分,因为在接下来的两段话中他更充分地发挥了这一点。接下来的一段是核心段落。好的,请阅读这个段落。

罗斯[读文本]:

灵魂是自己决定自己,但在某些场合,灵魂是如此犹豫不决,乃至于从哪一个方面做出决定都不清楚。往往灵魂做出决定,只是为了运用自己的自由而已,并且采取了如下这种形式,神无法[250]从灵魂的行动中,也无法从外部事物对灵魂施加的影响中,事先看出这个决定来。

施特劳斯:我们也必须阅读接下来的一段,但这里说"往往灵魂做出决定,只是为了运用自己的自由而已"究竟是什么意思? 它的意思是要向自身表明它是自由的,而没有任何想要以这种特定方式来行动的动机,或者是任何其他动机。好的,我们继续。

罗斯[读文本]:

神怎能预见这些有赖于自由原因决定的事物呢?他只能通过两种方式来预见这些事物,或者通过推测,而推测是与神的全知相矛盾的,或者,他把这些事物作为某一原因自动产生的,并必然随原因而来的结果来预见,但这更是自相矛盾。因为,根据假设,灵魂是自由的……

施特劳斯:在这里他基于人的那种假设的自由反对上帝的全知。我们稍后再回到这一点上来。这里的要点如下:神的推测与他的全知相矛盾,因为推测得到的东西并非知识。因此神必须能认识,但如果他能认识它,就如同在接下来进一步发挥的,他就会预先规定它。因此,神的全知就与人的自由不相容。我们接着读下面的部分,我们有必要读完这封信。

罗斯[读文本]:

但是,别以为我想要将神的知识局限在一定范围之内。由于神随心所欲地支配一切造物,他想了解什么,便能够了解什么。可是,虽然神洞烛一切,他并不时时使用这一能力。他通常把决定行动或不行动的能力交给造物,从而把值当还是不值当的可能性留给造物自己解决。此时,神放弃了对造物施加影响和决定造物行为的权力。但是,神想了解什么时,总能了如指掌,因为他只要要求事物按照他所看到的那样而发生时,只要按自己的意志来决定万物就行。就这样,通过以他的意旨,把灵魂将要作出的规定固定下来,并使个人不再具有他给予他们的行动或不行动的能力,神就从一系列纯粹可能的事物中,抽出必然要发生的东西。

施特劳斯:好的,在这里孟德斯鸠试图将郁斯贝克的异教主张同

第 四 讲

神的预见调和起来,并且说,神能够预见一切,但是为了给人类的自由留下空间,他放弃了这种预见。好的,你有什么问题?

[251]学生:孟德斯鸠似乎认为,认识到某事将要发生,相当于卷入到行动中的人们失去了自由。换句话说,如果神知道未来,那就意味着神可以决定未来。

施特劳斯:预见等同于决定,这是一个要点。

同一个学生:呃,这是非常奇怪的,我认为对于这一点经院派可能给出如下反对意见,而孟德斯鸠在这里似乎没有考虑到这种反对意见,这就是认为有可能认识到某事即将发生,但是却无动于衷,什么也不去做。换句话说,你可能构想这样一种情形,即某物即将发生,但在其中牵涉到的那些人却仍然可能是自由的。

施特劳斯:嗯,在我们人类这里这一点很容易看到。我们可以预见到一场风暴,但我们对于风暴的到来却不承担责任。但在神那里又会怎样呢?神是第一因,是万物的终极因。这可能是一个问题。因此我们不妨记住这一点。预见等同于决定。神可以规定一切,但他放弃对于一切做规定,正如他可以放弃去预见万物。在上帝放弃了强制的范围内,就存在人的自由。也就是说,放弃规定和与此同时放弃认识和预见。这是因为在上帝那里预见和规定不可分离。我们不妨继续往下读,这样就能更好地理解这个问题。

罗斯[读文本]:

> 姑且让我在那个不能比较的事物中做一个比较:一个君主不知道他的大使对一件重要的事务会做如何的处理。如果他想知道,他只需要命令大使以某种方式行事,那么他便可以确信,该事情将会按照他的设想去进行。

施特劳斯:孟德斯鸠说,这里有一个来源于人的类比(human analogy)。认识,未来意味着要对未来加以规定,在那个发号施令的国王的例子中,类比就是指当他发号施令时,事物按照他的想法进行。但在人这里,人的是有特定限制的。在这个例子中,大使必须要服从,如果不服从就会死,或者面临其他。但正如在所有这些类比中,在人类这里仅仅在有限的意义上,在被遮蔽的意义上是真实的东西,对上帝来说却是绝对真实的、也可以说是完全明智的。现在,这整个论证就可以被还原为一个非常简单的公式:上帝的理智等同于上帝的意志(intellctus Dei est voluntas Dei)。这就是斯宾诺莎的《神学政治论》中的关键论题。斯宾诺莎在这一前提基础上轻松地证明了奇迹、启示和其他一切东西的不可能性。

学生:这整个论点不是取决于神要隶属于时间这个理念吗?对于神来说,事物是不断发生改变的。奥古斯丁也思考了同样的问题。如果我说的不错,奥古斯丁的解决方案就是,对于神来说万物都在场。

施特劳斯:但是,在这些地方,你仍然有必要将你的严格意义上的神学论述,严格意义上的涉及到永恒存在者的论述(eternalistic statements)转化为包含时间在内的论述,如果这个论述在我们的实践中[对于我们]来说是有用的话,它必然是先于时间的。这是一个要点。你们稍后可以这样做一做。但是我们首先有必要理解他想要达到什么结论。我再重复一下,关键点在于,在斯宾诺莎的这个简单公式中:上帝的理智等同于[252]上帝的意志。并因此,认识未来就意味着规定未来。我们也可以这样来表述这一难题,这就是,当你谈到认识未来的时候,时间因素就闯进来了。在这里,我们生活在当下,我们的行动却着眼于未来,尽管我们对未来一无所知。神对于未来不是一无所知,神知晓未来。他如何知道这一点——这是你提出来的一个问题。但是当然神必定知道这一点,因为他在人看来是全知的,亦即对未来是全知的。一个全知的神必定有关于当下的知识(knowledge of temporality),否则他就不是全知。否则神就只知道永恒的本质,比如说人的本质,而不知道作为个体的人。这里因此就不存在对个体来说的天意,如此等等。我们继续往下读。

罗斯[读文本]:

《古兰经》和犹太人的经书都不断反对绝对预见的教条:在这些经典中到处都可以看到,神好像都不愿知道各人将做出什么决定,而且这是摩西教给人类的第一真理。

施特劳斯:好的,这一点也是直接来自于斯宾诺莎的《神学政治论》,第二章第 32 节及其以下部分。斯宾诺莎当然没有引用《古兰经》,但是他援引《旧约》来表明,《旧约》中的上帝,[许多个部分]比如说,在有关大洪水的故事中,上帝表达了忏悔——那么,这里忏悔当然意味着神并没有预见——在其他一些部分中也有类似的说法。好的,我们继续。

罗斯[读文本]:

神把亚当置于人间天堂中,条件是亚当不吃某种果子。对于一个可能了解个人灵魂将要做出何种决定的神来说,这是个荒谬的告诫。因为,归根结底,神在他的恩惠上附加了条件,岂非可笑之举?这也就像是一个人,明知巴格达会陷落,却对另一个人说:"如果巴格达陷落,我给你一百托曼。"难道这不是一个非常蹩脚的玩笑?

施特劳斯:不,不,应该是"如果巴格达没有陷落"。
学生:我手中的这个译本说的是"巴格达陷落"。
施特劳斯:不,不,对于文本大家有何疑问?si Bagdat n'est pas pris。
学生:但这里却没有说要打赌,文本中说的是"我给你一百托曼"。
施特劳斯:是的,"如果巴格达没有陷落,这是一个非常拙劣的玩笑。"好了,我们读最后一段。
罗斯[读文本]:

亲爱的雷迪……

施特劳斯:雷迪是里加的侄子,因此是一个年轻人,比郁斯贝克年轻。

[253]罗斯[读文本]：

……絮絮叨叨这些哲学干什么？神高高在上，我们连他的座位甚至都看不见。我们只能通过他的教诲来了解他。神是巨大的、有智慧的，无限的，但愿神的伟大使我们认识到自己的渺小。永远谦卑自律，就是永远敬仰神明。

施特劳斯：换句话说，这里给出了一个有关自然神学的简化看法（reduced version），在这里不存在这个难题，也就是说，不存在全知导致的难题。只有在神的规诫中，例如说对邻人的爱中，才能更好地认识神。至于神的存在，在这个词的任何一种意义上，我们都无法很好地了解神。前面特别地提到的神的属性，正如你们看到的，是指神的巨大、神的智慧和神的无限。你们当然可以提出如下问题，这就是郁斯贝克如何知晓这些特征，而又不谈论神的存在？在这里可能无法给这个问题一个答案。但他也基于那些被假定的事物，以某种方式谈到了 ex concessis。基于人类自由的假设，他反对神的全知。但这[并不]必然意味着，对郁斯贝克或孟德斯鸠来说，自由是不可否认的事实，在其基础上，我们能提出反对神的全知的论证。除此之外，我们无法推知其他更多的东西，在传统立场中，不仅人的自由，而且神的全知都得到了主张。并且，按照郁斯贝克的看法，这些东西都是相互冲突地得到主张的。

为何他没有在不同于自由的全知的基础上进行论证，而他原本是可以这样做的，就如同斯宾诺莎所做的那样？我认为，可以说我们已经注意到，对孟德斯鸠来说，首要的关切是道德，而不是宗教。并且，说作为对我们行动承担责任的道德，在不存在自由时就是不可能的，这一点说得通，也饱含深意。顺便说一句，在我看来，亚里士多德所处的情形在这个问题上是一样的。在没有自由的状态下，我们无法有德地行动，但在亚里士多德那里不存在神的全知，并且从这个意义上讲，这个立场不是新的，亚里士多德表达的东西也不是新的。

第 四 讲

但我必须要指出,在我看来,直接的"来源"是斯宾诺莎,但不是在《伦理学》中,这是因为在《伦理学》中,理智等同于意志这个公式没有起作用,而在《神学政治论》中,论证的核心是这一等同。好的。这一点因此就对自然神学问题提供了某些启示,我相信你们都知道自然神学和启示神学的区分。但是为了确保大家都理解,在此请罗斯先生给大家解释一下。我觉得你对于这个问题把握得最好。

罗斯:在我看来,自然神学是一种纯粹运用理性的神学。

施特劳斯:是的,启示神学则建立在启示的基础上。我们已经看到了对于启示宗教的如此多的质疑,也看到了对我们的启示的如此多的质疑,因此,我们就不能认为孟德斯鸠接受了启示。但为什么他不接受自然宗教、自然神学呢?我们看到,即便他接受了它们,也会在相当大的程度上对它们进行修订。好的,你有什么看法?

学生:您是否认为在这种看法的某些内涵和《论法的精神》之间存在着一种变化,因为这里他似乎想要说,如果有一些可以识别的原因……那么,行动就是不自由的。并且他在这里似乎是在为自由做论证。[254] 而在《论法的精神》中,他似乎是在论证,每一行动都有其原因。

施特劳斯:好的,正是这一点,促使我得出了如下结论,这就是,我们不能从这封信中推出郁斯贝克或孟德斯鸠简单地接受了人类自由,而是在从人类自由出发做论证的过程中,试图揭示出人类的自由和神的全知之间的不相容。换句话说,这一点仅是出于一种批判目的而使用的,目的是为了反对传统立场。这一点并不必然表明他自己的立场,也就是他信奉自由的立场。就我的记忆所及,在《论法的精神》一书中并没有明显的论述来为意志的自由提供支持。这里是否存在这样的论述呢?当然,这里出现了政治自由和道德自由的论述,但是斯宾诺莎也谈到了自由,也就是道德自由,但这种自由与不确定性(indeterminacy)毫无关系,也同与己无关的自由决断(Liberum arbitrium indifferentiae)毫无关系。这是一个要点。在这个意义上,自由被理解为与己无关(indifference)。也就是说,人没有遭到任何强制或强迫,不管是理智方面的还是其他方面的强制或强迫,去选择这个东西而不选择其他东西。

在这里存在与之相关的特定困难。在法国,在 17 世纪波舒哀(Bossurt)已经再度表达过了自由决断(Liberum arbitrium)的关键。我记不得那本书的书名了,但不管怎么讲,在那个时候这一点已经是广为人知,这就是我想指出的问题。

学生:在这封信的末尾,他说神可以规定个体的意志,但是通常情形下,他许可人自由地行动或不行动。并且"行动或不行动"这个表达已经重复出现过多次了,它听起来像是……

施特劳斯:你说的是哪一段?

同一个学生:靠近末尾的地方,他说,别以为我想将神的知识限定在一定范围内。

施特劳斯:这段话不是出现在中间部分吗?

同一个学生:是的,我想是。这一点使我们想到了洛克对意志自由的讨论,这不是一种决定选择的自由,而是指它能中止最终的决定,因此……

施特劳斯:好的,但这在什么意义上是洛克式的论题?你能够——人可以自由地行动或自由地不行动,但他不能自由地意愿或自由地不意愿。这是洛克从霍布斯那里接过来的论题。

同一个学生:是的,当他行动时,他是根据特定的必然性来行动的,但这种必然性是可以被中止的。

施特劳斯:不,它不能被中止。它可以被另一种必然性取代。比如说,说某些生活不如意的人会被迫酗酒,但接下来突然出现了警察和监狱的图像,但这种图像必然出现时,尽管你不知道其中的机制是什么,但也会抑制你酗酒的冲动。这就是霍布斯式的观点,并且,从根本上讲也是洛克的观点。换句话说,人可以自由地选择,可以自由地行动或不行动,但他不能自由地去意愿。意志、意愿的行动意味着你可以做你想要做的事情。这种意愿活动(liking)是许多动机之间的复合[255],是许多动机综合而成的结果。好的,就是如此,他谈到了行动和不行动的能力,谈到了意愿和不意愿的能力。这就是你想要说的内容吗?

同一个学生:是的。

第 四 讲

施特劳斯：是这样的。无论如何，在这段话中，已经表达了对传统观点的某种让步。在否定了全知之后，他说，如果神愿意的话，他就能够是全知的。但他并不愿意这样，否则就不存在任何人类的功过了。换句话说，神可能不正义。并因此，尽管他能够认识这一点，也就是说能够进行规定，但他不去认识，也就是说，他不去进行规定。这就是这里的论证。好了，正如你们所见，这封信是那些更有趣的信之一，在这封信之前是一封谈论微不足道的事情的信，在这封信之后也是一封讨论极其微不足道的事的信，是他的一个妻子泽丽丝写的。这封信的核心内容是，泽丽丝告诉郁斯贝克有关一个名叫索立曼的友人的故事，这个人的女儿嫁给了一个叫苏菲斯的讨厌鬼，此人用一种令人作呕和不公正的方式赶走了自己的新娘，理由是他发现她已不是处女。接下来读一读郁斯贝克的回信，也就是第 71 封信。

罗斯[读文本]：

我为索立曼打抱不平，尤其是这灾难已无可弥补，而且他的女婿只不过是行使了法律与特权。

施特劳斯：换句话说，这个人依据法律而行为，尽管不那么光彩，好的，我们继续。

罗斯[读文本]：

我觉得这条法律相当无情，因为他把一家的荣誉交由一个疯子任意左右。的确可以说，这里有许多特定的迹象，可以了解真情。这是一个古老的错误，今天我们已经认识到这个错误了。我们的医生可以提出不可辩驳的理由，说明证据不可靠……

施特劳斯：译文有点问题，应该是"这些证据不可靠"。

罗斯[读文本]：

甚至连基督徒也把这些证据视为痴人说梦，尽管他们在圣书中明确规定了这些证据。而且他们的古代立法者还把这些证据作为所有女子是清白还是该受处罚的根据。

施特劳斯：换句话说，在他看来，这些都是不可知的。失去贞操似乎也可以出于一些清白无辜的理由。这一点大家都知道。"我们的经师"在这里是指波斯人。甚至基督教徒也认可这一点，尽管在基督徒这里会遇到更大的麻烦，因为根据他的说法，在基督教中，这些东西是建立在基督教的圣书基础上的。他的言下之意是，在伊斯兰教中没有圣书可以为其提供证成。好了，接下来读下一段。

罗斯[读文本]：

> 我听说你认真教育了你的女儿，我甚为欢喜。但愿真主使她的丈夫觉得她跟法蒂玛一样美丽纯洁……

[256]**施特劳斯**：如此等等。好的，这一段很明显与前一封信没有关系，但却可以视为对第62封信的回应，在那里，泽丽丝和与郁斯贝克谈起有关女儿的教育。但有意思的是，在她那时写信谈及有关女儿的教育时，郁斯贝克没有立即做出回应，而在听到索立曼的女儿受到如此糟糕的对待之后，却立即写了这封信。如果有人想要回答这个问题，就应该注意这一点，为什么他要这样做？难道说他对自己女儿的教养不感兴趣，而对他的妻子们有关生活的真实方面进行启蒙更感兴趣？但为什么他对此感兴趣？如果妻子们不被启蒙，难道不是更好吗？难道这不是轻率之举吗？我在这里仅限于提问。我还没有找到回答这个问题的相关材料。

学生：似乎在某种意义上，他只是更感兴趣于启蒙一般大众，但这个问题在他看来……

施特劳斯：但这就是导致难题的原因。如果他对普遍的启蒙感兴趣，后房又将会因此怎样呢？或者在这个问题上，不妨想一想，当平等原则，当《独立宣言》在印度成为一种普遍的认识，印度种姓制度将会因此怎样呢？难道不会产生某种可怕的后果？因此你们必须非常谨慎。我们不妨假定我们已经知道了一种正当的秩序是什么,并且,如果你在某地拥有了一种不正当的秩序,那么,正如我们知道的,你就必须逐步地进行,而不能像极端主义者那样行动,激进的宣传将会使平静的、从容的过渡变得不可能。但这不是郁斯贝克所处的情形,郁斯贝克非常希望能够维护他的后房,希望维持整个后房世界,维持那个支持后房的世界。因此,在写信给他的妻子们时,他必须考虑这一点。

学生:但这只是因为在这里有他的荣耀。

施特劳斯:的确如此,在这里能够看出他对于荣耀这个词的更宽泛的含义感兴趣。并且从这个角度出发,我认为,他通过对他的妻子进行启蒙,从而在某种程度上他的行动是不审慎的。但不妨让我们看一看。接下来的一封信讨论的是一个普遍的人(universal man),这封信讨论的也是微不足道的事,①但第73封信就不是如此了。或者至少可以说并不是和72封信完全一样。我们在接下来只读第73封信的最后一段话。

罗斯[读文本]:

> 这些事情我们在波斯就根本看不到。我们根本没想到建立这样奇特怪诞的机构,我们总是在我们质朴的风俗和单纯的风尚中寻找自然。

施特劳斯:这是对法兰西学士院的批判。换句话说,我们波斯人要更好一些。你们看到,在这里发生了某些朝向欧洲事物的转换,但不是在所有方面。法兰西学士院的有些东西在他看来极不合理,并且他说,波斯人没有这样的机构情况反倒更好。同样的说法也适用于接下来的那封信,也就是第74封信。我们不必读完这封信。我们这里读一读第三段,看一看这一段的第二句或第三句话,"里加,一个人势必天性恶劣,才会对每天来我们家向我们表达善意的人卑鄙地百般侮辱。"好的,接着这句话往下读。

---

① [译注]即第72封信。

[257] 罗斯[读文本]:

> 那些来访的人完全明白,我们的地位高过他们,而如果他们不明白,我们对他们的恩惠,每天都可以使他们知道这一点。我们完全用不着谋求别人尊敬自己,我们应不遗余力,使自己和蔼可亲,我们与最微贱的人倾心交谈,这样,声势煊赫虽不免令人有冷酷无情之感,但他们尽管置身于这样的环境中,却感到我们富有同情之心。他们只看到我们的心比他们的高尚,因为我们屈高就下,照顾他们的需要。但是,当在公共礼仪中,必须维护君主的尊严时,当必须使外国人尊敬我们的国家时,最后,当在危难关头必须鼓舞士气时,我们较之平时的谦卑,显得百倍的高傲,我们脸上重新表现出傲慢神态,于是别人有时就会认为我们的表现相当出色。

施特劳斯:好的。就到这里。我们看到这里有一种非常明显的含义,它与波斯人无关。法国的贵族,不论是在过去,还是在眼下——在孟德斯鸠的基础上,后来成为了托克维尔的《旧制度与大革命》的一个重大主题,这就是认为,封建贵族制(feudal aristocracy)只要还在发挥作用,就值得尊重。但是后来,因为法国的绝对主义君主(absolutistic Kings)的政策而失去了它的作用,因此当然它就成为了某种非常荒诞的东西。

但是我们不妨暂时考察一下这些信件的技术性方面。我们在这里看到了我们在之前必定已经注意到了的东西,这就是,波斯人之作为波斯人在这些书信中具有一定的含糊性。首先,我们从表面上看到波斯人作为波斯人来到了法国,并且批判法国,正如那些去往波斯的法国人也会批判波斯一样。因此,在这里,他们是真正的波斯人。但是接下来,这些波斯人同样也是掩盖了身份批判法国的法国人。这些书信在某个方面是更为重要的,因为作者本人毕竟不是波斯人,而是一个法国人。这一点是我们必须牢记在心的。也许我们在之前还没有前后连贯地思考这个问题。但要想充分理解这本书,这是另一个必须要思考的复杂问题。我之所以没有考察这个问题,是因为——我思考过这一点——是因为这个问题是如此根本。在任何讨论《波斯人信札》的论文和著作中，都说这些书信不是出自波斯人之手，而是孟德斯鸠在表达自己的观点，并且借波斯人之口将这些观点说出来，这样说当然正确。但我们还是必须更认真地对待这本书本身，即作为一部小说。我们必须认真对待这些书信，它们一开始是出自波斯人之手。你们能理解我说的意思吗？

[258] 好了，接下来进入下一封信，这封信讨论的也是一个重要的主题，这就是教会，有关天主教会的主题。我认为，我们应该阅读前两段话的一部分，来理解这封信。

罗斯[读文本]：

> 我得向你承认，我在基督徒中，没有看到像我们穆斯林那样对自己宗教的确信。在基督徒中，从宣称自己的信仰到信教，从信教到坚信，从坚信到力行，存在很大的距离。宗教与其说是修身成圣的问题，不如说是大家争论的题目：廷臣官吏、军旅将士、甚至妇女，群起反对教士，并要求教士向他们证明他们自己决不相信的事物。这并不是因为他们经过理性的思考而做出这样的决定，也不是因为他们曾用心考察这个宗教的真伪而抛弃了这个宗教，而是因为他们是叛逆者，他们在认识这个枷锁之前，便感觉到了枷锁，并把它挣脱。因此，他们的信仰和不信仰，同样都不坚定。他们生活在时涨时落的潮流中，不停地被潮流时而推向信仰，时而推向不信仰。有一天，其中的一个人对我说："我相信灵魂不灭，但得看季节(by interval par semestre)，我的意见取决于我的身体状况……"。

施特劳斯：好的，这里 par semestre 说的是季节，冬季……

罗斯[读文本]：

> 按照我精神中兽性的多少，按照我胃消化的好坏，按照我呼吸空气的纯杂，按照我吃的事物是清淡还是油腻，我是斯宾诺莎派、

索齐尼派、天主教派、不信宗教者（a heathen）或笃信宗教者（a devout man）。

施特劳斯：在这里，heathen 的译法并不恰当，um impie，应该译为"不虔敬者"（a impious man）。但有意思的是，在这里他将斯宾诺莎派与不虔敬者区别开来，这个区分很有意思。我认为我们有必要考察这个区分。

学生：他也区分了天主教徒和笃信宗教者。[笑声]

施特劳斯：的确也是这样。非常正确。我没有注意到这一点。也许他是想要说这一点，但是在这里并不明确。je suis spinosiste, socinien, ou catholique [我是斯宾诺莎派、索齐尼派、天主教派]，他本应这样说，然后概括为 impie ou dévot [不信宗教者或笃信宗教者]。

学生：除了在一个地方，他谈到到了路易十四。他说他热爱他的宗教，但他并不喜欢那些口口声声说应该践行这种宗教的人。我认为他说的是詹森派。

施特劳斯：是的，是这样。

学生：dévot [笃信宗教者]非常接近于那个时代经常[遭受攻击]的人。我说的是 faux dévot。

[259] 施特劳斯：不，我想在这里我可以为孟德斯鸠做一个辩护。他可能会说，因为他已经表明天主教不是单纯的笃信宗教者，他们不会践行在讲道时说的那些内容，而一个笃信宗教者可能是讲道的人。但你的评论也有道理。在这封信的最后一段话中，郁斯贝克感激全能的真主。我们现在知道，当他说全能的真主时，他说的不是大多数人理解的那种意思，而是具有他在之前给定的限制。

接下来是我们在上一次课程中概括性地谈到的那两封信。这也是郁斯贝克和伊本，他的友人伊本之间的唯一一次信函往来。我们是否还记得伊本是那一封讨论乱伦的信的作者，我们在上一次课程中曾花过一些篇幅讨论过这封信。这里有关自杀的讨论在十八世纪相对来说是比较流行的，这里有不少有关这个主题的英语文献，出自所谓的英国自然神论者之手，我忘了这些自然神论者叫什么名字了。如果我没有

第 四 讲

搞错的话,是沙夫茨伯里(Shaftesbury)开启了有关这个问题的讨论,但可以肯定的是,这个讨论是出现在十八世纪。我们接下来仅仅阅读几个特别重要的部分,读一读第六段。

罗斯[读文本]:

但是有人会说,这样你就扰乱了神明规定的秩序……

施特劳斯:也就是说,通过自杀扰乱了神明规定的秩序。这是这里给出的论点。

罗斯[读文本]:

真主将你的灵与肉结合在一起,而你却要把它们分开,因此你是违反神命,抗拒神命。

这说的是什么话?我改变物质变化的方式,把运动的原初规律——创造与保存的规律——做成圆形的球变成方形的,难道这就是扰乱了神明规定的秩序?当然不是这样。因为我仅仅是运用了赋予我的权利而已,因此,从这个意义上说,我可以随心所欲地扰乱整个自然,谁也不能说我违抗了神明。

施特劳斯:如果单独地来看这段话,当然就会认为它包含了对于神明的潜在否定,也就是说,创造与保存的规律——即根本意义上的机械法则——使我们理解了物质变化的方式,这也是我们思考每一种事物的方式。但是在接下来的一段话中,他更进了一步。

罗斯[读文本]:

我的灵魂和肉体分开,难道就削弱了宇宙的秩序和神明的安排?难道您会认为这种新的组合就不够完美,就不完全依赖于普遍的法则,世界就会因此遭受什么损失,真主的作品就会因此而不够伟大,或者不如说,不够至大无边?

施特劳斯：在这里他说的在人自杀之后形成的"这种新的组合"指的是什么意思？

学生：我觉得他想要说的是肉体的分解。

[260] 施特劳斯：是的，一种物体变化的新形式，指的就是这一点。这很大程度上是普遍的自然秩序的一个部分，并且这一普遍的自然秩序就是神明规定的秩序。因此你可以虔诚地称之为神明的秩序，但是你实际上所指的是那种纯粹而又质朴的自然秩序。好的，你有什么问题？

学生：但是通过这种违背，通过改变自身，它就可能违背了真主的律法……

施特劳斯：的确是这样。但是这个人仍然认为自杀不是对真主犯下的罪。他给了其他一些理由，这些理由不能——比如说，他给出的第一个理由是什么？好的，他最初给出了支持自杀的非神学的理由。但是在他这里给出了神学的理由，或者是遭遇到了神学方面对于自杀的反对。因此，我们应该认真对待这个理由。

学生：但看起来这个论证似乎非常肤浅。如果我有一张由人发明的桌子，有一个人走过来将桌子捣毁，并且说，嗯，宇宙仍然是同一个宇宙，我不会被他的论证触动。

施特劳斯：嗯，是这样，不过在这里我们首先要看完这个论点说的是什么，好，你有什么看法？

学生：我想要问的是，为何这个论证要局限在自杀问题上？为什么不将其扩展到谋杀？如果我能够夺走自己的生命……

施特劳斯：这里的要点是，在自杀的情形下，假定在谋杀者和被谋杀对象之间存在完全的同意。在严格意义上的谋杀情形下，人们不会认为在这里存在同意。正如我们在阅读日常报刊时读到的，有时候会发生这样的事，即某人请求他人射杀自己。但这一点当然，在非常合理的审慎的基础上，不能视为一种抗辩理由。因为，如果这里没有目击证人的话，任何人都可以这样说。即便这里有被谋杀者写给谋杀者的信件，但我们也不知道这封信是否是在胁迫情形下写的，或者是通过欺骗获得的。因此，对人类的法官来说，最好是认定得到了被谋杀者同意的

第 四 讲

谋杀是一种没有得到同意的谋杀。因此,自杀就不能等同于谋杀。自杀也可能是有罪的,但是出于不同的理由。

学生:看起来对于其他人来说,也不能将自杀和谋杀等同起来。

施特劳斯:是的,不能。但我们可以说自杀本身仅仅对自杀者本人来说是一种危险,或者对他本人来说曾经是一种危险。而谋杀者则对任何其他人来说都是一种潜在的危险。

学生:是的,但人是要承担责任的。

施特劳斯:是的,但这是对神承担责任。或者你的意思是说对他的国家承担责任吗?对于国家的责任——这一点他也简单地讨论过。他没有将这一点展开来谈,但是他可能会认为,人应该履行自己的义务。如果他欠债了,他就应该还债,以及类似这些事情,比如说缴纳税收,等等。因此,重大的问题在于对神承担责任,在这里是一个问题,较之在谋杀者情形下,这个问题要更直接。你们看到今天发生的那些事:自杀在事实上不再受到惩罚。我不知道它是否仍然作为一种刑事犯罪出现在[261]法规汇编里面。也许在法规汇编里面我们还能够找到有关这方面的规定,但也无济于事。我还没有听过这种事情,是否有这类事情呢?

学生:自杀未遂在某些地方仍然要受到惩罚。但我认为在实践中它从来没有得到过惩罚,因为这被视为是精神出现了某种错乱之后的结果。

施特劳斯:好的,但对大多数人的情感来说,他们都不认为这是犯罪。而谋杀始终被视为犯罪,嗯,在某种程度上至少是这样,尽管有许多人可能会说这也是某种精神错乱的结果。有一个人——巴特勒(Samuel Butler)在他的书《乌有之乡》(Erewhon),提出了一种原则,即认为一切疾病、伤害都被视为是应受惩罚的犯罪,犯罪在这里被视为一种病。这是在那里描述的新社会的特征。某些事情,并不完全是这样,但的确在这个方向上发生了某些事情。好的,接下来我们来读第76封信的最后一段。

罗斯[读文本]:

亲爱的伊本,所有这些想法,纯粹出于我们的骄傲自大。我们丝毫没有感觉到我们的渺小。而且,尽管我们微不足道,我们却要成为宇宙中数得上的、出头露面的重要人物。我们设想,要是像我们这样完美无缺的人死了,自然都要受到损害,可是我们不想想,世界上多一个人或少一个人——我要说什么?——所有的人在一起,亿万个像我们这样的人,都只不过是一粒微小纤细的原则,真主知识无限广博,才会看得到这个微粒。

施特劳斯: 这一点多少与之前有关神的全知所说的东西相冲突。但由于这封信是写给不同的人的,我们就不能这样认为。这里只有一个要点:自杀之所以被视为一种对神的犯罪,是因为已经赋予了人以非常大的重要性。人类单个地来看微不足道,甚至人类作为一个种群自身也微不足道——我们是从当今的实证主义者那里知道这一点的。我们赋予人以一种重大的价值,是因为我们碰巧成为了人。但这不是一个客观判断,而只是一个投射(projection)。好的,你有什么看法?

学生: 呃,回到我们之前讨论的那个问题。我认为,它的潜在含义是,谋杀在任何意义上都不会成为一种出于自然的严重犯罪,不是吗?它可能是出于自然的犯罪,但是如果是这样的话,它就是微不足道的,仅仅是因为其他不想被谋杀的人制定了一条有关谋杀的法律,这种犯罪才变得严重起来。

施特劳斯: 但他们可以在这方面做一些事。

同一个学生: 是的,但他们做的这些事,并不同于针对谋杀的自然制裁。

施特劳斯: 因此,特别地讲,不存在神圣的惩罚,这是此处的要点。你说得非常好,这就是潜台词。如果人类是微不足道的,如果作为个体的人类是微不足道的,那么我们就搞不清楚,为何这里设定的那个完全智慧的存在者,要对发生在这些卑微的人身上的事情,即是否一个人杀了他人这些事情给予这样大的注意。就是这样。但当然——嗯,我们不妨举一个更简单来自霍布斯的例子。霍布斯对此会说什么呢?

[262] **学生:** 自我保存的欲望提供了……

施特劳斯：自我保存的欲望将诱使大多数人将谋杀视为一个不切实际的(impractical)命题，因此，他们惩罚谋杀。

学生：但从一个波斯人，从一个苏丹的角度出发，那些可能与大多数人相关的考虑对他来说则是与己无关的。这是因为他已经习惯于命令杀人，正如我们从这些信件的各个地方看到的那样。有可能这个解释，即将谋杀者解释为对神明来说是无足轻重的，与波斯人的看法十分一致，也有可能孟德斯鸠也许会，但也许不会……

施特劳斯：嗯，可以概括地这样讲。如果你拥有奴隶，那么，如果杀害奴隶成为一种习惯性的做法，就会使奴隶的人口成为一个问题。因此，如果将杀害奴隶这件事完全交给主人来决断，即便是在杀害奴隶的过程中，保持某种正义的表象至少是明智的，在一个明智的政府中将不会出现这种事，因为这是由公共权威来做的事。好的，你有什么看法？

布鲁尔：这封信的另一个要点，这封信的最后一段话似乎至少与我们之前考察过的第69封信一样，也是对启示神学的挑战，因为为启示宗教认可的每一个神都赋予人以极大的重要性。

施特劳斯：是的，的确如此，这一点不言而喻。并且甚至可以说即便对于希腊的异教来说也是如此，这就是说，人以某种方式被赋予了更高的地位，这是以其他方式人不具有的。我们不妨来看一看，在色诺芬的《苏格拉底的申辩》中有一段话，我在这里无法准确地回忆起来了。大意是说，人，或者说某些人，是神中意的。我们在这里不妨以异教的语言来说，而狗、狐狸和马这些东西却并非是神中意的，因此无论在何种意义上，宗教就提出了有关人的地位的问题。我们可以这样说。

学生：但他将一切东西都建立在我们的骄傲的基础上，而骄傲会使我们在这件事上走向歧途。看起来，在某种意义上，这是完全——这一点似乎就使它成为基督教而非其他宗教的产物……

施特劳斯：不必然如此。同样的说法至少对于任何启示宗教来说也是真实的。这种论断到目前为止，已经重复了千万次。托曼斯·曼(Thomas Mann)曾经在某个地方写过一篇文章，讨论了三次伟大的解放：哥白尼、达尔文和弗洛伊德。每一次解放对于人类的骄傲都是一次沉重的打击：地球并不是宇宙的中心，人是那个令人恶心的野兽的后代，我们受冲动所控制，而这些冲动是一个体面的社会中任何自尊的人不齿谈及的。在某种意义上，这种说法当然对，这就是不管是有意识的还是无意识的，现代科学的整体倾向是要将高级的东西变成低级的。

但是，如果我们来看这个论证，即唯有人类的骄傲才能对此承担责任，我们能对这个论证说些什么呢？这是一个古老的说法……在古老的时代人们说，如果猫和狗也有它们的神，它们的神就会长得像猫狗一样。嗯，在我看来，答案非常简单，猫和狗没有它们的神。为了能有一种愚蠢的骄傲，必须已经是一个人，[263]因此，证明人是愚蠢的东西在事实上就证实了人的尊严，人的尊严当然包含对尊严的滥用。好的。你有什么看法？

同一个学生：骄傲在这里似乎有两个方面，一个方面是自负，另一个方面是就其能使人拥有更高愿望的骄傲。看起来科学曾经帮助人们摧毁了两种愿望，甚至对一种的摧毁程度要高过另一种。它留给人的是他的不带理想的自负。当他在这里讨论他的骄傲的时候，骄傲对于人来说就是正当的东西。

施特劳斯：呃，这一点很难讲，尤其是在现在，骄傲这个词通常是在这种肯定的意义上使用的。但是他在[这里]意指的却是否定的意义。我们并未感到自己的渺小，当然，骄傲就意味着没有感觉到自己的缺陷。骄傲意味着无知。这肯定是骄傲的一种错误类型。

学生：但与此同时这也是一种非常传统的类型，斯多亚派和所有其他流派的类型。

施特劳斯：你说的是什么？

同一个学生：人的渺小。

施特劳斯：这里说的是个人，是指个人，而不是指整个人类。

同一个学生：那么西庇阿的梦如何讲？① 在这里全世界，至少整个罗马，与……的荣耀相比，看起来是渺小的……

施特劳斯：是的，但像西庇阿和其他有思想的这类人都跃升到了

---

① 西庇阿之梦是西塞罗在《论共和国》（De re publica）一书第八章第9节中构想出来的。

最高的层次,在某种意义上被神圣化了,因此唯有除他们之外的人类才是如此。在我看来,这就是将人简单地还原为野兽,这些野兽在大脑中或在其他地方有某种有意思的特长——这是一种现代观点,而非古典观点。即便在伊壁鸠鲁的学说中,人也没有被简单地还原为野兽,尽管我也承认,在伊壁鸠鲁的学说中,这一点并不非常清楚,它没有对此加以强调,但这里在某种程度上假定了,这里并没有他们那种意义上的世界——你们知道,他们有无限多的世界——这里不可能有一种没有人存在的世界。而在我们现代人看来,不管人存在还是不存在,世界仍然是那个世界。因此,即便在古典的唯物主义学说(materialistic doctrine)中,人的地位也比在如今流行的观点中的地位更高一些,如今流行的观点被视为是一种科学的观点。

学生:呃,稍后我们将要读到一封信,在那里他将对名声的欲望和自我保存等同起来……

施特劳斯:是的,我们将要读到那封信。你说的这一点非常重要。但却与这里我们所讨论的东西无关。对于名声的欲望仍然非常重要,因为人一旦获得了名声,就会生活得更幸福,在某种意义上生活得更好,但这一点并不具有"宇宙论的"重要性。

学生:嗯,是的。但是这是骄傲的最高贵的体现。

[264]施特劳斯:非常正确,但是客观点讲,如果不是从特定的拟人的或人类中心主义的视角来看,人类的高贵究竟是指什么?

学生:看起来,与此同时,他也将人类从更接近上帝的更高地位或从个体与上帝的某种关系中移开了,与此同时他也就给了人一种许可,因为,在将人类的从更高的地位上移开之后,人的行动就不再重要。他在信中对此只是略有提及,他说,你是否相信,我的肉体正在转化为一串麦穗、一条小虫、一棵小草,会转化为不配作为自然造物的作品,并且,他也提到了原子,他许多次将人类类比为微小的原子,而远离对于诸神的任何涉及。

施特劳斯:是的,因此他就被迫为自然权利寻找一个全新的基础,这个基础不同于传统以来的那个基础,在传统的看法中,这个基础与如下观点不可分割,即认为人是一个卓越的、享有特权的存在者。自我保存当然对于人和野兽来说都是共通的,任何人都知道这一点,但是只有人才是这种动物,它可以从自我保存的欲望出发进行推论,找出他的需求是什么,而野兽做不到这一点。并因此,在人这里就存在一种自然权利,而在野兽那里是没有自然权利可言的。道理就是这么简单。

同一个学生:我在这里遇到的唯一问题是,如果人仅仅同次级因(secondary causes)有一种关系,同物质的动力因(efficient causes)有一种关系,他就不承担……的责任……

施特劳斯:是的,这一点在很早以前就已经非常清楚了。尽管常常还需要提及一下。好了,接下来我们不妨重读一下伊本的最后一封信,这封信非常短,也就是第77封信。

罗斯[读文本]:

> 亲爱的郁斯贝克,我觉得对于一个真正的穆斯林来说,不幸的遭遇不是惩罚,而是儆戒。为对人失礼而补赎愆尤的日子,是极其珍贵的日子。事成愿遂的幸运时光,倒是应该缩短。一切急躁,除了显示出我们想不依靠赐福的真主——因为真主本身便是至福——而获得幸福之外,还有什么用?

施特劳斯:用不那么含蓄的的话来说,这里想要表达的意思是什么呢?这段话读起来像是读一段正统的论述。他在这里说,一个真正的穆斯林。自杀是一种叛教行为,是一种急躁的行为。但在另一方面,急躁的行为并非罪大恶极。我们知道许多急躁的行为都不受谴责,更不要说它是有罪的了。因此这里的说法是含混的。好的,接下来是我们上一次读过的第二段,这一段完全由条件句构成。

罗斯[读文本]:

> 如果一个生命是由两个存在所组成,而如果保持两者相结合的必然性,更充分地指明这是对造物主命令的服从,那么,由此便可制定出宗教法规。如果这种保持结合的必要性成为人们行动的更好依据,那么由此便可以制定出民事法律。

[265]施特劳斯：这些都是条件句。既可以这样做，也可以那样做。他没有对此作出决断。但这肯定不是对反对自杀的禁令的无条件辩护。好的，你有什么问题？

布鲁尔：在第一段中，他诉诸独立于神的幸福，想要表达什么？

施特劳斯：你说的是哪个地方？

布鲁尔："一切急躁，除了显示出我们想不依靠赐福的真主……"

施特劳斯：在这里假设的是，在死后的天堂中有一种幸福。消极地讲，那些自杀的人有一种想要摆脱痛苦生活的愿望，但从积极方面讲，他们也有一种对幸福的欲望。既然他们知道死后就不会再有此世的幸福，他就当然会去设想另一个世界的幸福。但通过侵犯禁止自杀的神圣禁令，他们希望能够有一种不依靠赐福的真主，也就是神的幸福，因为他就是幸福自身。这样说你们是否明白？

为了防止我们漏掉一些内容，这里还有一些内容需要要提一下，不管重要与否，比如，这里有一个关于胡子的有趣故事。你们还记得第78封信中讲述的故事吗？这个故事很有趣，我们读一读。

罗斯[读文本]：

> 至于小胡子，它本身便令人肃然起敬，而不管会有何后果。尽管如此，有时它却大派用场，人们以此来报效君主、为国争光，正如印度的某个著名的葡萄牙将军向我们展示的。此人在需要钱时，剪下胡子中的一部分，送给果阿居民作为担保，借了两万皮斯托尔。这些钱先是借给他的，但后来他却大模大样将胡子收回去了。

施特劳斯：这段话是关于西班牙的，在稍后的地方他说，"在他们的书籍中，只有一本是好的，让人看到所有其他书籍都荒唐可笑。"这里当然指的是《堂吉诃德》。好的，我们继续往下看。我们必须考察一下第80封信，因为这封信的重点是政治科学，为了我们的世界，我们不能漏掉这个方面。我们在这里读读前三段。

罗斯[读文本]：

郁斯贝克寄威尼斯的雷迪

亲爱的雷迪，自从我到欧洲以来，看到了好些不同的政府，不像亚洲，到处政制都一样。

[266]我经常探究，哪种政府体系最符合人类的理性。

施特劳斯：译文有问题，应该是"最符合理性"，"人类的"这个词也是译者画蛇添足。

罗斯[读文本]：

在我看来，最完善的政府，就是以最小的代价达到其目的的政府……

施特劳斯：这句话仿佛是出自当今的许多行为主义(behavioral)社会科学家之手啊。

罗斯[读文本]：

……因此能以最适合人的爱好和本能的方式领导人民的政府，就是最完善的。

施特劳斯：译者是怎样翻译前面那个词的，也就是"本能"之前的那个词？

罗斯：爱好(leanings)

施特劳斯：leanings？好的。继续往下读。

罗斯[读文本]：

如果人民在温和的政府之下，跟在严厉的政府之下一样驯服，则前者更为可取，因为它更符合理性，而严厉则是外在于理性的一种动机。

施特劳斯：好的，这就是我们要读的内容。在这里，最合理的政府在不诉诸政府的目的的条件下得到了界定。这些目的在通常情形下被认为是不言而喻的。而在这里典型的东西是温和,是和善,是 douceur。我想在我们讨论《论法的精神》的时候,在这个方面我们已经说得够多了。

学生:最好的政府就是最轻松的政府?

施特劳斯:是的,但他当然是明智的,他说,如果人民驯服的话,才是如此。如果人民不驯服,就需要严厉的政府。但如果在这里可以选择,和善本身就足够了,并且这里没有任何涉及到人民的爱好和本能的问题。本能在这里并不具有自然本能的严格意义,而仅仅意味着他们本能地追求的东西。这是非常现代的说法。但是我们无论如何不能忽视这一点。在第 82 封信中有一个评论——我们接下来读第一段。

罗斯[读文本]:

> 虽然法国人的话多,但其中却有一种沉默寡言的教士,称为查尔特勒。据说他们入修道院时就割断了舌头,人们倒真希望所有其他教士把对他们职业无用的东西也这样割掉为好。

[267]施特劳斯:很明显可以看出他在这里想要说什么,但这段话对《波斯人信扎》作为整体来说却有某种意义上的重要性。基督教的教士和僧侣应该成为真正的阉奴。这一点可能会使眼下的情形变得更清楚,这一与阉奴问题的联系贯穿全书。

学生:我有一个朋友,他是一个多米尼加牧师。他就反对这个看法。他说,宗教最终取决于神秘主义,而你只有通过一种冲突才能获得它。

施特劳斯:你不能太过表面地理解孟德斯鸠的象征,不管是那些令人发笑的象征,还是表达讽刺的象征。M 先生提到的第 83 封信非常重要,因为它再度讨论正义问题。我们必须要对这封信进行考察,好的,就从这封信的开头部分开始。

罗斯[读文本]:

> 亲爱的雷迪,如果真有真主,他必然是正义的,因为,如果他不正义,那他就是一切存在者中最坏、最不完善的一个。

施特劳斯:请注意在这里使用了条件句。好的,继续。

罗斯[读文本]:

> 正义是真正存在于两个事物之间的一种恰当的关系。无论是谁来看待这种关系,真主也好,一个天使也好,乃至一个人也好,这种关系始终如一。的确……

施特劳斯:正义对真主和对人来说都是一样的。这些话的言下之意是正义较对真主的信仰来说要更重要。好的,我们继续往下读。

学生:当他说关系常常是一样时,他的意思是什么呢——他的意思是不是说,真主应该与天使有同样的关系,还是说真主应该与人有同样的关系?

施特劳斯:不,你必须进行概括,不妨说是高的和低的之间的关系(superior-inferior)。如果对于高的东西和低的东西之间的关系有一系列特定的正义规则,那么,这些规则对真主来说就是一样的。这是一个要点。非常重要的一个要点。神圣正义不再在类比中,通过类比来理解,而是必须从字面上来理解。这是一个关键点。并且这一点也支撑着康德哲学,在康德哲学中达到了顶峰,这就是康德那里的道德法则,并且基于道德法则,也仅仅是基于道德法则,才有神存在的迹象。如果这里有其他的方式,那么,神的行动就是任意的,就仿佛玷污了我们的正义观。我们必须从正义开始,从道德开始。

学生:难道这不是他在之前的几封信中讨论的骄傲的例子吗?因为在这里列举了人们所看到的东西,然后赋予其以宇宙学的重要性,而即便上帝也不能……

施特劳斯:但论证有所不同。在这里他基于有神论的前提来论证。你说在那里他也同时做了这一点,但问题仍然是,他不是假定人——人类,或人的种族——在神的眼中完全是一无是处吗?尽管如此,[268]根据启示宗教神要求人为特定行为。他也是在那个基础上来进行论证的,不是吗?

学生: 如果假定启示宗教……

施特劳斯: 甚至是自然宗教。在我看来,这并非偶然,也就是说他从条件句开始并非偶然。在这里他反对……好的,我们继续,读下一段。

罗斯[读文本]:

> 的确,人们并不都能看出这种关系。甚至,即使看出这种关系,却往往避而远之,而他们看得最清楚的东西,从来就是他们所追求的利益。正义发出呼声,但是人之七情六欲,纷繁复杂,使得他们很难听到正义的呼声。

施特劳斯: 在这里他谈到了正义和人的利益之间的冲突。在论正义的那几封信中,也就是讨论穴居人的第11—14封信中,他没有谈到这个冲突。在那里,他向我们表明了正义与人的自我利益相等同。我的意思是,至少是在某种程度上是有远见的[人的自我利益]。但他在这里仅仅谈到了这个冲突。这一点是很有意思。好的,我们继续。

罗斯[读文本]:

> 人会做不义之事,因为这样做对他们有利,他们只求满足自己而不愿满足他人。人们的所作所为,均出于一己之私。没有一个人会无缘无故干坏事,必定有某些原因促使他们这样做,而这原因总是自私的(selfish)。

施特劳斯: 贴近字面的译文,应该是"而这原因总是利益"(a reason of interest)。

罗斯[读文本]:

> 但真主绝不可能做出任何不义之举。既然假定真主看得见正

义,他就必然奉行正义的原则,因为真主一无所需,应有尽有,而如果他没有任何动机地这样做,那么他就是一切存在者中最邪恶的一个。

施特劳斯:由此可以得出的结论是,在人这里,在不义和利益之间存在着一种冲突。这个冲突在原则上不可避免,尽管可以妥善地得到解决。在真主那里,不可能存在这种冲突,因为真主是自给自足的,没有需要,并因此,他就是绝对公正的,并且也必须被理解为绝对公正。在这里他看起来就像是作为一个自然神学家在论证。好的,我们继续。

罗斯[读文本]:

> 因此,即使没有真主,我们也必须永远热爱正义。也就是说,尽力使自己和我们对之有一个美好理念的那个存在者相像。而如果真有这样的存在者,他就必定是正义的。我们尽管摆脱了宗教的枷锁,也不应该不受衡平这个原则约束。

[269]施特劳斯:在这里他再度回到了条件句。这里的说法可能会使你们中的许多人想起格劳秀斯《论战争法权与和平法权》绪论中的一个段落,"即便这里没有上帝——我们只能不虔敬地这样讲——这一自然法也仍然是有效的。"这句话经常被人引用,也有少数人说这就是现代自然法的开端。但我在这里想要强调的一个要点是——衡平(equity),我们不妨说正义,道德,这些东西要比宗教更重要。如果略微夸张一点说,唯一有绝对价值的东西就是道德和正义。

学生:我们刚刚读的这段话似乎不是从他在前面刚刚说的那些内容中得出来的。因为他在之前说的是,在人这里在我们看到的正义观念和我们的利益之间存在冲突。并因此,有时候也许人们会按照自己的利益行动,而有时候则会遵照正义的要求。然后他说,即便这里没有神,我们也应该永远热爱正义,亦即牺牲自己的利益,但他并没有对此给出任何充分的理由。

施特劳斯:也许理由是暗含在其中的——呃,如果我们完全不考虑穴居人的论证,那么,理由就是暗含在前面的两段话中的。

学生:出于令我们骄傲的那些理由,我们应该尽可能地做到自我充分。

施特劳斯:不是骄傲——嗯,我们甚至可以在功利主义的基础上揭示这一点,但我认为,他在之前的段落中谈论的东西是上帝,即便上帝不存在,上帝的理念也是一种美好的理念(une si belle idée)。不妨说,上帝的可能性,如果你要这样说的话,这种可能性已经终结了,就是调停(mediation),这就解决了你在支持正义的过程中面临的问题。的确,既然这一点不充分,我们就必须也要同时考察有关穴居人的信,根据事实进行推断。

布鲁尔:如果贴近原文直译的话,第二段话第一句怎么译?

施特劳斯:"正义是真正存在于两种事物之间的一种便利关系(relation of convenience)"。

布鲁尔:这难道不是说正义在某些情形下相当于利益吗?

施特劳斯:不,嗯,我们从儿童时代开始就区分利益和正义,懂得两者之间的区分。富有的祖父的死亡对一个人来说可能是一种利益,但如果对此加以希望就是不正义的。这一点我想哪怕是只具有中等智力的人也能理解,因此我们知道这个区分。

但在这里他仅仅谈到了正义,并且给出了一个全新的定义。我们已经注意到——当然,在这里请大家回忆一下有关法的分类。法律是各种关系。举一个非常简单的例子,比如说这样一条漂亮的正义规则,先来先得。这里存在着两种关系——来和得——它们之间的关系就是先来,先得。这就是正义的关系,任何思考过这个规则的人必须承认,作为一条经验规则,这是你能做的最好的事情。每个人都可以马上思考一下相关的限制——可能这是一个孕妇,也可能是一个糟老头子。那么,不言而喻的是,如果可能,在其他事情同等的情形下,先来先得。如果在这个方面所有的东西都一样,[270]那么,它们就必须同等地得到对待。然后,唯一的与此有关的区分就是,究竟是谁先来。这是一条漂亮的正义规则。你也可以举其他例子。比如说罪与罚之间的关系,或是其他关系。比如说工作和报酬的关系。

布鲁尔：但所有这些定义的共同基础似乎就是它们的普遍性，也许这就是便利(convenience)一词在这里所指的意思。

施特劳斯：不，也许是便利一词在这里误导了你，对于这个词的合适的英语说法是什么？

学生：适当性(fittingness)。

施特劳斯：是的，适当性。它仿佛给出了一种美妙的旋律，令人悦目。这就意味着适当性，好的。在这里与方便(expediency)一词毫无关系。

学生：这就是"我们应该"中所包含的制裁吗？——我们应该永远热爱正义。

施特劳斯：在这里没有讨论这个问题。这也就是为什么我们要转到与穴居人有关的信件的原因。在这里给出了另一种可能性，接受正义的动机当然是每个人针对每个人的战争，只有傻瓜才想要这种局面。这就是诱因或者说动机。但是，正义在此被视为一种理念，而有关动机或诱因的问题却没有得到回答。我希望你们的学期论文中能够有那么一篇文章，分析第11-14封信，将它同第83封信进行比较，看一看它们各自包含着什么，没有包含什么，并且它们是如何放在一起的。

学生：在接下来的那段话中，他给出了理由，即为什么……

施特劳斯：为什么我们不读一读这个部分？

罗斯[读文本]：

> 上述看法使我想到正义是永恒的，丝毫不取决于世人的约定，如果它们取决于世人的约定的话，这就将成为可怕的果实，而我们本来应该要规避这果实的。

施特劳斯：他在这里暂时地考察了这种可能性，即这可能不是真的，也就是，正义仿佛是写在带有金色字母的星座上的，但其实不是这样。如果是这样，那么很不幸，它就太糟糕了，以至于一个人必须要做出某种类型的有关正义的柏拉图式教诲。接下来他是如何继续的？

罗斯[读文本]：

我们被那些比我们更强大的人所包围，他们可以用许多种不同的方式来损害我们，而他们这种行为十有八九不可不受到惩罚。但是，我们知道，在这些人心中有一内省原则在支持我们来实施抵抗，保护我们不受其机制的影响，因此我们的心中是何等安宁！

［271］不然的话……

施特劳斯：换句话说，对于我所谓的那种粗略意义上的柏拉图主义，在这里有一种替代方案，这就是相信每个人都拥有良知，这是在个体身上存在的走向正义的动机。

学生：这里也有一种可能性，孟德斯鸠在这段话中说，这里存在着一种正义，因此，他本人是在落实一种粗略意义上的柏拉图主义……

施特劳斯：是的，当然是这样，对此没有什么疑问。并且，我认为，在良知方面他可能会同意霍布斯和洛克的主张，洛克是怎样说的呢？我们只需看一看那些被胜利的军队掠夺一空的城市，你们就会看到良知具有多么大的力量？在这里不妨回忆一下《人类理解论》第二节或第三节的开头。不，我不怀疑就是这样的，但这却是表述它的另一种方式。有关每个人都有良知的"知识"同样也是有用的。如果很不幸，这一点不是真的，那么他就必须寻找其他动机，而我们在有关穴居人的信件中的确找到了其他动机的某种迹象，在那里出现了一种计算意义上的正义观（calculating view of justice），而其他的选择则可能是一种不幸。

接下来读……噢，很抱歉，我得离开了。下一次课我们再继续讨论这个问题。

第 五 讲
1966年5月11日

[272]施特劳斯：接下来回到第85封信，这封信也是寄给米尔扎的，米尔扎就是讨论穴居人的那些信件的收信人。我们应该从哪个地方开始？我认为应该从这封信的开头开始。

罗斯[读文本]：

你知道，米尔扎，沙·索立曼的某些大臣，曾经制定计划，要迫使波斯境内的亚美尼亚人离开波斯王国，不然就得改宗伊斯兰教。按照他们的想法，如果王国内部留有这些不信伊斯兰教的人，国家将永远被亵渎。

施特劳斯：跳过接下来的两段继续读。

罗斯[读文本]：

我们那些狂热的穆斯林对盖布尔人的迫害，使得他们不得不成群结队逃亡……

施特劳斯：不，应该是这段话的前一段："人们原想通过放逐亚美尼亚人……"

罗斯[读文本]：

第 五 讲

人们原想通过放逐亚美尼亚人,在一天内消灭所有商人以及几乎全部手艺工匠。我确信,阿巴斯大帝可能宁愿斩断双臂,也不愿在这样的命令上签字。而且他会认为把自己最勤勉的子民拱手送给了莫卧儿大帝或者印度其他君主,这就等于割让了半壁江山。

施特劳斯:在这里他显然指的是发生在欧洲的那些事件,这就是《南特敕令》(Edict of Nantes),也就是驱逐胡格诺教徒,将犹太人驱逐出西班牙的谕令,这些事在《波斯人信札》中都有提到,是不是?

罗斯[读文本]:

我们那些狂热的穆斯林对盖布尔人的迫害,使得他们不得不成群结队逃亡到印度,致使波斯丧失了这个如此精心耕耘、以自己的劳动独立改造了我们贫瘠土地的民族。

现在,那些虔诚的教徒,只差给帝国第二次打击了:那就是摧毁我们的工业。通过这个办法,帝国将会自行瓦解。而其必然结果是,这个人们本想使之繁荣的宗教,也随着帝国一道坍塌。

[273]施特劳斯:换句话说,政治上错误的和不明智的措施对审查这些措施的宗教来说是灾难性的。我上次提到孟德斯鸠试图在这里提供一个基础,在此基础上,可以解释,为何着眼于政治的和社会的结果的那种宗教的批判,作为一种宗教批判,是相关的,因为有人可能会说,使人在尘世生活中获得幸福不是宗教的目的,因此,它就是不相关的因素。在这里他想为此提供证明。是否这是一个好的论证,必须得到一个一流的神学家认可,这是另一个问题,因为他可能有很好的理由说,地狱的大门无法做反对教会的事,因此,这里就没有任何明智的和不明智的政治方法。但对于那些无法做深入思考的普通常人来说,这一点已经足够。

罗斯[读文本]:

如果我必须开门见山地进行推理,那么,我不知道,米尔扎,在一国中有若干宗教,是否是一件好事。

施特劳斯:我们无法读完全部,这是一段很长的论述——因此我们跳过接下来的五个段落——"我承认各国历史都充满了……"

罗斯[读文本]:

> 我承认,各国历史都充满了宗教战争,但请留意一点:宗教战争之所以发生,并不是由于宗教派别繁多,而是由于自以为居于统治地位的那一种宗教的不宽容精神。

施特劳斯:在这句话背后的论证是什么?我们可能会说,为了不在不同的宗教之间出现冲突,让我们只拥有一种宗教。接下来是对这个论证的回应:不是宗教的多样性,而是因为宗教的不宽容导致了冲突和宗教战争。

罗斯[读文本]:

> 犹太人从埃及人那里学来的正是这种劝教狂热,这种狂热像民间流行的疾病,又从犹太人传染给伊斯兰教徒和基督教徒。

施特劳斯:换句话说,异教徒——古典的古代没有这种劝教狂热,这是在十八世纪反复被人叙说的事。并且,在某种意义上当然也是真实的。但讲这句话的人说,它起源于犹太人,我说的是,禁止偶像崇拜和对其他人的崇拜起源于犹太人。不知道出于什么原因,在这里,这些东西被追溯到埃及人。如今,我们知道,至少在阿孟和蒂(Amenhotep)前后的时代①,人们说是他撰写了有关埃及宗教改革方面的论述——埃及人还不知道有这类事情,关于这一点,你们能给出一些理由来吗?

学生:是否那个时候埃及人有对一神论的观念?

[274]**施特劳斯**:没有,那是相当晚近的事——在希罗多德笔下,

---

① [译注]这里指的是阿孟和蒂四世的宗教改革。

有关埃及人的最著名的说法是,埃及人非常虔敬。但这就意味着他们崇拜万物,包括他们遇到的一切动物,这就当然意味着他们能接受任何神在各地接受崇拜。我不知道这是基于什么,但这一点不太重要。

因此这也是一个我们曾经在《论法的精神》中见过的观点。最令人满意的解决方案可能是存在着若干教派,这些教派试图彼此取消对方,并且政府独立于这些教派。如果这里有一个教派,得到了人群中的多数人的[支持],政府就会在这一教派的迷惑之下行动,否则政府就要在他们的彼此对立之间寻求平衡。

好了,接下来进入到第88封信,首先读第一段。

罗斯[读文本]:

巴黎洋溢着自由与平等的气氛。

施特劳斯:在1728年左右,这一点不是很奇怪吗?词语的含义发生了多么大的变化啊!

罗斯[读文本]:

门第出身、道德品行、甚至戎马军功,无论何等煊赫辉煌,也不能使一个人在芸芸众生中超群出众。这里没有各种身份等级之间的互相嫉妒。据说巴黎首屈一指的人,乃是拥有高车驷马的人。

施特劳斯:因此这里也就当然存在不平等。但是,我们需要进一步看一看这意味着什么。我们接下来跳过下一段往下读。

罗斯[读文本]:

在波斯,只有君主让他们在政府中有一席之位的人才是权贵,在此地,有的人因出身门第而高贵,但这些人并无声誉。国王行事有如巧匠,总是使用最简单的机器制造物品。

施特劳斯:这段话是什么意思?另外两段话可以对此加以证实,

我们这里就不读它们了。那么,这里的平等指的是什么?

学生:法国是属于某种专制政体的,或者它正在成为某种专制政体。

施特劳斯:因此可以说,不平等只是偶然的,并且完全取决于国王的一时兴起。这是对于……的批判……接下来是贵族丧失了它的势力。在上一次课程中我提到了托克维尔,在某种意义上,他是孟德斯鸠的学生。托克维尔在他的论述旧制度的书中,谈到了贵族的衰落,贵族丧失了它的功能,丧失了它的统治功能。他们的功能被来自平民(roturiers)也就是底层的小职员(commis)、代理人取代,这些人被绝对王权制下的国王擢升,但贵族仍然保留着自己的等级身份。我们稍后就可以看到这一点。[275]但是我在这里之所以提到这一点,是因为它揭示出了一个主题,这个主题是贯穿孟德斯鸠从《波斯人信札》到《论法的精神》的诸多主题中的一个。

好了,接下来我们进入到第89封信,这封信对我们有着特别的重要性,理由我们马上就可以看到,我们首先读第一段。

罗斯[读文本]:

> 追求名声的愿望,与一切生物所具有的保全生命的本能并无区别。如果我们能使自己存在于他人的记忆之中,我们似乎就延长了自己的生命。荣誉使我们获得的新的生命,它与我们受之于天的生命一样宝贵。

施特劳斯:我们需要针对这段话做一点评论。我们已经知道了自我保存的重要性,那么,追求荣耀的欲望呢?

布鲁尔:它在某些时候甚至与自我保存相冲突。

施特劳斯:这甚至是在霍布斯那里它呈现给我们的方式。这里有两个无法相容的东西。

布鲁尔:在《论法的精神》中不也有这样的例子吗?

施特劳斯:是的,但肯定在霍布斯的经典论述中它是这样的。对死亡的恐惧——这是一再正常不过的事——使人变得理性,而对荣耀

第 五 讲

的追求,亦即,[按照霍布斯本人的说法],gloria sive bene opinari de se ipso [荣耀或是一心只想着自己的好],这就意味着每个人都一心只想着自己的好,但他们也非常清楚,老是这么一心只想着自己的好是多么[不合理],他们也需要他人的帮助。如果他们也能使他人一心只想着自己的好,他们相信这一点,或者相对于相信其他事情来说更相信这一点。因此,这一老是想着自己的好的愿望就转化为被他人承认为优势者的愿望。这种愿望使人目盲,并导致了不义。这是霍布斯论断的一个粗略概括。

但在霍布斯那里,在自我保存和荣耀之间的联系非常模糊。我记不起霍布斯在哪个地方阐述过这一点了,在早些年我曾研究过一点霍布斯,但我是在很长时间之后才发现这一单纯的联系,原因是因为霍布斯并没有表述过这一点。我们必须努力发现这一点。大概来说是这样的。我们对自我保存的欲望,并因此,我们就需要有自我保存的工具,而自我保存的工具被称之为,它有一个总体性的名称,即权力。因此,我们所有人都追求权力。在这里,权力可以指一切东西。比如说,它可以是一根棍子,也可以是一把枪,或者一个银行账户,总之,无论它是什么东西,只要有助于我们的自我保存,就是权力。人区别于其他动物,因此就在于如下事实,人是唯一一种能将自我保存的欲望转化为权力欲的存在者。野兽再机灵,也无法去思考未来。人这种动物却可以因为未来的渴望而渴望(which is hungry from future hungry)。换句话说,我们不仅能够想到即将来临的寒冬,而只有极少数动物才能出于本能地想到这一点,并且如果我们足够明智,还可以设想两年之后的寒冬,可以据此做出计划。因此自我保存的欲望就转换为一种权力欲。

[276]那么,权力的一种形式就是他人愿意帮助我们,这是因为他们爱我们,或是因为他们崇拜我们,恐惧我们,但只要帮助我们,这些区分都没有什么影响。因此,被他人承认为优势者,也是一种权力。荣耀是权力的一种形式。但在这里可能会转向它的反面。人们可能会忘记荣耀的合理功能,也可能会迷恋荣耀本身。当它变成为纯粹的伪装时,你知道,也就是当它的合理的意图被遗忘时,就是如此。这一点的发生很显然具有内在的必然性,并因此我们接下来就遇到了或者说最终遇

到了不合理的荣耀（irrational glory）和合理的恐惧（rational fear），以及还有对权力的合理追逐之间的对立。对权力的合理追逐是合理的恐惧或自我保存的一部分。

就孟德斯鸠在此做出的评论来说，对荣耀的欲望截然完全不同于所有生物保存自身的那种本能。换句话说，这里没有谈到两者之间的复杂关系。这一点使你们想到了什么吗？

学生：当谈到对名声的追求时，在古典传统中，比如说对不朽的追求，像一个神一样，这是第二次生命，它继续……

施特劳斯：是的，但我们可以更具体一点。

另一个学生：柏拉图的《会饮》。

施特劳斯：柏拉图的《会饮》，第俄提玛的讲辞。所有存在者的根本欲望是永远拥有善。我的意思是，我们所有人都希望能幸福。但这不过是欺骗。我们希望能够永远幸福，希望能永远拥有善的事物。这里存在三种人们满足自身欲望的方式，一种是繁殖。也就是个体生成的永恒。略微高级的形式是荣耀，他们说这是一种不朽的荣耀。这一点能延续得更为久远，因为家族是会消失的。我们不妨看看凯撒，他的名声让他的家族在许多世纪之后仍然为后人所知，当然这里我们不是指有关他子嗣的任何事情。但这一点仍然是成问题的，它在很大程度上取决于偶然。凯撒可能会在他前往不列颠的路途中死去，他也有可能仍然是内战中诸位领帅中的一位，和其他的领帅没有两样，不会比庞培更有名声，甚至名声更小。满足欲望的最高方式，也是唯一真正的东西乃是对永恒真理的认识，在这里你放弃了自身的个性，但却分有了那些你知道它自身能永恒持存的东西。在这封信中，我们可以发现有关这些内容的一点提示。

好的，我们继续读第 89 封信的接下来的内容。

罗斯［读文本］：

> 但是，并不是每个人对生命热爱的程度都是一样的，所以他们对名声的热衷程度也不相同。这种高尚的激情固然铭刻在他们的心间，但是，教育和想象力却以千万种不同的方式来改变它。

施特劳斯：在这里不应该翻译成"名声"（fame），而应该译为"荣誉"（glory）。

[277] 罗斯[读文本]：

> 这种差别,存在于不同的人之间,而在不同民族之间,就更为明显。
>
> 在任何国家,名声绝不与奴役为伍,臣民享受的自由越大,追求名声的愿望便增长,享受的自由减少,追求名声的愿望便减少,这可以被确立为一条准则。

施特劳斯：好的,接下来跳过下面两段。
罗斯[读文本]：

> 法国军队和你们军队的区别,在于……

施特劳斯：这是一位法国人说给他听的。
罗斯[读文本]：

> ……你们的军队是由生性怯懦的奴隶组成的,只是慑于刑罚,才克服对死亡的恐惧,从而在他们的心灵中,产生一种新的恐惧,使他们愚钝不灵。而在我们这里,在法国,士兵们乐于身冒矢石,他们有一种胜于恐惧的自我满足使他们消除恐惧。

施特劳斯：译文应该是"有一种胜于恐惧的满足"。好的,继续往下读。
罗斯[读文本]：

> 然而,荣誉、声望以及德性的祭坛似乎是在各共和国以及人们能够口称"祖国"的那些国家中建立起来的。在罗马、雅典、斯巴达,最杰出的功劳,只要用荣誉作为酬谢便已足够。打了一场胜

仗，或者夺取了一座城市，一顶用月桂枝叶或树叶做成的桂冠、一座雕像、一篇颂词便是巨大的奖赏了。

施特劳斯：我想这些内容你们都熟悉，我们在《论法的精神》中也遇到过。这种对于荣耀的愿望，这种高贵的愿望，存在于各共和国中。它是与自由联系在一起的。哪里没有自由，哪里完全缺少自由，哪里就不可能有荣誉。并且，哪里的自由有如同在君主政体中的缺陷，哪里的荣誉就有缺陷。

学生：在《论法的精神》中，荣誉是君主政体的原则。

施特劳斯：我们稍后会看到这一点。但是在这里荣誉（honor）是在与荣耀（glory）相同的意义上使用的。

学生：我们刚才讨论的后面的那个问题——也许不是最后的那一个——是自杀，也就是在这里的第二段中谈到的，我认为，这首先意味着他可能是在谈论类似于斯多葛派的个体。他们对生命本身并无过多迷恋，并因此不那么[278]在意世俗的荣耀带来的浮华。但它是否也明确地意指荣誉或荣耀，就如同暴政中的人民的高尚激情，这些对生命本身不那么迷恋的人是不会去追求它们的？

施特劳斯：不，我不认为你正确地使我们注意到了这段话，我在这里仅仅就文本做一个细微的改动，但这不是因为我认为文本有缺陷，[而是]为了更好地解释它，这个改动就是，"但并不是因为所有人都同样地迷恋此世的生活"——你们觉得如何？

学生：我还没有搞明白⋯⋯

施特劳斯：只有当存在彼岸的生活时，谈论此岸的生活才有意义，而如果这里存在彼岸的生活，此岸的生活和此世的荣耀就都不重要了。这是马基雅维利在《李维史论》第二章开头部分的一个非常有力的论述，在那里，他谈到了异教道德和圣经道德的区别。世俗的荣耀，这个世界的荣耀，是罗马相对于谦逊的圣经道德更为伟大的秘密。

同一个学生：那种以千万种方式改变了铭刻在我们心灵中的东西的想象力和教育必定是基督教的教育⋯⋯

施特劳斯：不仅仅是这种教育，因为这里有许多种教育的方式，并且有许多种改变想象力的方式。而是属于人性的教育。这就是他想表达的意思。激情永远地铭刻在人的心灵之中。换句话说,它是一种自然权利,但是它可以通过一些突如其来的想法、想象力而无限地被改变,并且也可以通过人们经历的教育无限地被改变。

罗斯:很奇怪,在前一封信中,他谈到了在法国人中没有等级,也缺乏荣耀感,换句话说,等级中的唯一差异是独断地和偶然地出现的。但在这封信中,他让一个法国人说,法国的军队能超脱对死亡的恐惧,并且他们对荣誉的追求也非常强烈。

施特劳斯:在法国人和波斯人之间不是存在着一种区别吗?不是说,法国人至少没有波斯人那样专制吗?因此一个法国人就很容易看出这里存在的差异,甚至会强调这种差异的存在。而一个波斯人也许就不容易清楚地看出来这些东西。

布鲁尔:这段话是以"区别就存在于法国军队"等等这些话开始的,这些内容从霍布斯的视角出发,揭示了存在于对荣耀的追求和自我保存之间的冲突,因此,这一点是否表明第一段话中的这个简洁的论述更为古典?

施特劳斯:换句话说,如果我的理解对的话,你想表达的意思就是,从自我保存的角度出发,一个优秀的士兵要比一个糟糕的士兵好。这是你想表达的意思吗?

[279]布鲁尔:不,我的意思是说,从自我保存角度出发,与其荣耀地死,不如懦弱地生。

施特劳斯:不,这肯定不是他想要说的。

布鲁尔:是的,他没有这样说,但他说,法国军队乐于身冒矢石,从而消除了恐惧,这种恐惧可能是一种合理的恐惧,也就是来自霍布斯的那种恐惧。

施特劳斯:但是,他在这里提出的论点肯定不同于霍布斯,这一点很清楚。

布鲁尔:因此有可能他提出了更多的东西……

施特劳斯:但我们将会看到,这个论题之后又出现了。

另一个学生:在第二段话中,这一点难道不可以从两个方面去了解吗。第一句,你心灵中的变化,说的是那些并不迷恋尘世生活理念的人,在他们看来,尘世生活是这样一种生活方式,即一种通向更好生活的令人痛苦的生活方式,这种更好的生活当然比不幸的生活无限重要,但这种生活与在他人的记忆中、也就是通过荣耀来获得一种新的生活的想法并不相干。

施特劳斯:但你为什么不首先忠实于这句话的明显的和字面上的意义呢?他从自我保存的欲望中推出了追求荣耀的欲望。然后他运用了这个推论。基本的事情(basic thing)在不同程度上和以不同方式影响人类,派生出的事情(derivative thing)就不是这样。这是一个问题。

同一个学生:因此这些人也许是斯多葛派的哲人?

施特劳斯:嗯,这一点就留给你们自己去思考吧。你们可以想一想日常生活中的自杀事件,或者想一想那些实际上没有自杀但却希望自己早日死去的人,因为他们在痛苦的生活中,比如说身患绝症,如此等等,感到绝望。但这就表明人们并不觉得自己生活幸福,并因此并不十分尊重生命。Mutatis Mutandis[在做必要的变通之后],同样的说法对那些不太在乎荣耀的人来说也是真的,因为他们在对荣耀的追求中,也可能感到绝望。我们不妨这样去想。

好了,接下来进入第90封信,在那里谈到了你在前面预示到的荣誉感(point d'honneur)。我们接下来读第一段。

罗斯[读文本]:

从法兰西民族追求名声的普遍热情中……

施特劳斯:译文有问题,不是"名声",而是"荣耀"。

罗斯[读文本]:

从法兰西民族追求荣耀的普遍热情中,每个人心中产生了某种所谓的荣誉感(point of honor)。确切来说,这是每个职业的特征,但是在军人中尤为突出。

[280]施特劳斯：这里就说得更为明显了。

罗斯[读文本]：

> 而军人的特点，就是这种至高无上的荣誉感。我很难使你体会到这究竟是什么，因为我们对此毫无概念。

施特劳斯：因此在这里你就可以看到荣誉和荣耀的关系是如此密切，以至于在两者之间甚至不需要有一个明确的过渡。好了，接下来看一看这一所谓的荣誉感的问题。我们读下一段。

罗斯[读文本]：

> 从前，法国人，尤其是贵族，除了按这种荣誉感的规则行事之外，不遵守任何法律。荣誉感的规则支配着他们生活中的一举一动，而且这些规则如此严厉，人们如果规避其中最微小的规矩，更不用说违反它们，就会受到比死更残酷的刑罚。

施特劳斯：这里是另一处暗示法国贵族制、法国封建秩序衰落的地方。这在某种意义上意味着法国君主制向某些接近东方专制主义的东西的转变。这些东西我们从早前的阅读中就可以得知。

罗斯[读文本]：

> 在处理争端时，这些规则几乎只规定一种解决办法，那就是决斗，决斗干净利索地了结纠纷……

施特劳斯：好了，这段话的接下来部分和下一段就不读了，我们继续读后面的部分。

罗斯[读文本]：

> 这种解决争议的方式真是匪夷所思，因为一个人比另一个手脚敏捷，力气更大，并不能因此便说他更有理。

施特劳斯：这是一件伴随着荣誉感出现的非理性的事情。并因此应该被废止。我们继续读接下来的部分。

罗斯[读文本]：

> 因此，历朝国王均曾以极其严厉的刑罚禁止决斗，但也无济于事。荣誉要永远统治下去，它起而反抗，不承认任何法律。
>
> 于是法国人便处于一个十分令人恼火的境地，因为一个君子，受了侮辱，根据荣誉的规则，他非要报此仇不可。但是，另一方面，他若进行报仇，法庭就要用最残酷的刑罚惩处它。如果遵循荣誉的规则，结果死在了断头台上，如果他照法律行事，就将永远被拒于社交界的大门之外，于是只有两种残酷的选择，或者死亡，或者是苟且偷生。

[281]施特劳斯：在这里法国法和荣誉法之间的矛盾清楚可见。到底站在哪一边？孟德斯鸠会站在哪边？

布鲁尔：他站在了荣誉法的一边。

施特劳斯：是的，但它们是非理性的。

布鲁尔：呃，他可能会要求通过其他方式来改变它们。

施特劳斯：我们不妨紧盯着那些最明显的东西。荣誉法和理性法之间彼此冲突。但是，你的意思是孟德斯鸠站在了荣誉法一边。那么，他的理由是什么呢？毕竟，对于我们在这里发现的任何不合理的东西，必须要给出一个理由。

布鲁尔：因为要改变它们是不可能的，如果不带来……

施特劳斯：不，不，要在上下文中找理由。在这里的关键点是什么？

另一个学生：看起来有两个理由：首先，如果人们根本就没有这种对于荣誉的欲望，那么他们就是糟糕的士兵，他们会感到恐惧。其次，如果这里的荣誉得到了确保，那就可以稳固贵族制和贵族的地位。

施特劳斯：换句话说，君主制和专制之间的区分就被打破了。换个不同的说法，是一种公共的自由。因此，为了获得公共的自由，孟德斯鸠可以容忍与之伴随的不合理的东西。一旦这里出现了骁勇的贵族，那么就有了荣誉感，就存在决斗。废除了决斗的开明专制君主也就因此废除了自由的支柱。稍后我们会看到另一个与之类似的说法。

好了，接下来我们转到第 92 封信，我想要表达的一个观点就出现在这封信中，读一读倒数第二段。

罗斯［读文本］：

高等法院犹如供人践踏的废墟，但这废墟却永远令人想到此地曾是往昔人民所信奉的古代宗教的著名庙宇。法院除了审理讼事，别的都不过问，其权力日益衰微，除非发生某种意料不到的局势，才会使它恢复生命。这些巨大的团体，跟人世间一切事物的命运一样，[282] 它们屈服在摧毁一切的时间面前，屈服在削弱一切的风俗面前，屈服在最高的权威面前……

施特劳斯：［不，不对］，屈服在风俗面前，应该是屈服在败坏的风俗面前（corruption des moeurs），在法国君主政体中，高等法院是公共自由的另一个堡垒。它们也处在衰落中，这部分是因为法王所做的那些工作。孟德斯鸠因此——这是同一回事，他站在贵族一边，正如他站在高等法院一边，甚至正如我们从《论法的精神》中看到的，在某种意义上正如他站在教会 边。

在第 91 封信中，还有一些有意思的东西，并且同我们这里讲的东西有一种恰当的联系。很抱歉，［我刚才跳过了］。在这封信中郁斯贝克给吕斯当讲了一个故事。

罗斯［读文本］：

此间出现了一个人物，假冒波斯大使，厚颜无耻地玩弄了世上最伟大的两个国王。他带来赠给法国君主的礼物，我们的君主即使是给伊里梅特或格鲁吉亚这样小邦的国王，都拿不出手。他的这种可耻的吝啬，侮辱了我们两大帝国的尊严。

他在自称为欧洲最有礼貌的人民面前丢脸出丑，从而使西方人都说万王之王统治下只不过是粗鄙不文之徒。

施特劳斯：这里讲的万王之王，就是指波斯国王。

罗斯[读文本]：

他受到了礼遇，而他好像自己并不想让人给他这样的礼遇似的。可是，似乎法国朝廷虽不重视此人，却重视泱泱大国波斯，法国朝廷还是让他体面地出现于法国人民面前，尽管他为法国人民所不齿。

你在伊斯法罕不要说及此事，给这个可怜虫留下一条活命吧！我不愿意我们的大臣们由于自己办事轻率、任人不当而去惩罚此人。

施特劳斯：这封信表明了波斯人和法国人的差异，或者东方专制政体和君主政体之间的差异。在这里我们看到一个波斯人，他在乎荣誉，在乎自己国家的荣誉，[283]在乎自己君主的荣誉，并且他注意到了波斯派驻法国的大使的令人不齿的行为。而在类似处境中的法国大使是不会这样做的，因为他在乎法国君主的荣誉，这一点已经是深入骨髓，克服了所有的吝啬以及小气的本能。而在这里，在他做出失礼的举动之后，甚至矫正这种行动也不可能，因为这样一来他不是被立即去职，而是会被立即杀头。因此，在专制的君主政体中，是不可能在荣誉感（point d'honneur）的那种意义上做出有荣誉的行动来的。

第93封信是对郁斯贝克的虔敬的记录。他的弟兄是波斯的某类修士。在这里，他讲述了有关基督教早期时代的隐修士的故事，以及这些修士据说在沙漠中追捕魔鬼的故事。在第三段话的末尾处他说，"如果他们所述属实"，这些修士们关于魔鬼都说了一些什么呢……

罗斯[读文本]：

如果他们所述属实，这些隐修士的生活就跟我们最圣洁的伊玛目一样充满奇迹。他们有时整整十年不见一个人，但他们日日

第 五 讲

夜夜和魔鬼住在一起。

施特劳斯：接下来只读这段话的最后一句。
罗斯[读文本]：

可敬的尚通，如果这一切是真的，那就得承认，从来没有人曾经跟比这更坏的伴侣一道生活过。

施特劳斯：再读下一句。
罗斯[读文本]：

通情达理的基督徒把所有这些故事视为十分符合人性的寓言，可以帮我们感受到人世的不幸。

施特劳斯：这一点当然——言下之意是，对有关穆斯林圣徒的故事他也可能会自然而然地做同样的事。接下来我们读读最后一段话的末尾。
罗斯[读文本]：

他净化了从前普受撒旦荼毒的大地，使之可以作为诸天使和众先知的场所。

施特劳斯：换句话说，这里不再有能够引诱人类的魔鬼。我们到达了这个地方——你想要说点什么吗？
学生：郁斯贝克对波斯的态度似乎有一个发展过程，关于他对波斯人的疑虑，稍后有一封信会表达得更为强烈一些……
施特劳斯：好的，我们已经看到了其中的一部分了，我们将会看到更多的内容。接下来我们读下一个部分，读下一封信，这封信讨论的是狭义的政治科学，以及公法(public law)，但他在这里所谓的公法指的是国际法。第一段话经常被人援引，我说的是第94封信。

[284] 罗斯[读文本]：

> 每当人们谈论公法时，总要首先认真地研究各种社会的起源是什么，这在我看来未免可笑。如果人们不结成社会，互相分离，彼此逃避，那倒应该问一问其原因是什么，并寻找他们互不来往的缘由。但是，人们生来便是彼此联系在一起的，儿子生下来便在父亲的身旁，而且一直与父亲相依为命，这便是社会和社会形成的原因。

施特劳斯：这一点很显然，每一个上过学的孩子都知道，这是与十七世纪和十八世纪以来流行的自然状态的思考对立的，但是，这是此处所要说的全部内容吗？只有像霍布斯和洛克这些人关心社会的起源问题吗？

学生：《圣经》中对此也有论述。

施特劳斯：《圣经》中的论述，是的，亚里士多德也论述过。毕竟，我们看到，在《政治学》的开头，就是有关社会起源的讲述。因此，这一点看起来就是孟德斯鸠的一种相当肤浅的论述。在某种意义上，《论法的精神》似乎与这里的说法一致，这一点当然是对的，[那里]很少谈过自然状态，在那里说的东西甚至相反，比如说，古老的日耳曼部落是处在自然状态中的。[并且]很明显，它们拥有[一个]有组织的社会，那么，在那里他说的自然状态是什么意思？[我们可以说]孟德斯鸠对有关自然状态的思考当然不感兴趣。

如果是这样的话，问题当然就在于孟德斯鸠如何理解人的社会性（sociality）。唯有在那种情形下，有关社会起源的问题，或者说任何社会的起源的问题——我的意思是，当亚里士多德在《政治学》的开头谈到起源问题，并且他描述了城邦的生成（genesis），对他来说，社会作为社会是毫无问题的，不论社会采取的是何种形式，都有一种与人共生的起源。在那个程度上，[孟德斯鸠]说的与亚里士多德一致。你们能否理解我说的这些？我的意思是，城邦不是永恒存在的——你知道，在波斯和其他地方就不存在城邦（poleis）。而在希腊也不是总是存在城邦。但社会总是存在,它们可能不仅是家族,非常大的家族。可以向孟德斯鸠提出的问题是:如果你将人的本性视为社会性的,你如何指出这一点?因为这可能是一件非常含混的事。它既可以指亚里士多德意指的那种深刻意义上的自然的社会性,也可以指人类心灵的自然机制的产物。这就是斯宾诺莎重新表述古老的"人天性是社会动物"的说法时采取的方式,因为这里有一种观念的联想(association of ideas)。当我们看到另一个人痛苦或愉快时,在其他事物同等的条件下,通过一种观念的联想,在其他条件相同的情况下,他的痛苦就会令我们感到痛苦——当然,这不等同于我们自身的痛苦,而是它可能会令我们感到痛苦——并且他的愉悦也会使我们愉悦。很明显,这里的情形更为复杂。其他机制会进来,对其加以修正。休谟有关人的社会性的观点也是如此。这是某种机制的产物,而不是真正社会性的。

学生:您是说,比如人只有当和其他人生活在一起的时候,才是社会性的吗?

[285]施特劳斯:不论在哪个地方,都可能有一些人,当他们不再是孩子的时候,孤独一人地生活着。此处的一个重要涵义是,当他能像孩子一样生活时,他就已经受到了社会的影响。他就已经是如他们说的"社会化的"(socialized)。这个词很有意思,因为它表明,在这种观点看来,人并非天生是社会性的。他需要一个社会化的过程。如果我们认真对待这些说法,这总是一个问题,但从表面上看,就仿佛是说,如果他们必须社会化,那么他们从一开始就不是社会性的。这些可能是说,他们是如何获得这一独特的社会性特征的。他是如何变成一个托利党人而非辉格党人的,抑或相反。这是一种政治的社会化(political socialization)。

好了,接下来回到我们在第94封信中离开的那个地方。

罗斯[读文本]:

> 国际法更为人们所知……

施特劳斯：在法语中，国际法和公法（public law）是同样的一个词。我们应该这样来理解，而不要试图做得比作者本人精确，尤其是当作者是公认的一个非常杰出的作家的时候。

罗斯[读文本]：

> 欧洲人比亚洲人更了解公法为何物，然而可以说，君主的好恶，人民的忍耐、作家的溢美，把公法的一切原则都破坏了。
>
> 时至今日，这种法律乃是一门科学，它教导君主们可以在何种程度内践踏正义而不会危及他们的利益。雷迪，企图将极端不公的行为形成制度，为之制订章程，确立原则，然后从中做出结论，以使君主们有恃无恐，心如铁石，这究竟是何居心！
>
> 我们历代至高无上的苏丹，权力无限，唯他是从，比起这种卑劣的行为，并没有产生更多乖谬的恶果，这种卑劣的行为想要使正义屈服于意志，尽管正义是不会随着他人的意志而改变的。

施特劳斯：这一点当然也就切断了其他的方式。这就是，欧洲的体系也是可怕的，因为在那里没有法律，但我们全能的苏丹也不是正义的模范。因此这就不过是另一个证据，表明郁斯贝克在他摆脱国内的偏见方面已经是非常前卫了。

罗斯[读文本]：

> 雷迪，据说有两种截然不同的正义：一种正义处理私人事务，市民法受这种正义支配。一种正义处理民族与民族之间的纠纷，公法完全由它专断——似乎公法本身并不算是一种市民法，其实公法不是某一国家的市民法，而是全世界的市民法。

[286]施特劳斯：换句话说，国际法是各个国家的市民法，在这里构成单位不是个体，而是国家。那么，问题就是，是否这是一个可靠的看法，是否市民法与国际法的这一平行很容易得到贯彻和坚持。最明显的难题是什么呢？顺便说一句，这个问题仍然困扰着我们。今天仍

然有一些人在使用它。

学生：这里不存在一个第三方社会(third party society)。

施特劳斯：就涉及实定法而言,这里也缺少一个立法者。但他在下一封信中继续说。①

罗斯[读文本]：

> 法官应该审理公民和公民之间的案件。每个民族则要自己审理它与另一个民族的案件。司法在处理这第二类案件时,不能不采取那些包含在第一类案件中的原则。

施特劳斯：好的,但在这里明显的差异在于,人们在自己的法庭中担任法官。

罗斯[读文本]：

> 民族与民族之间,很少需要第三者担任裁判,因为争执的问题几乎总是一清二楚的,因而易于解决。

施特劳斯：好的,这一点很有意思。我们不妨思考一个漂亮的问题,应该针对东德做些什么,在这里你很容易做出有关对错的判断。这一点听起来非常奇妙,但正如我们在《波斯人信札》中看到的,这里也可以发现这类事。稍后我们再回到这个问题上来。

然后他提出了正义战争的学说,但我们在这里不特别地讨论这个问题。

接下来我们只读这封比较长的信的倒数第四段。

罗斯[读文本]：

> 征服本身并不能产生任何权利。当被征服的国家仍然存在,它就必须保证和平,并且弥补所造成的伤害。如果国家被摧毁或

---

① [译注]即第95封信。

分裂，征服就是暴政的耻辱柱。

施特劳斯：接下来读最后，也就是这封信的最后一段。

罗斯[读文本]：

> 亲爱的雷迪，这就是我所说的公法，在这里你看到了国际法，或者不如说，这就是理性法（law of reason）。

[287]施特劳斯：这个词在英语版本中没有出现。因为在这里他使用了一个法语词 le droit des gens，这是 jus gentium 一词的法文翻译。你知道这一开始就意味着某种完全不同的东西，在这里是 jus gentium，或者毋宁是 jus rationis，这是一个笑话。在罗马法的语境中，我们看到了 jus naturale，也就是自然正当（natural right）和 jus gentium，也就是万民法（law of nations）的区分。根据最著名的那个表述，jus naturale 是人和一切野兽共同享有的权利，比如说，抚养后代等等，而 jus gentium 则是人类理性发展出来的，并且它将人和野兽区别开来。

但接下来这里还有另一种含义，根据这种含义，自然正当就是充分意义上的自然正当。而 Jus gentium 是一种实定的权利，这是在各民族的交往中产生的，比如说贸易法等这些东西，它们是从各民族的交往中产生的，并且它们的有效性是出自不同民族之间的明示或默示的同意。后面这种含义，就是在格劳秀斯那里作为例证使用过的。在这个部分末尾的这个双关语背后，我们看到的是有关 jus natural 和 jus gentium 之间关系的这一古老的争执。

布鲁尔：在以"征服本身不能产生出权利"开头的这段话中，很明显版本中有重大的变化，我的意思是这里在表达上有一种变化。

施特劳斯：在最初的版本中这句话是怎样说的？

布鲁尔：第一版中说，"征服的权利并不是权利，除非通过联合者的意志，否则社会是无法建立起来的，如果这个联合被征服摧毁，人们就会再度变得自由。这里没有任何意义上的新社会，并且，如果征服者形成了一个新的社会，那也是一个暴政支配的社会。"

施特劳斯：在何种意义上可以说这里存在重大的差异，我还没有看出来。

布鲁尔：我不知道这一点是否重要，这就是他明确提到将社会的起源作为这一点的基础。

施特劳斯：哦，我知道了。的确相关。谢谢你。

因此我们就可以从另一个角度再度来考察这封信。你有什么问题？

学生：有关征服的这个问题是反对地区性的……统治者通过征服确立自身的地位，并且拥有一系列特定的权利。

施特劳斯：的确如此，在传统学说看来，它要表达的意思就是：或许战争是正当的。洛克在有关征服的章节中对此进行了长篇大论，在那里他提出了这种新学说，即认为这里不存在征服的权利。孟德斯鸠极其简洁的论述并没有超出洛克的论断。

布鲁尔：我也想问一下您，在这个论述和《论法的精神》的论述之间——在那里，正义战争是更宽泛地被定义的——似乎有一种变化。

[288] 施特劳斯：我还没有查阅这两个地方。但这是一个非常简短的论述，也并不是非常清晰。

布鲁尔：呃，这段话是写给雷迪的，因此，可能……

施特劳斯：嗯，[是写给]那个年轻人的。

学生：他没有提出有关预期性战争（anticipatory wars）的观点，无论他们怎样称呼这种战争。

施特劳斯：你是说预防性战争（preventive）吗？不，他在这里没有讨论这个问题。在第95封信第四段中出现的这个简单论述——这里只存在两种类型的正义战争，一种是为了击退来犯之敌，另一种则是为了援助受到侵犯的同盟者。当然，这就导致了另一个有意思的问题——为了获得开战的理由（causa belli），你必须同这个同盟者结盟。但在一封信中无法充分地讨论有关战争法的问题。甚至在今天仍然有人认为可以做到这一点，但我认为，我们有理由对他们的洞察表示有些怀疑。

第96封信再度从另一个角度进行讨论，从阉奴总管的角度来讨论这个问题，但在这里与政治学的关联特别清晰。我们在这里无法读完整封信——这是什么样的场合？哦，这里出现了一个新的女人，一个黄种女人，他为他的哥哥买了一个黄种女人。这听起来是一桩美事。好了，下面读一读倒数第三段。

罗斯［读文本］：

> 我们注意到，我们身边的女人越多，她们给我们造成的麻烦就越少。她们更需要讨我们的欢心，更不容易联合起来，更多的人会表现得温驯服从。这一切便形成了束缚她们的锁链：彼此不断地注视他人的行径。仿佛她们与我们配合行动，极力要使自己变得更依附于我们。她们替我们做一部分工作，当我们闭起眼睛时，她们替我们睁着眼睛，留意他人。我在说些什么？他们将不断地激起主人对他们敌手的气恼，可她们却看不到自己的境况跟那些受到惩罚的女人其实是多么相近。

施特劳斯：换句话说，在数量和专制之间的关系——我的意思当然是这里不仅是对多偶制的辩护，而且也是——数量越大，就越需要专制统治。接下来的一段话也值得注意。

罗斯［读文本］：

> 然而，尊贵的老爷，这一切的一切，如果主人不在，就会什么都谈不上了。我们空有永远不能完全行使出来的有名无实的权力，能有什么作为？我们只不过稍微能代表您一半的权威，我们只能向她们显示一种令人厌恶的严厉。而您呢？您让她们抱有希望以减轻她们的恐惧。您的温存抚慰比威胁她们更具有绝对的权威。

施特劳斯：换句话说，阉奴总管的全部权威，如果没有他发出请求的主人的在场，就不过是权威的空洞幻影。这一点无需我们再做评论。

［289］接下来的一封信是郁斯贝克寄给德尔维希的，①这封信讨论

---

① ［译注］即第 97 封信。

的是物理学。他在这封信的开头向我们表明,西方的哲学家当然不及东方智慧,这一点毋庸置疑。但是仍然——我们接下来读第三段。

罗斯[读文本]:

你可能想象不到这个向导把我们领到了何处。……

施特劳斯:这个向导就是人类理性,这是在前一段话的末尾处提到的。

罗斯[读文本]:

他们廓清了混沌,以简单的机械原理,解释了神宇结构的秩序。自然的创造者使物质运动,仅此一端便足以产生我们在宇宙中所见到的千差万别的效果。

普通的立法者,尽量向我们提出规范人类社会的法律吧!这些法律的变化,服从于那些提出法律的人和遵守法律的民众的精神方面的变化。而其他的那些思想家们向我们谈的却只是在无边无际的空间中,按一定之序、循一定之规、以极快速度、一致遵守毫无例外的、极其普遍的、永恒不变的法则。

施特劳斯:换句话说,尽管他们无法同东方的圣贤相提并论,但他们也取得了令人吃惊的功绩。这就是发现了物体运动的法则,这些法则不承认有任何例外,任何例外——没有奇迹——接下来他就解释了在这里不存在奥秘。我们接下来读下一段。

罗斯[读文本]:

而至睿的人啊,你相信什么?这些法则是什么?也许你想象在接受真主的意旨时,你会对这些无上崇高的奥秘感到惊讶,你事先便不想去理解,你只准备赞美。

但是你很快便会改变想法:这些法则并不以虚假的外貌令人眼花缭乱。这些法则很简单,人们反而长期不了解,只有在长期思考之后,才看出这些法则所具有的丰富的内涵和整个的运用范围。

施特劳斯:换句话说,这些都是毫不神秘的牛顿法则,这是西方人获得的最伟大的成就。好了,继续往下读——跳过下一段,在这里他还特别谈到了惯性法则。

[290]罗斯[读文本]:

至上的德尔维希,这里有着自然界的钥匙;这就是内涵丰富的原则,人们可以从中得出无穷的结论。

由于认识了五六个真理,他们的哲学便充满了奇思妙想。并使他们创造出来的奇迹几乎与我们神圣先知向我们叙述出来的一样多。

施特劳斯:这里表面上是说,这些哲学创造出来的奇迹不及先知们向我们叙述的奇迹,但实际上同样的精彩。好的,我们继续。

罗斯[读文本]:

因为,说到最后,如果叫我们的经师们在天平上称一称地球四周整个空气有多重,或者测量每年降落到地面的全部雨水有多少,我深信他们谁都会不知所措;他们都要思索再三,然后才能说出声音每小时的速度是多少里,光线从太阳射到地球上要多少时间,从地球到土星有多少英寻,为了尽可能最佳地张帆,一条船船身应该有多大弧度。

施特劳斯:换句话说,尽管这些西方的物理学家们可能不及先知,但却要比那些伊斯兰教的经师们高明,因为经师们无法回答出这些问题。

罗斯[读文本]:

如果某个超群出众的人用高明卓越的语言来装点这些哲学家

们的作品,如果他在这些作品中加上一些构思大胆的插图和神秘的寓言画,那也许就会创作出一部仅次于我们的《古兰经》的杰作了。

施特劳斯:换句话说,这部作品,比如牛顿的作品当然不及《古兰经》。好的,我们继续往下读。

罗斯[读文本]:

不过,如果必须把我的想法告诉你,我不太善于运用形象化的文笔。在我们伟大的《古兰经》中,大量琐碎的小事,虽然用生动有力的表现手法来张扬,可在我看来不过尔尔。首先,得到神启的书籍,似乎只不过是用人的语言把神的想法迻译过来。相反,在我们的《古兰经》中,经常可以在人的想法中发现真主的言语,仿佛通过了某种奇妙的任意安排。在《古兰经》中,真主口述其语言,而人则提供思想。

施特劳斯:好的,你们看到在这里他退回到了《古兰经》的表达中,接下来读最后一段。

罗斯[读文本]:

也许你会说,我过于放肆地谈论我们最神圣的事物,你可能以为这是由于在这个国家人们生活具有的那种自由导致的结果。不,蒙真主恩典,我的精神还没有败坏我的灵魂,只要我一息尚存,阿里永远是我的先知。

[291]施特劳斯:这可能是有意地向我们表明,他愿意接受[某种类型的]教派。对于伊斯兰教的唯灵论(spiritualistic)解释也许会避免前面出现的矛盾。

好了,我认为说郁斯贝克在巴黎有了很大的进展,这个说法是没有问题的。

在这封非常直白的信之后,是郁斯贝克写给伊本的信,①你们是否还记得伊本?这封写给伊本的信讨论的是那些无伤大雅的东西。他在这里谈到了 fermiers généraux,也就是包税人。我们接下来只读这封信的最后一段话。

罗斯[读文本]:

> 伊本,我发现,就分配财富的方式而言,神明实在是值得赞美。如果神明只把财富给予好人,那么人们就很难将财富和德性清楚地区分开来,也就不再会感到财富的微不足道。但是,如果我们仔细观察这些家财满贯的人都是什么样的人,那么,由于我们鄙视富人,结果也就会对财富嗤之以鼻。

施特劳斯:可以说,这段话在某种意义上肯定没有表现出不虔敬来。

布鲁尔:因为您在这里提到了伊本,我手中的版本中说,孟德斯鸠的最初意图,从笔记本中收集来的材料看,是想要将伊本的那封讨论自杀的短信补充到郁斯贝克这封信的后面。

施特劳斯:你上次已经告诉我了这一点。但我必须说,眼下这种写法表达的意义更为明确。不是说作者做出的所有改动都必然是一种完善。但在其他事情同等的情形下,也就是说,如果他还没有老年痴呆,就可以认为第二版要比第一版好。

接下来的两封信讨论的是法国人的各种各样的轻浮,②这个主题反复出现,直到今天也仍然如此。接下来我们读读第三段。

罗斯[读文本]:

> 既然他们有着这些高贵的优点,那么,良知来自他方,国政和民事的治理方式学自邻国,这些对于他们又何足道哉?

---

① [译注]即第 98 封信。
② [译注]即第 99 封信和第 100 封信。接下来施特劳斯要求学生阅读的是第 100 封信的第三段。

第 五 讲

施特劳斯：换句话说，他们没有保持自身日耳曼起源的政府和公共自由。并且这一点在接下来的第 102 封信到 104 封信中也再度出现，这是郁斯贝克写给伊本的最后一系列信函。接下来我们转到第 102 封信，在这封信的第二段中说……

罗斯[读文本]：

欧洲最强大的国家，是帝国……

施特劳斯：不，应该是下一段。

[292]罗斯[读文本]：

欧洲的大部分政府实行君主制，或者不如说号称君主制，因为我不知道在这里是否有真正的君主制的政府，因为，这些政府想要长期保持纯粹的君主制，是很困难的。一个必定蜕化为专制或者共和的君主国，是一个暴虐的国家。

施特劳斯：我认为这段话对更深入地理解《论法的精神》非常有启发。初看起来，并且在某种程度上，它说得对，这是一个法国贵族在支持过去的宽和君主制(moderate monarchy)时说的话，我的意思是，捍卫贵族制和高等法院，这是正确的。但如果我们更仔细地阅读这段话，如果考虑一下他对英国政制的称颂，在那里他明确地称之为共和国，我们就会做出一系列推论，这些推论可在如下这句话中得到极端的表达，这就是君主制，亦即某种有限的，有限的君主制，是共和国(我的意思是，英格兰是一个共和国)和专制政体也就是东方的专制政体之间的一个并不安分的中间物(uneasy medium)。我们无论如何也不能无视这一点。下面的一段话同样对于我们理解《论法的精神》有某种启发。

罗斯[读文本]：

因此，欧洲国王的权力极大，而且可以说，他们有多少权力，就可以选择多少权力。但是,他们行使权力的范围没有我们的苏丹那样广泛:首先是他们不愿意触犯人民的习俗和宗教。其次,是因为将权力延伸到如此广泛的地方,对于他们没有什么好处。

施特劳斯:跳过接下来的一段。
罗斯[读文本]:

谁要是惹他们不快,我们的君主们,只要有一丝怒气,便可以将他处死,这种习俗……

施特劳斯:这里是指亚洲的君王……
罗斯[读文本]:

打破了应该能够在罪行和惩罚之间应该获得的平衡,而这一平衡仿佛是一切国家的灵魂和使一切帝国保持和谐的东西。这样一种比例,为基督教的君主们一丝不苟地保持下来,从而使他们比我们的苏丹拥有无限的优势。

施特劳斯:这些话会提醒你们想起《论法的精神》的第十二章,你们知道,这一章紧跟在讨论英国政制,讨论权力分立之后,你们是否还记得《论法的精神》第十二章的内容?
学生:讨论刑法。
施特劳斯:是的,根据孟德斯鸠,如果你想要拥有自由,这就是权力分立的一个不可或缺的伴生物。
接下来进入到下一封信,①读这封信的第二段和第三段。
[293]**罗斯**[读文本]:

亚洲君主所能采取的最笨拙的办法,他援引一个欧洲人的话

---

① [译注]即第103封信。

说,就是像他们实际上做的那样躲在宫中。因此,他们想要使自己更令人尊敬,但是他们让人尊敬的是王权,而不是国王,他们使臣民心向王座,而不是向某一个人尽忠。

对人民来说,这种看不见的统治力量,万世不易。尽管有十个国王先后相残而死,但是人们却连他们的名字都不知道。他们并不感到有什么变化,就仿佛先后统治他们的不过是一些鬼魂而已。

施特劳斯:这里也还有一些内容,但眼下并不必讨论它们。接下来转到第104封信,这是郁斯贝克写给伊本的最后一封信。这封信具有代表性地讨论了有关英国的问题。

罗斯[读文本]:

欧洲各国人民对其君主并不都一样顺从。例如,英国人性急气躁,不让英王有充分的时间加强其权威。英国人根本不认为恭顺和服从是可以引以为荣的德性。在这些方面,他们说过一些非同寻常的事情。这就是他们认为,能够将人们联系起来的,只有一个纽带,这就是感激之情。丈夫、妻子、父亲、儿子之间只有靠相亲相爱或是他们可能给彼此带来的利益才能结合在一起。这些感激的不同方式乃是一切社会中所有王国的起源。

施特劳斯:好的,唯一的联系是感激。这就是英国人对于政府的看法,但当然,这里也有两种类型。一种是爱,这是父母亲对于孩子们的爱,或者是孩子们对于父母亲的爱。也还有一种期待的利益,这是一种不同类型的感激。

学生:我还记得在第80封信中说,对英国人的感激——我感到奇怪的是,是否他在这里要比《论法的精神》中对待英国更苛刻。他在那里说,"况且,我并未见到在土耳其、波斯、莫卧儿帝国,治安管理、司法、公道,比在荷兰和威尼斯等共和国得到了更好的遵守",然后他说,"甚至英国",仿佛他在某种意义上感到吃惊一样……

布鲁尔：我认为这里的意思是，即便在英国这个在刑法方面比较温和的国家。

施特劳斯：那封信是谁写的？你说是第80封信吗？

罗斯：嗯，这封信是郁斯贝克写给雷迪的。

施特劳斯：当然这也可以被看作是反映在郁斯贝克观点中的孟德斯鸠的思想。但这并不必然是孟德斯鸠思想的直接表达。

[294]学生：尽管存在所有的惩罚和这些惩罚的严厉性，这些专制政府较之那些非常温和的共和国来说，也没有因此获得更多的法律方面的拘束力，这是想要作为对于他们的政府的恭维，因此就不是对共和国的中伤，而是对它们的恭维。

施特劳斯：这里所谓的"甚至英国"，可能是想说，甚至是英国，它在之前并不是一个共和国，而是一个君主国。

学生：或者，"甚至英国"也可能是，在这里你就可以期待一种极端的无序，因为它是最温和的——如果说市民法在土耳其没有像在英国得到那么好的服从的话。

施特劳斯：好的，现在继续读眼下这封讨论英国的信，现在我们读第二段。

罗斯[读文本]：

但是，如果一个君主，不让其臣民生活幸福，相反，却压迫和摧残其臣民，那么服从的原理便不起作用。没有什么能够约束他们，也没有什么能够使他们依附于君主，他们于是就回到了自然的自由。英国人认为，既然它们根本就无法获得一个正当的起源，那么任何不受限制的权力就不可能是正当的。因为他们说，我们不能授予他人较之我们授予自己的更多的权力。而我们对于自己并不拥有一种无限的权力，例如说，我们不能自行结果自己的性命。因此，在世上就没有人能够拥有此种权力。

施特劳斯：你们已经熟悉了这个论断。我认为它源自洛克。这就是，任何绝对的权力，不受限制的权力，都不可能是正当的。这在某种意义上走的是英国路线,但这还不是这段话中最有意思的地方。

学生:这里也反映了有关自杀的讨论。

施特劳斯:换句话说,这个论断是建立在对于自杀权利的驳斥基础上的。而我们所说的这种权利在之前的信函中已经为郁斯贝克主张过。那么,眼下郁斯贝克当然并没有自相矛盾,因为他只是报道了其他人主张的观点,在这里是英国人的观点。

学生:在《论法的精神》中,英国有许多自杀现象。

施特劳斯:是的,这一点在那里是通过气候解释的,这里多风,多雨,而且多雾,如此等等。

布鲁尔:那么这是说,他们的论断从郁斯贝克的角度来说就无法得到证成吗?如果有关自由的论证是建立在如下事实基础上,即自杀的权利……

施特劳斯:[是的,是这样的]我们接着读下一段。

罗斯[读文本]:

在他们看来,所谓大逆不道罪,无非是最弱者不服从最强者,[295]而不问不服从的方式是什么。因为,英国人在反对他们的一个国王时是最强者,因此他们宣称,这个国王向其臣民作战,是犯了大逆不道罪。他们说他们的《古兰经》命令他们服从权力,这个戒律不难遵守,他们这种说法很有道理,因为他们不可能不遵守,况且……

施特劳斯:译文有问题,不是"他们不可能"(impossible for them),而是"完全不可能"(impossible simply)

罗斯[读文本]:

况且,并不是强迫他们服从最有德性的人,而是服从最强者。

施特劳斯:因此,他们是被迫服从的。他的意思当然是服从更高级的权力,并且这里说的也不是服从德性的权力。这当然是《新约》中的说法,①《新约》确立了对权威的服从,常常被人们引用。然而,有意思的是,在洛克《政府论》的第二部分中,这是人们在今天还常常阅读的唯一部分,值得注意的是,却没有援引《新约》中的这个段落。要顺从最高权力。并且,在孟德斯鸠对服从高级权力的解释和洛克关于这一点的不祥预兆之间,还存在某种理解。在洛克那里,关于统治者与被统治者之间关系的关键段落是,主人必须成为法官,但这一点不是来源于《新约》,而是来源于《旧约》——你还记得那段话出现的地方吗?

学生:耶和华率领以色列人同某个国家交战。

施特劳斯:我想这是在《士师记》中。换句话说,这场战斗的命运将决定谁是正义的。这是孟德斯鸠在这里想到的。这一点如何与我们之前谈到的国际法的那些漂亮的原则等等相一致,这是一个复杂的问题。

接下来读最后一段。②

罗斯[读文本]:

英国人说,他们的一个国王在打败并监禁了一个跟他争位的亲王后,责备这个亲王不忠不信。这个倒霉的亲王说:"咱们两个人,到底谁是王,谁是寇,只不过是刚刚决定的,还没有多大工夫呢。"

[296]施特劳斯:如果我们从这一点出发进行概括,在这种情形下不可能说出谁对谁错。这一点也可能会在国际法领域中产生反响,使正义战争的概念变得可疑。这个结论是霍布斯从一开始就清晰地向我们揭示出来的,因为这里缺少一个为双方认可的优势者。换句话说,这里缺少一个中立的权威。因此,正义战争和非正义战争的区分就变得没有意义。这些观点在这里当然没有得到充分阐释,也许在孟德斯鸠的其他著作中也没有得到阐释。

---

① 《罗马书》,第8章,1。
② [译注] 在中译本中,这段话不是最后一段,而是倒数第二段。

紧接着在接下来的两封信中,出现了一种非常有意思的转换,因为我们已经看到了郁斯贝克在写给穆斯林教士的信中表达出来的对现代物理学的赞赏,而现在,在第105封信中,雷迪质疑科学进步的有用性。我们应该读读这封信,接下来读第三段。

罗斯[读文本]:

你知道,自从火药发明以来,已没有不可攻破的要塞,这就是说,郁斯贝克,在这世上已无处可以藏身,躲避不义与强暴。

我终日胆战心惊,唯恐人们终于会发现某种秘密手段可以更便捷地屠杀人类,消灭所有民族和把所有国家全都摧毁。

施特劳斯:认真听,认真听,这两段话很重要。接下来我们跳过几段,读以"指南针的发明对我们有何用处……"开头的这个部分。

罗斯[读文本]:

指南针的发明,对我们有何用处?而发现了那许多民族,这除了把他们的疾病传给我们之外,并没有给我们带来他们的财富。根据普遍的约定,金银被定为一切商品的价格和作为这些商品价值的保证,因为这些金属稀有,又不能作为别的用途。现在,这些金属比以前更常见了,并且,要用两个或者三个而不是用一个符号来表示某种物品的价值,可是这又怎么样?它仅仅是使事情变得更为麻烦罢了。

但是,从另一个角度看,这些发明对于被发现的地方危害极大。整个民族都被彻底消灭了,而幸免于死的人则沦为奴隶,其境遇之悲惨,说起来都令穆斯林不寒而栗。

[297]穆罕默德的子孙一无所知是多么幸福啊!可爱的质朴……

施特劳斯:如此等等。换句话说,他表述了一种与科学的进步相对立的情况。顺便提及,这当然预示着卢梭的第一论,后者的写作是在多年之后，在1749年抑或前后——是的，于1750年出版——这篇文章讨论的是什么问题？现代科学的进步是否有助于德性的进步，这是一本让卢梭在整个欧洲一时间爆得大名的著作。正如用十八世纪的法语所说，他令全世界震惊（il étonna l'univers）。但在这里，我们仅对要点做非常简洁的陈述。

当然，这里说的是郁斯贝克，也就是说，这里是他代表孟德斯鸠说话，他必须为现代科学辩护。这里有一封相对来说比较长的信，也是重要的一封信。我们应该在下次课的时候来讨论这封信。眼下我们只能说，这第106封信是对作为广义的自由主义者的孟德斯鸠的一个美妙的记录，在这里，自由主义者不仅仅意味着自由主义这个词在我们这个时代这个国家中具有的那种含义，也是指如今的自由主义源出的这一整个传统。也许我们要搞清楚一个人通过自由主义合理地表达的东西。这个词曾经过了无数人之手，但即便通过这个过程，也并没有变得更为清晰。但也许我们可以为这个词给出某些清晰的含义。

第 六 讲
1966 年 5 月 16 日

[299] 施特劳斯：接下来读第 106 封信，你们还记得第 105 封信讲的是什么吗？雷迪质疑科学进步可能带来的用处。我们现在转到的第 106 封信是郁斯贝克的回应。我们不必读完整封信，接下来读第四段。

阅读者[读文本]：

你说，你唯恐会发明出某种比现在使用的更残酷的办法来毁灭人类。不然，万一出现了这种灭绝人性的发明，国际法将很快地宣称它是不合法的，并且各国也会一致同意将这发明埋葬掉。用这样的办法来攻城略地，并不符合君主们的利益，他们想要的应该是臣民百姓，而不是地盘。

施特劳斯：继续读接下来的两段。

阅读者[读文本]：

你埋怨火药和炸弹的发明，你觉得不再有不可攻取的要塞是不正常之事，这就是说，你觉得今日战争比往日战争结束得快，是不正常之事哕！

在读历史时，你想必已经注意到，自从发明火药以来，战斗中流血牺牲的人没有以前那么多了，因为现在已经没有了面对面的混战。

施特劳斯：这个观点频繁地重复，并且我读到的最强有力的批判可以在丘吉尔（Chuichill）的《马尔博罗》（Marlborough）中找到，那里他给出了马尔博罗战役中的相关数据，在那些[战役]中，流血牺牲者的人数不比人类有史以来记载的任何战争中流血牺牲的人数更少，且不说我们与此同时还观察到了其他东西。

在我们对这个观点进行讨论之前，还需要读几个段落。

另一个学生：当他们的时间充裕时，欧洲的战争是为了争夺阵地（position）而战。他们不是[真正]有那么多流血牺牲。

施特劳斯：但对战争起决定意义上的真正意义上的战役，比如布伦海姆之战（Battle of Blenheim）和其他战役，都非常残酷——攻击炮兵阵地，并且当进攻者进入到火炮发射阵地时……真实的情况是，这里战事有所缓和，对平民的尊重，你知道，这一点曾在好几代人那里起到重要作用，比如说，也许包括第一次世界大战。但在一战之后就不是这样了，我的意思是，在空战时代就不是这样了，因为这个时候在实践中无法区分平民和作战[300]军队。我想这是唯一的要点，即平民受到了更大的尊重，并且在这个意义上——比如说，比起三十年战争以及在它之前的战争来说是如此。差不多就是这样。但是你们务必不能忘记，由于他们主要是雇佣军，是由一伙人渣构成的，而不是由高贵的军官们组成的，在这些战争中杀人不被认为是一件可怕的事。这也是我们需要注意的一点。

现在翻到稍后的部分，在那里，有人说艺术使人萎靡不振——你们看到这个地方没有？

阅读者[读文本]：

> 你认为艺术使人们萎靡不振，因此导致各个帝国的覆亡。你谈到古波斯帝国的灭亡是波斯人软弱无力的结果。但这个例子远不能说明问题，因为多次打败波斯人并征服了波斯帝国的希腊人远比波斯人更热衷于培植艺术。
>
> 有人说艺术使男人变得犹如妇人，但这至少不是指钻研艺术的人，因为这些人从来不会游手好闲，而在所有陋习中，游手好闲

最会消磨人们的勇气。

施特劳斯：之后发生了什么事？"同样的精神……"
阅读者[读文本]：

> 同样的精神也浸淫于整个国家。到处看到的只是劳动和工业，那么你一再谈到的这个弱如女子的民族又在哪里呢？

施特劳斯：换句话说，现代工业和商业国家的经验表明，这一点不再正确，通常的看法认为唯有农民阶级才有利于民族的男子气概。在我看来，这一支持农民阶级的古老论断在第一次世界大战中在实践中首度遭到了否定，它表明，产业工人至少和农民一样可以是一个好士兵。但在这之前，这被视为一项普遍规则，比如说，色诺芬在《齐家》（*Oeconomicus*）中论及到农民相对于工匠在家政方面的优势。这是一个传统观点，这个观点直到晚近还广为人们接受。

还有一个地方我们应该读一下，就是这封信的最后一段。
阅读者[读文本]：

> 根据以上所述，雷迪，可以得出结论：一个君主要想强大，就必须使他的臣民生活得非常安乐，就必须除了注意提供生活必需品之外，设法让臣民享有各种各样的奢侈品。

[301]**施特劳斯**：换句话说，这一对于奢侈的传统批判完全没有根据。最强大的国家是过奢侈生活的国家，但与此同时他们当然也要注意……

但既然这些事情都结合在一起，那么在这种联系中孟德斯鸠的最明显的易受攻击的论述就是这封信的第四段中出现的那句话，"万一出现了这种灭绝人性的发明，那么，它很快就会为万民法所禁止。"在这些事实方面，我们才是同代人，我们在实践生活知道的要比孟德斯鸠知道的更好。

这里我要说的是那种可以被描述为自由(liberal)的思维方式。在之前,我们已经在孟德斯鸠笔下发现了其他的一些例子。你们还记得这些例子吗?

学生:《论法的精神》有关阿姆斯特丹货币交易的讨论靠近末尾的地方,在那里论述了它是如何将一切欧洲君主……

施特劳斯:[是的],一旦进入到这一文明阶段,这些事就不会再发生。今天我们目睹了在高度发达的国家中出现的恐怖景象,至少可以说,它们相当于在最野蛮的时代出现的恐怖景象。

如果我们现在试着来界定它——这里有穆勒先生的一篇讨论斯蒂芬(Fitzjames Stephen)①的论文,在这篇文章中谈到了自由主义——斯蒂芬是约翰·密尔的一位批判者,在这里,我想就他同我们这里讨论的问题的关系说几句话。但很遗憾,我忘记了出处,具体的出处。穆勒先生,你还记得你的论文中在讨论自由主义的时候引用的内容吗?

穆勒:对不起,我记不得在哪个地方了。

施特劳斯:也许我们可以自己来找一找。这种自由主义意味着什么?这种对进步的信念不曾在否定的意义上被修订过,无论如何都不会退回到早期的野蛮状态。这里的根本困难是什么呢?

学生:在我看来,这里似乎存在特定的条件,而他并未意识到这些条件。他认为如果没有民族主义和其他一些破坏性因素,这些条件本身将会一直持续下去。

施特劳斯:但它是如何产生的——在它的背后是什么东西在起作用?这里总存在一些被你称为破坏性力量的东西。

同一个学生:他觉得他们共享的价值将会在君主们之间永恒地得到继续。

[302]施特劳斯:但像孟德斯鸠这样的人如何会相信这一点,而早期的那些人则不相信?

---

① [译注]斯蒂芬(James Fitzjames Stephen, 1829-1894)。英国律师和法官,密尔自由主义的批判者,《自由·平等·博爱》(Liberty, Equality, Fraternity 1873)一书作者(中译本参见冯克利、杨日鹏译,广西师范大学出版社,2007年版),也撰有《英国刑法史》(History of the Criminal Law of England, 1883)。

第 六 讲

同一个学生：我想这是启蒙的一个部分。

施特劳斯：那么，你就不过是在不加说明的情形下，用另一个参照系取代了这个参照系。

另一个学生：看起来，他们更多地是根据原因和结果看待它，换句话说，特定事情的发生必然带来特定的状况，而在孟德斯鸠那里，大多数内容是启蒙，换句话说，当启蒙被界定为各种态度的一个原因时……

施特劳斯：但你也必须更清楚地阐明它的意思究竟是什么，舒尔斯基，你说呢？

舒尔斯基：在这个特定的情形下，这似乎就是一种有关人的经济学的观念（economical view of man），你们可能会说这个观点来源于洛克。正是这种有关人的经济学的观点规定了这一特定的观点，这就是尽管君主们显然出于自我利益而行动，但这会对经济产生影响。他想要被征服的民族繁荣起来，如此一来，这些民族才能缴纳巨额的税款，他们完全没有考虑到如下事实，这就是，人群之间的敌对可能会达到这样的程度，以至于如果有可能，他们会消灭其他人。这就下降到这样一个观点上，也就是，在相信我的国家和我的自我保存能够获得时，我就会采取任何能导致这些经济结果方面的行动。

施特劳斯：这是其中的一个部分，但你究竟想说什么？

布鲁尔：这里似乎不是对人类的恶的同样强调，或者同样的承认……

施特劳斯：这一点也暗含在[舒尔斯基]先生所说的话里面，但他还没有说得足够明确。

学生：这里有许多对人类恶的认识，但他们仅仅将人类的恶理解为一种贪婪，并因此认定，一旦这种作为贪婪的主要的恶得到满足，通过能够被视为德性的活动来与之匹配，就不会有更多的对恶的需求。

施特劳斯：换句话说，自私，却是一种开明的自私（enlightened selfishness），是德性与邪恶之间的一种幸运的中间物（happy medium）。一旦人们意识到这一点，它就将最终获得成功。它就会较德性更能吸引那些自私的人，也比恶更有魅力，因为它给予的比邪恶要更好，是不是这样？当然还有某些类似的事情。

同一个学生：但自私却是以截然不同的方式得到理解的。我的意思是，人们可能是自私的，并且破坏了那个自由的体系，但如果自私仅是在追求钱财方面，而不是在所有方面，那还没什么问题。但如果这是一种追求权力方面的自私，即有能力对他人发号施令……

[303]施特劳斯：尽管这一点很重要，但我们眼下还是暂时离开这个问题。接下来我们会看到，启蒙作为一种开明的利益（enlightenment as the enlightened interest），较之起破坏作用的激情来说要更有力。或者更简单地讲，如果人真的对自身利益感兴趣，如此来理解的话，是否激情，尤其是极端情形下的激情，就不会比算计更有力。这是要注意的一点。但这里还有另一件事，它属于另一个不同的主张，并且在康德谈到法国大革命时表达得特别清楚，康德不同意法国大革命的行动路线，却同意它的原则，因此，在这个联系中，他做出了如下评论——这种事（也就是说，起而反对这整个权力结构的人民，正如时下称呼他们的那样）令人无法忘怀。过去的观点认为，伟大的事件，不管好的，还是不好的，如果你不针对它们做点什么的话，都会被人们再度遗忘，但在这里它们不会被遗忘。

在这里，在这个或那个方面，存在着进步。这一点在所有时代都或多或少能看到，但在传统的观点背后暗含着如下内容，即不存在绝对的进步，因为这里新的知识仿佛是作为某种遗忘的补偿而出现的——这里说的遗忘，究竟是一种单纯遗忘，还是因为战争或其他人对书本和图书馆的破坏导致的遗忘，并不清楚——但这里的看法却是不存在遗忘。嗯，神明可能被作为一个例子受到指控，但并不必然如此，从某种意义上讲，人类当然不会忘记自己已经达到的目的，也不会忘记曾经发生过的事情，因此如果某些事情被证明是可行的，它就不会被遗忘。

但根本上的难题似乎就在这里。如果你采取的是十九世纪和二十世纪发展出来的立场，你就当然会有一个非常粗野的开始（brutish beginning）——这是一个古老的说法——然后是一种缓慢而又复杂的进步，甚至是未来的更进一步的进步。但这样一来你会拥有什么呢？我的意思是，你将拥有这个美好的社会，不管它是共产主义社会，还是其他的社会，人们在那之后都会幸福地生活，是这样吗？

第 六 讲

学生：呃，社会会走向衰落。

施特劳斯：这里会出现人类的终结。我不知道马克思是否这样说过，但恩格斯十分清楚地表达过这一点。根据现代自然科学的一般教诲，整个宇宙体系，至少我们作为其中的一部分的宇宙体系将会走向衰落。因此，过去的思想家曾说，如果某种东西可以败坏，它在自己身上早就有了败坏的种子。这一点将会在许多意想不到的地方出现。因此你就不能期望拥有一个非常稳定的秩序，并且在这里进步没有任何必然性。

当进步的观念在现代意义中得到阐明时，尤其是在十八世纪由圣·皮埃尔(Abbé de St.Pierre)神父①阐明时，皮埃尔神父为此提供了这样的基础，并且提供了如下证明。世界在时间上有一个开端——嗯，他以《圣经》作为它的基础，但你同样可以采取笛卡尔或牛顿的建构方式，并且它在未来不会终结。因此说，一些年过去了，不论是6000年，还是60年，都没有区别。在如此短促的时间内做出了怎样巨大的进步呢？[304]在不久的将来你会拥有无限，你可以轻而易举地描绘出，在不久的将来你会取得怎样伟大而又恢宏的进步。

无论我们觉得皮埃尔神父的观点多么好，这一点在某种意义上是可靠的，这就是，过去的有限时间，未来的无限时间。但如今更流行的看法是，我们或多或少处于中间。我们这里既不是6000年，也不是60年，而是数百万年，直到我们走向一个热核时代，如果事情进展顺利，我们在未来还会有更多时间。因此，我认为，这同样是现代进步观的一个重要组成部分，而这一点在过去从未出现过。一种看法认为，世界，可见的宇宙在未来是永恒的，这不是单纯的圣经观点，但我认为这种观点可以同旧约的视角相调和。但是尽管如此，它是信仰的基础，而不是理性的基础。

学生：您是说在旧约中，时间，换句话说历史，将是无限的，这种讲法可以调和？

---

① ［译注］Charles-Irenee Castel, Abbéde Saint-Pierre（1658-1743），《欧洲永久和平规划》(*Project pour rendre la paix perpetuelle en Europe*)一书作者。

施特劳斯：是的，可以同世俗生活相调和——这是上帝与挪亚的著名协议，如果这不是一个表面的说法的话。也就是说，世俗的生活永远不会被破坏，没有大洪水，任何这类事情〔将再也不会发生了〕。

学生：我们可以看到，这一历史哲学在这段普遍时期（in this general period）更相关了，但它的大部分内容都是反对对历史的独特的基督教解释的，这种解释……

施特劳斯：在今天的课程安排中，我想我们将会碰到某些人，如果我还可以谈论有关的课程安排的话，在这方面我并不乐观。

但另一点，这是我们谈论进步观念时，常常忽视的一点，关于这方面写的书也很少，这里有一本伯瑞（Bury）写的书。① 伯瑞是古代史方面的专家，论述过进步的观念。还有一个苏格兰人，是个神学家，名字我记不住了，也论述过有关进步的信仰，这本书非常值得一读，但我不认为他的分析在关键点上足够清晰。对我来说关键点出现在这里，即在古典的古代，有关进步的论述主要讨论的是理智方面的进步，是艺术方面的进步。他们并没有将艺术和科学领域的进步同社会进步联系起来，发生在十七世纪和十八世纪的事情则是，社会进步被认为是理智进步的一个结果。

论证可以表述如下：艺术或科学必然地是进步的（只要给定了相关的外部条件），这里通常情形下都有改善的种种可能。并且如果人民足够聪明，他们必将做出种种改善来。但是，现在补充之后的观点却是这样的：理智方面的进步必然会四处传播，因此终将会对全社会产生影响，并且整个社会将会变得更合理，更开明（enlightened），并且，可以这样说，科学将会成为公共舆论的一个要素，并因此成为公共权力的要素之一。这一点将会导致社会的变革。在笛卡尔和〔305〕霍布斯那里，这种观点得到了清晰的表述，这就是我说的新事物——理智进步与社会进步的一种单纯的一致。

接下来我们回到第107封信，这封信是写给伊本的。在第一段中，

---

① 〔译注〕J.B.Bury（1861-1927），以色列古典学者，撰写了多部古典文学史和拜占庭史方面的书，是《进步的观念》（*Idea of Progress*）一书作者，此书有中译本（上海三联版）。

他说:"国王们就像诸神一样,当他活着时,大家必须相信他们会万寿无疆。"是否这一点在诸神方面也同样可以追溯,这一点并不清楚(whether this is meant to be retroactive also regarding the gods is not clear),但却是可能的。但这不是我想要在此提出的观点。好了,接下来读这封信的最后一段。

阅读者[读文本]:

在波斯,人们抱怨王国受两三个女人的统治。法国的情况更糟,这里的女人一般都占据统治地位,而且她们不仅全盘掌握,甚至瓜分了整个权力。

施特劳斯:这段话必须被视为出自一位波斯爱国者之口,他当然更偏爱波斯的事物,而非欧洲的事物,抑或是,孟德斯鸠是为了打破那个剧场幻象(dramatic illusion),[我的意思是]简单来说,只是利用那个波斯人作代言人,因此,我们就仿佛听到了孟德斯鸠本人在说话?这也是我们在其他场合情不自禁地提出的一个问题。当然,在这里我们也看到在一些部分中,孟德斯鸠在言说和维持这一剧场的幻象——这是一个在欧洲旅行的波斯人,并且在欧洲的影响下正在发生转变,但他也做了其他的一些事。你想要说一点什么?

学生:这两个人,里加和郁斯贝克,这两人中的里加似乎更习惯法国的生活方式,在之前许多封信中,都说起过他认为自己已经是一个法国人,并且已经习惯了法国的风俗。如果郁斯贝克这样说的话,我们就可以说郁斯贝克在看到周围的女人们不带面纱时会感到震惊,但里加在此之前已经写过许多封信了,他看到妇女们享有自由和其他东西,对此丝毫不感到奇怪。

施特劳斯:我还没有充分地注意到这些地方。但毫无疑问,要想回答这个问题,我们必须去做一点工作,做一些统计方面的工作。

接下来的四封信,也就是从第108封到第111封信,全都是写给同一个带三个星号的人的。第一封和最后一封都是寄自郁斯贝克,中间的两封寄自里加。这意味着什么,是否它们有着某种意义,我不知道。

这是我无法简单地为你们提供帮助的许多地方之一。

第 112 封信明显值得注意,这也是我们之前遇到的相同情形,这封信是雷迪写给郁斯贝克的。我们首先读前两段。

阅读者[读文本]:

> 我在欧洲居留期间,阅读了古代和现代史学家的著作,并对各个时代进行了比较。我饶有兴趣地看到古往今来的历史,犹如匆匆过客,而我则特别注意那些使各个时代千差万别、使地球面目全非的那些重大变革。
>
> [306]也许你没有注意到每天令我惊奇不已的一件事:世上的人口怎么会比从前少了那么多?自然怎么会失去初期的巨大的繁殖能力?它是否已经步入老年,因而衰弱不堪?

施特劳斯:接下来读这封信的最后两段话。

阅读者[读文本]:

> 在对此类事情做了尽可能准确的计算之后,我发现现在地球上的人口几乎不到古代的十分之一,令人震惊的是,全世界人口日益减少,而如果这种趋势继续下去十个世纪,那么全球势必成为一片沙漠了。
>
> 亲爱的郁斯贝克,这便是世上所发生的最可怕的灾难。但人们对此几乎毫无察觉,因为这灾难是不知不觉地在无数世纪中发生的,这表明世界上存在一种内在的恶症,一种隐秘的病毒,一种折磨人类本性的久治不愈的病症。

施特劳斯:在这里你们看到雷迪再一次地表现出一种"悲观主义者"的身份,正如郁斯贝克被再一次地被证明是一位乐观主义者一样。在第 105 封信中我们已经看到了这一点,在我看来,这里还有一个有着相同性质的更早一些的场合。雷迪在这里呈现的图画使我们想起了卢克莱修曾经有过的描述,正如在世界上年老和衰败都是即将到来的一样,这一点对进步的信念来说当然是一种致命打击。现在我们要看看智慧的雷迪如何回应。第113封信到第122封信构成了一个完整的序列,这些信都是郁斯贝克写给雷迪的,讨论的都是这个问题。你想要说些什么吗?

布鲁尔:这些信看起来与《论法的精神》中的讨论非常类似。

施特劳斯:嗯,但是在相同问题上并不完全一样。

布鲁尔:没有那么明确吗?

施特劳斯:在《论法的精神》中,并没有通过这种方式提出有关世界的可朽性(perishability)这个根本性问题。我们首先来读一下这一系列书信中的最有理论味的一封信,也就是第一封。①

阅读者[读文本]:

> 亲爱的雷迪,世界并非不会腐败,诸天本身同样如此。占星师们就是宇宙变化的目击证人,而这些变化是物质普遍运动的极其自然的结果。

施特劳斯:我们在这里停一下。世界不是不会腐败。世界能被摧毁,这一点当然给有关进步的简单信念投下了阴影。在这里他使用了一个词"诸天本身"(the heavens themselves, les cieus mêmes)。这个词很有意思,因为这是圣经中的用法,用的是复数形式。在希腊的用法中是单数形式,而圣经中之所以用复数是因为希伯来文中的 shamaim 这个词,这是一个复数性的词,或者也许是一种双重形式(a dual form),在所有欧洲语言中,可以用复数的天来翻译它。

[307]但我仅仅是附带地提到这一点。

这就是他在这里提出的论点。世界被腐蚀了,那么接下来他怎么办呢?

阅读者[读文本]:

---

① [译注]即第113封信。

地球跟其他行星一样,受运动规律的支配,在地球内部,各种元素斗争不断:大海和大陆处于永恒的战争中,每时每刻都在产生新的组合。

人类寄身于瞬息万变之中,自身处在一种不稳定的状态。千万种原因发生作用,它们能够摧毁人类,甚至可以增加和减少人类的数量。

我且不谈史书中十分常见的、曾经毁灭整个城市和整个王国的那些特殊的灾难,还有一些普遍的灾难,曾经多次使整个人类濒于灭亡。

历史书中写满了那些曾经轮番蹂躏全球的世界性疫病。史书中谈到过其中的一次,它是如此凶猛,以至于烤焦了树枝,并且波及到了已知的整个世界,直至震旦帝国。

施特劳斯:这里说的震旦帝国,就是中国。

阅读者[读文本]:

如果在同一时期破坏的程度再严重一点,就会毁灭整个人类。

施特劳斯:这仅仅能够证实如下观点,这就是地球和人类这个物种的特定的腐败。

阅读者[读文本]:

距今不到两个世纪以前,一种最为可耻的疾病肆虐欧洲、亚洲和非洲,在很短的时间里,产生了骇人的后果。如果带着同样的狂热这样继续下去的话,人类早就灭绝了。

施特劳斯:译文有问题,应该是"如果它继续推进(progresses)的话"。这里说得太漂亮了——我不相信这是孟德斯鸠有意地讲出来的话。①

---

① [译注]这里请注意 progresses 同时也表达了"进步"。

第 六 讲

阅读者[读文本]：

  人类生下来就受着疾病的折磨,忍受着社会的重负,否则他们就会悲惨地从这个世界上消失了。

  倘若病毒再猛烈一些,其结果又会是怎样? 而如果人类不是相当幸运,发现了如此强有力的药物,那病毒一定会更猛烈了。也许这种疾病不但破坏某些生殖器官,甚至会破坏那些独特的生殖原则。

施特劳斯：译文有问题,"破坏那些独特的生殖原则",应该是"破坏生殖本身"。这一点也是卢克莱修向亚里士多德发难时可能说出的要点。亚里士多德,同样也有柏拉图,都谈到了突然降临的大灾难,你们知道,这就意味着[308]对多数人、大多数动物以及人类技艺的摧毁,正如你们知道的,这可能是大洪水,也可能是其他什么东西,但是它们从来不曾摧毁整个人类。这就是这段话的言下之意。否则人类就无法成为永恒的了,正如我们在亚里士多德那里看到的那样。卢克莱修提出了一个要点,如果这些力量如此强大,能够摧毁几乎全人类,那么它们为何不去逐个地摧毁所有人呢? 换句话说,这里有一个难题。但这不是孟德斯鸠做出的转变。他认定这里存在着鼠疫或其他东西,这些东西都能摧毁几乎所有人,但谈到梅毒,人被证明是能通过及时的发明从而避免整个人类的颠覆的。所以他是有理由乐观的。

阅读者[读文本]：

  但是为什么要谈到人类可能遭到的毁灭呢? 这毁灭难道不是已经发生了吗? 事实上洪水不是曾经毁灭这个世界,使人类只剩下一个家庭吗?

施特劳斯：在这里停一下,换句话说,我们并不需要探讨他在这里谈到的那些事情的并不是极真实的可能性。以大洪水为例,这是基于《圣经》大家都承认了的。大洪水的例子不同于其他例子,因为事实上这里只有一对夫妻,一个最亲近的家庭奇迹般地保存下来,而不是凭靠着人类发明而被保存下来。如果世界不是上帝所造的世界,那么,奇迹就不可能了。这是我们必须牢记在心的。否则就无法理解接下来的一段话。

阅读者[读文本]:

> 有些哲学家,把创造分为两种:物的创造与人的创造。他们不明白,事物和物质的创造,有六千年的历史,真主在悠悠岁月中,迟迟没有动手,只是等到昨日,才运用其创造能力。那么,是否因为真主在这之前无力这么做,或者不愿这么做?如果自某个时期无力这么做,那他在另一个时期也一定不能,因此,这必定是因为他不选择这样做。

施特劳斯:译文有问题,不是"他不选择这样做",而是"他不愿意这样做"。

阅读者[读文本]:

> 然而,由于真主本身不存在接替继承的问题,那么,如果你承认他某一次愿意做某事,那么他就一定始终愿意,而且一开始就愿意。

施特劳斯:继续读接下来的一段。

阅读者[读文本]:

> 然而,所有的历史学家都说起……

施特劳斯:不,不,译文有问题,应该是"因此我们就不要去计算世界的年代,沧海中的沙粒也不及它,也无法与之相提并论"。① 你们

---

① 《波斯人信札》,第113封信,在课程指定的译本中没有这句话,这是施特劳斯教授自己给出的译文。[译注]中译本中同样没有这句话。

的译本中没有这句话？

[309]学生：是的，没有。

施特劳斯：在这段话中他想要表达的东西是这样的。他在物质的被造和人的被造之间做了一个区分，物质真正来说并不是被造的，因为对它们来说这里并不存在一个开端，但是，这里暗含的意思是说，对人的被造来说有一个开端。对此他在接下来的一封信中进行了讨论。换句话说，这里永远存在着那些运动的物质，我们可以说，这些物质不是被创造的，但这里却并不总是存在着人。

阅读者[读文本]：

> 但所有的历史学家都跟我们说起人类的始祖。为我们描绘了初生时期人性的图画，因此，认为亚当被救于一个普遍的灾难，就像挪亚从洪水中被救起来一样，而此类大事件，自从创世以来，在地球上屡见不鲜，这种看法岂不是十分自然！

施特劳斯：问题因此就是，这里是否存在第一个人，也就是亚当？他在这里提到的那个哲人，或者就是郁斯贝克自己——这里没有说是孟德斯鸠——给出的答案是，在所有这些情形下，在大灾难之后都有一个幸存者，正如挪亚是大洪水之后的幸存者一样。亚当是前一次灾难的幸存者，如此等等。在一代人与一代人之间不曾中断过。

学生：这一点难道不会使我们更强烈地质疑有关进步的问题吗？也许，我们达到了一个特定的时间点，在这里人类已经获得了特定的事物，然后你看到这些灾难只给我们留下了少数几个人，再然后我们必须从头开始。

施特劳斯：是的，但我在这段话中也看到了其他一些更有意思的东西。这段话的言下之意是，人类是永恒的。这种说法在十八世纪没有人相信。我的意思是，我在这里所谈的当然不是圣经传统，而是那些和孟德斯鸠一样不太受制于圣经传统的人，他[原本]不应简单地拒绝人类的永恒性。我在霍布斯和斯宾诺莎那里看到了这一点，并且我也问过那些在科学史方面[比我]知道得更多的人，我没有得到一个满意的答案。比如说,笛卡尔有关宇宙起源的讲法,不能证明它想要成为一种严格意义上的真理,它也可能[想要作为]对于宇宙的一种形象化的展示,因此不能从字面上来看待它。这就是这样来看待宇宙,仿佛它是生成的,对它给出一个起源性的论述,是为了使它能的得到更好的理解。但不管在笛卡尔、霍布斯和斯宾诺莎笔下怎样,我在他们那里发现了这些论述,很显然,对于宇宙的起源解释作为对那些不受制于圣经传统的人来说是真正的解释,朝向这个解释的转变发生在相当晚近的时期。这一点值得我们深入研究。

好了,现在回到你的问题上来——你的看法对。如果在万事万物的被摧毁中有一种常规性(regular characters),这里就必然有一种进步的终结。但我不认为孟德斯鸠对于这个问题给出了充分的考虑。

[310]学生:[即便]这一点是可能的,那么出于实践的意图,这里也仍然存在某种进步观,换句话说,对于所有通常意义上的政治意图来说,你仅仅需要假定事情会变得越来越好,而当灾难降临在头上时……

施特劳斯:是的,的确如此。一个哲人没有注意到这些困难,并不是什么大不了的事,但从实践的理由方面来看,你说得有道理。

好的,我们接下来从下一段开始读。

阅读者[读文本]:

> 但是,并不是所有的破坏都是以剧烈的方式进行的,我们看到世上若干部分厌于给人类提供生存的条件,可我们不知道,整个地球的这种厌烦,是否并不存在某种普遍的原因,尽管这些原因是缓慢的、不易察觉的?

施特劳斯:换句话说,这段话证实了上述我们所说的东西。他非常愿意假定地球,并因此人类也许可以腐败。这个简短的论述,这三页纸,是他有关宇宙论或物质属性必须要说的全部内容。接下来他就转到了人口减少的道德方面的原因上面。

阅读者[读文本]:

你寻求地球上人口少于以往的原因,可你如果多加注意,你就会看到这巨大的不同来自于风俗的差异。

自从基督教和伊斯兰教瓜分了存在于它们两者之间的世界,事物就发生了巨大的变化:这两种宗教远不如世界主人的宗教有利于人类的繁衍。

在他们的宗教中,是禁止多妻的,因此,这种宗教就远优于伊斯兰教,它允许离婚,这就比起基督教来毫不逊色。

施特劳斯:这个部分我想还是非常清楚。这封信出自一个穆斯林之手,①但这个穆斯林对伊斯兰教采取了一种批判态度,并因此,他也是基督教的批判者,但在这里你们可以用孟德斯鸠来替代郁斯贝克。

他首先批判了伊斯兰教,我们首先读这个部分。

阅读者[读文本]:

我觉得没有比神圣的《古兰经》一方面允许多妻,另一方面又命令丈夫满足女人的需要,更为自相矛盾的了。

先知说,"去找你的妻子吧!因为你们对于她是必须的,就像是她们的衣裳,同样他们对你也是必须的,就像是你们的衣裳。"这个教条使一个真正的穆斯林劳瘁不堪。一个人根据教规娶了四个妻子,[311]再加上那些小妾和奴仆——这个人岂不是要被这么多的衣服压垮了?

先知继续说到,"你们的妻子是你们的耕地,亲近你们的耕地吧,为你们的灵魂行善,这样终有一天你们会得善果。"

我把一个好穆斯林视为一个注定要拼搏不休的竞技者,但他很快就会身虚体弱,稍有疲惫,便无法坚持下去,从而就在这胜利的战场上一蹶不振,可以说是被自己的胜利埋葬了。

施特劳斯:这里是在反对伊斯兰教。然后,在接下来的部分中他

---

① [译注]即第114封信。

由以同样的精神展开了这一点。我们只需读这封信的倒数第二段话。

阅读者[读文本]：

> 这说明仅仅一个男人，为了满足自己的享乐，如何占用了那么多的男子和女子，使他们对于国家来说，形同死人；对于人类的繁衍，成为无用的废物。

施特劳斯：因为多偶制需要阉奴做一些工作，这些阉奴也就同样被排斥在人类的生育繁衍等等之外了。你在这里看到的当然也是郁斯贝克本人的情形，尽管他没有对此进行反思。他之所以不反思这一点，是因为他缺乏某些对于自我的认识。这是《波斯人信札》这本书中作为主要人物的郁斯贝克的一个重要的部分。批判攻击某种制度比较容易，将这种批判适用在自己身上有益于自身，这一点却难得多。

学生：我在《一千零一夜》中看到了一封信，这封信也潜在地传达了这样的意思，即多偶制，如果以一种比较好的方式得到运用，就会多少有利于人口的增长。我忘记是在哪一封信中说到这一点。

施特劳斯：但问题仍然是，这个论证难道不好吗？仅仅一个男人，嗯，他当然能使四个或更多的女人受孕，正如他能使一个女人受孕一样，他当然可以做到这一点。但问题在于，当他年老时仍然娶年轻的女子做妾，使她们成为奴隶或非奴隶，断绝她们同其他人的往来，这时问题就出现了。

学生：他在[接下来的]的信中指出了这一点，他说罗马人习惯于将妇女交给她们的丈夫。

施特劳斯：我们马上就可以看到这个地方，他在下一封信中说了一些什么？①

阅读者[读文本]：

> 罗马人的奴隶不比我们少。

---

① [译注]即第115封信。

第 六 讲

施特劳斯：在这里"我们"当然是指穆斯林。

阅读者[读文本]：

他们拥有的奴隶甚至比我们还多，但是他们比我们更善于使用这些奴隶。

[312]他们不是以强迫的方法阻止这些奴隶繁衍，而是全力鼓励他们繁衍。他们尽其所能地以各种婚姻形式使男女奴隶结合起来，从而他们的家中充满男女老幼奴隶，而国家则充满无数子民。

无数奴隶子女出生在主人身旁，以后便成为了主人的财富。这些儿童的饮食和教育，完全由主人负责，而不要儿童的父亲承担。这样奴隶们可以完全本着天性大胆繁殖，而不必害怕家庭人口过多。

施特劳斯：跳过接下来的两段话往下读。

阅读者[读文本]：

这些奴隶靠着自己的努力和劳动，发家致富，便赎身为公民，共和国不断补充自己，随着老的家庭的消灭，把新的家庭吸收进来。

在以下的信中，我也许有机会向你证明，一个国家公民越多，商业就越繁荣，我也可以轻而易举地证明，商业越繁荣，人口的数目就越是增加，这两者必然会相互帮助，相互促进。

施特劳斯：你们中是否有人认为，这一点会令我们想起《论法的精神》？当然是这样。你想要说一点什么？

学生：这是对于灾难的一种缓和吗？因为他谈到了灾难，然后他谈到自然缓慢地起作用，再然后在第115封信中，谈到商业有助于缓和灾难。

施特劳斯：舒尔斯基先生已经讲清楚这一点了。我认为是这样。

尽管与此同时,尽管即将到来的是好的,在人类的财富和其他方面都能获得巨大的增益,这与如下事实相一致,即最后灾难将会再度降临。正如我们都知道,作为个体,我们必将走向死亡,但我们的生活方式却彼此有别,也就是说,贫穷还是富裕,健康还是疾患,体面还是不体面,这些是有区别的。同样的说法对于所谓的文明来说也合适,尽管一切最终都会消失,但只要它还在持续,它以何种方式存在是有差异的。我们难道不能这样说吗?

学生:商业对此并不是一个障碍,或者它是某种缓和剂……

施特劳斯:不,不,商业很显然是某种好东西,人口的减少则是某种不好的东西。人口的增加是好的,而人口的增加与商业的增加同步——我的意思是说,这一点在《论法的精神》中说得要更充分一些[313]。好的,他继续他的论证,接下来是反基督教的论证,也就是基督教对离婚的攻击。我们接下来读这封信的开头部分。①

> 迄今为止,我们谈到了伊斯兰教各国并探究了为什么它们的人口少于古罗马人统治下的国家。现在让我们考察一下,在基督教国家,何以也产生这样的后果。
>
> 异教允许离婚,但基督教禁止离婚。这种变化,最初看起来无足轻重,但却在不知不觉中产生了可怕的后果,以致于令人难以置信。
>
> 禁止离婚不仅使婚姻失去了全部温馨,而且损害了婚姻的目的,人们本想加强婚姻的纽带,但却使这纽带松弛。结果这并没有像人们所企求的那样使两心相连,相反却使双方的感情永远分离。
>
> 在一种完全由个人自主的行动中,感情本应占极大的分量,但人们却约之以束缚,迫之以必需,归之于命令的安排,完全不管双方存在的厌恶情绪、任性行为和脾气不投。人们要把感情固定下来,而感情正是人的本性中变化最大、最不稳定的东西。人们将两个几乎总是不匹配,彼此无法忍受的人联结在一起,而一旦结成婚

---

① [译注]即第116封信。

姻,便无可挽回,而这种状况又得不到改变。这种行为,就像那些暴君,把活人跟死尸绑在一起一样。

施特劳斯:在这里,问题是这样的。对离婚来说,不应强制性地将无法彼此融合的人绑在一起。但这里的说法超出了这一点。感情——他们必须从感情深处彼此相爱。但感情是不受控制的,或者说无法固定下来,因为它是世界上变化最大、最不稳定的东西。这一点当然大大超出了孟德斯鸠的主要目的,也就是说离婚的权利。因此,人们会在结婚两年之后轻易地陷入到爱情之中,并且,如果这一点并没有遭到共同体道德的强烈抵制,那么它们就当然会产生在我们这个时代人们常常看到的结果。

一般来说,如果的确具有这种品质,我们是否可以在感情基础上建立任何制度呢? 首先,在这种较为古老的看法看来,婚姻并不意味着爱情,我在这里所指的是我们今天的意义上所讲的爱情,难道这不是一种更为明智的看法吗? 当然,这些问题孟德斯鸠没有再度提及,对他来说这个问题已经解决了。这也是他的自由主义的一部分。感情与制度相对立。这是同一个故事的另一个部分。转换、洗礼,或者无论你称之为什么,都不及感情、个体的感情,当然还有感情的各种奇特的变化那么有尊严。

[314]学生:考虑到政府的原则,这就似乎与他有关制度的规制所说的其他东西不相容,因为他原本可以将其置于一个更强有力的基础上,如此,他就可以批判这一点,说它与核心的功能而不是与感情相对立。

施特劳斯:是的,我认为在《论法的精神》中我们无法找到与这种说法直接平行的东西。在这里他不是作为立法者而写作,你们务必不要忘了这一点,而是作为立法者的教师写作。

学生:在这里他也做出了这样一种联系,如果婚姻是幸福的,并且如果在这里存在有爱,那么,这里就将会生养出更多的孩子。

施特劳斯:但如何能够——你是完全正确的,除了这句话,即"人们要把感情固定下来,而感情正是人的本性中变化最大、最不稳定的东西。"因此，如果人的感情产生了这些巨大的变化，那么，即便孩子也不能对它产生太大影响，当然，这里存在着一种困难。

学生：我还没有清楚地看到这一点。在我看来，似乎任何仅仅受制于感情的东西都是悲惨的事实。一切都逝去了，友情依旧。某些东西可以替代心灵的激情。理性可以干预……

施特劳斯：那么，如何将这个观察运用到离婚的问题上？

同一个学生：在一个合理程序中的自由的可能性可以解决这个问题。

施特劳斯：我们不妨来看看，是否这部著作也包含了如下的涵义，在性的欲望产生的地方，友情可以发挥作用。

学生：为何不能将这一点解释为使离婚变得更为容易了呢？在[普通常人的]生活中，在婚姻中发生的改变极少，它更能够与内心中发生的那些变化保持一致。

施特劳斯：但我们仍然来看这个有关感情的论述，这里说感情是自然中的变化最大、最不稳定的东西。这一点根据其定义来说，并不足以作为婚姻的基础。这个困难依旧存在。好了，我们跳过接下来的两段往后读。

阅读者[读文本]：

> 如此结合的男女双方，如有一方或者由于体质，或者由于年龄而不适合自然的安排，不能胜任种族的繁衍，那他就把对方连同他一道埋藏，使对方跟他一样，成为废物。

[315]施特劳斯：在这里他谈论的不是爱情或者感情，而是婚姻的意图。婚姻的意图是繁殖，而离婚的禁令可能抵消自然的这一意图。他谈到了自然的安排(dessein de la nature)。这是一个不同的考虑。一个截然不同的考虑。

学生：但是他似乎也说，因为性格的原因，而不适合繁殖。

施特劳斯：但是他在这里也提到性格或年龄如何影响繁殖，好的，继续读下一段。

第 六 讲

阅读者[读文本]：

　　所以,看到基督徒之间结婚那么多,而产生的公民那么少,就不足为奇了。不许离婚,不相匹配的婚姻就无法补救。古罗马时代女人可以先后有好几个丈夫,这些丈夫在这过程中,可以充分利用妇女的长处,可基督教国家的女人就不能这样。

　　我敢说,如果像古代斯巴达共和国那样,公民始终受奇特而微妙的法律的约束。全国只有一个家庭,那就是共和国,按照规定,丈夫每年换一个妻子,那么一定会生下无数的子民来的。

施特劳斯：这就会导致为了繁殖而废除家庭。如果你在整个国家中只有一个家庭,那么很显然你就没有家庭。这一点就其自身而言是自洽的,但却导致了一些明显的困难,这些困难没有逃脱孟德斯鸠的眼睛。顺便说一句,将繁殖作为目的——后代的繁殖和子女的教育——将其作为婚姻的自然目的,这个问题在无子女的婚姻（childless marriage）中导致了一个难题,这个难题有别于离婚的问题。在我看来,这就是康德那个相当奇怪的对于婚姻的定义背后的原因,这个奇怪的定义说,婚姻是一种相互使用性器官的终身契约。这个定义非常奇怪,人们可能会说康德是一个单身汉,如此等等,但这些说法都没有触及到问题所在。我认为康德是想要给出一个具有普遍有效性的定义。因为这里存在无子女的婚姻,那么孩子的抚养就不是婚姻的目的,因此他就提出了这个骇人听闻的婚姻定义。

好的,我们继续读下一段。

阅读者[读文本]：

　　基督徒禁止离婚的理由令人很难理解。在世界各国,婚姻是一种可以列出各种协议的契约。因此,只有那些可能削弱婚姻目的的协议才应当取消掉,可基督徒不从这种角度出发看问题,因此他们很难说明婚姻究竟是什么。他们并不认为婚姻就是为了满足官能的快感。相反,正如我已经说过的,他们似乎要尽量把这一点从婚姻中排除掉,然而,这是一种我根本无法理解的图像、一种象征,一种神秘的东西。

[316]施特劳斯:好的,从这个角度出发谈论基督教已经够多了。在接下来的一封信中,有一些具有极大重要性的观点。① 我们读一读前两段。

阅读者[读文本]:

禁止离婚并不是基督教国家人口减少的唯一原因。基督徒中有大量阉奴,也是一个不小的原因。

我指的是神甫和修女,两者都发愿终身禁欲,这在基督徒看来,是至高无上的德性,我不理解为什么是这样,不理解一种一无所获的德性会是什么德性。

施特劳斯:在这里我们顺带地看到,孟德斯鸠明确地将基督徒的教士和我们之前谈到的阉奴等同起来。这就不再是一种猜测。他首先谈到了人口,然后在这个语境中他谈到了宗教。在这里我们不妨再考察一下《论法的精神》,你们也许还记得《论法的精神》的第二十章到第二十五章的规划,第二十章到第二十二章讨论贸易,第二十三章讨论人口,第二十四章和第二十五章讨论宗教。在《波斯人信札》中,这些主题之间的联系要比它们在《论法的精神》中的联系要更清晰和更明确。直到《论法的精神》的第十九章这个规划才变得清晰。你们可能还记得,第十九章讨论民族的性格。那么,为何他要在讨论贸易、人口和宗教之前讨论民族的性格呢? 毕竟这些东西看起来都是能影响民族性格的东西。你们是否记得,我们在上一个学季中曾讨论过这个问题。我认为我已经给出了一个答案,但这个答案是否足够好,我还不知道,这个答案就是,从孟德斯鸠的角度出发,民族性格是一种自然现象,尽管孟德斯鸠不否认民族性格可能受其他事物影响,但从根本上讲,它是一

---

① [译注]即第 117 封信。

种自然的事物,它不取决于舆论或其他可变的东西,而贸易、宗教等等正是属于这类可变的东西。

好了,我们可以继续读第117封信了吗?

阅读者[读文本]:

我觉得他们的经师们一方面说婚姻是神圣的,另一方面又说与此对立的独身更为神圣,显然自相矛盾,更不用说根据基本的教规和教条,有益之事总是最好的。

施特劳斯:跳过接下来的三段话继续往下读。

阅读者[读文本]:

我这里跟你谈到的只是天主教国家。在新教中,所有人都有权生儿育女。新教不许有出家的神甫和教士。这个宗教在初建时,把一切都恢复到基督教的早期时代,如果该教的创立者,不是不断地被指控为纵欲过度,那么毫无疑问,他们在使婚姻成为一种普遍的实践做法之后,必定会进一步放松婚姻的枷锁,并且最终会消除掉在这个问题上将伊斯兰教徒和拿撒勒派教徒分隔开来的那些障碍。

施特劳斯:他指的是路德为了和一位修女结婚,做出的宗教改革的指控。因此,在这个关键问题上,新教国家要优于天主教国家。但在这里我仅提醒大家注意《论法的精神》中对英格兰的称颂。

[317]阅读者[读文本]:

但是,无论如何,宗教给予新教徒一个比天主教徒无限优越的好处。

我敢说,按照欧洲的现状,天主教不可能在欧洲继续存在五百年。

在西班牙衰微之前,天主教要比新教强大得多。现在后者逐渐地想法设法达到了与天主教平分秋色的地步。今后新教将日益富有强大,而天主教则日益衰微。

新教国家的人口应该而且实际上也比天主教国家的多……

施特劳斯：如此等等。那么事实是怎样的呢？我的意思不是说法国是欧洲人口最多的国家,至少1789年法国大革命爆发的时候它还不是。这一点即便在孟德斯鸠的时代也极有可能是正确的。因此,我不知道这些主张的基础何在。穆勒先生,对此你有什么想法？

穆勒：意大利和西班牙的贫困,这两个国家明显衰落……

施特劳斯：但在人口数量上面却不是这样。我们已经从学校里得知,在欧洲,人口最大的国家是比利时,而比利时是一个天主教国家。

穆勒：这里的人口太过密集了。

另一个学生：法国人口增长的比例在欧洲常常最低。

施特劳斯：不总是这样。在十八世纪,它就不是这样。法国在1789年有两千五百万人口,这也就是为什么它能打败欧洲的其他部分……他们有非常多的士兵。

学生：也许他是根据人口密度思考问题的。你可以看到,在尼德兰,这里人口的密度似乎要比法国更大,可以肯定的是,他给了我们一幅更为积极主动的印象……

施特劳斯：我不知道他使用的是什么样的数据,如果他使用了数据的话。

学生：法国似乎总是面临着人口过少的情况,因为据说它完全可以供给更多的人口,但是这里有一种论断说,这里应该更少一些人口。我还没有弄清楚,这是《波斯人信札》中给出的论证,抑或是我最近在什么地方看到的论证,即法国如果人口数少一点就会更好,尽管与此同时,很显然法国的广袤地区是能种植的,因此能供给更多的人口。

[318]另一个学生：孟德斯鸠关心的是人口减少问题,为此他攻击天主教的做法。如果我没有搞错历史,那么人口减少发生在孟德斯鸠那个时代的100年间。欧洲的人口是增加……

施特劳斯：嗯,在德国,三十年战争使人口大大减少,并且自那之后，人口开始稳步增加。如今法国再也没有遭受这种灾难，在我看来，只有在十九世纪后半期，法国才被德国抛在后面，这一点同德国的工业化有关。但在1789年，法国是欧洲人口最多的国家。

学生：天主教导致了人口的减少，但我提出的理由难道不能针对孟德斯鸠攻击天主教的做法说出一些东西吗？如果法国是那个时代人口最多的国家，那么有可能他就并不关心导致攻击天主教做法的人口问题。

施特劳斯：是的，但他是基于这一点对天主教的做法进行攻击的。他必须寻找其他理由，他是基于天主教导致人口减少这个理由攻击的。

学生：在其他地方，他给了我们这样一种印象，即由于商业和人口是相互伴随的。因此他就是在讨论现时代，在现时代商业变得更强大了，影响也越加广泛。并且，在某种意义上，他不过是说这只是一种对人口的限制，这种限制不是必然的，并且是有害的，但是一般意义上的进步观念的确包含了人口的增长。

另一个学生：在另一封信中，他提出了这样一个观点，即在罗马帝国时期，欧洲有大量人口，并且在我看来，正是在这里他做出了这个比较，也就是在基督教之前的时代和……

施特劳斯：的确如此，但是即便在这里问题也可能是——我们必须要提出一个这些事实是否正确的问题，是否从北方入侵到罗马帝国的百万人口只是一些相当小型的部落，在我看来，这就是他们如今持有的看法。

好的，接下来转到第119封信，这封信也非常重要，我们读一读开头部分：

阅读者[读文本]：

  一个民族的繁殖力，有时取决于世上最微不足道的情况，以至于只需要想象出一种新办法，就可以使该民族的人口比过去大大增多。

施特劳斯：我们接下来看一看他在这里所说的想象出一种新办法

究竟是指什么。

[319]阅读者[读文本]：

犹太人一直被残杀，可始终生生不息，他们仅仅靠着所有家庭所抱有的这样一种希望，来弥补他们不断遭受的死亡威胁和破坏，这就是有望产生一个强大的国王，成为世界的主人。

施特劳斯：因此办法在这里就是指希望，好的，我们看另一个例子。

阅读者[读文本]：

古波斯国王之所以有无数臣民，只是由于麻葛教的教诲，它达到了如下效果，人所能做的最讨主神喜欢的行为，就是生一个孩子，耕一块地和种一棵树。

施特劳斯：如果更为贴近字面来翻译，就是"因为麻葛教的这个信条"。因此，这是另一种影响人口的想象出来的办法。在接下来的一段的开头，他说，"如果中国……"

阅读者[读文本]：

如果说中国养育了这么多的人口，那也只是某种独特的思想方式所带来的结果。

施特劳斯：现在我们将这称为意识形态。很显然这就是他所谈论的东西，但是他并没有使用这个难听的词，正如丘吉尔曾这样称呼这个词一样。因此在这里我们也有一种支持人口增长的"意识形态"。好了，继续读下一段。

阅读者[读文本]：

另一方面，伊斯兰教国家由于这样一种看法而人口日益减少，这种看法虽然十分神圣,但一旦人们在思想上生根,便产生十分有害的效果。我们把自己视为尘世的过客,只应以奔赴另一个国家(country)为念……

施特劳斯:应该是"另一个祖国"(another fatherland)。这当然不仅指伊斯兰教,也指基督教,这是天上的祖国。这一点很有意思——我说的是这里的用法。人口政策关键性地取决于人们持有的意见,而这当然是会发生改变的。

接下来读第121封信的第三段。

阅读者[读文本]:

像植物一样,各地的空气中负荷着各地泥土的微粒,空气就以这种方式影响我们,从而决定了我们的体质。

施特劳斯:我想这是对我前面讲过的东西的另一处证实。孟德斯鸠试图将民族性格理解为受自然决定的,我们已经从《论法的精神》中看到了许多这方面的证据。

这封信接下来的内容都是讨论人口政策。好了,现在转到第122封信。

阅读者[读文本]:

治理温和可以极大地有助于人口繁衍。所有的共和国都为此提供了源源不断的证据。[320]尤其是瑞士和荷兰,如就土质而言,是欧洲最差的国家,但人口却最多。

施特劳斯:读稍后的部分。

阅读者[读文本]:

同样的说法对于那些受专制统治的国家就说不通了。君主、廷臣和少数人占有全部财富,而其他人则呻吟于极度贫困之中。

施特劳斯：因此将所有这些事情结合起来，就可以看到在《论法的精神》中的联系就不如这十封信中谈得清晰，我说的是宗教、人口、政府的形式所有这些事情之间的联系……

接下来的一封信不是写给雷迪的，而是写给穆斯林的一位神职人员的，①在这里郁斯贝克虔诚地陈述了穆斯林被基督徒或异教徒打败的情形，被土耳其人所打败。这也是问题的另一方面留下来的东西。

接下来转到第125封信。

阅读者[读文本]：

一辈子生活得很好的人，死后可以得到何种快乐，对此要想出大致的说明，在所有宗教那里都十分为难。用一系列死后的刑罚加以威胁，便可以很容易地恫吓恶人，但对于有德性者，就不容易知晓应许诺他们什么。似乎快乐的性质，就在于为时短暂，很难想象还有什么别的快乐。

施特劳斯：在这里想要表达的、并且在接下来在某种意义上进一步阐明了的，是有关永恒赐福的问题——这种事究竟是什么样的？不用说，这封信对于整本书的讨论都非常重要。

好了，接下来转到第129封信，这封信再度讨论政治问题，我们首先读读开头部分。

阅读者[读文本]：

大部分立法者都是因为时运而被推到众人之上，领导众人的，他们都是一些见识浅短的人，除了自己的偏见和幻想之外，他们从来不请教于任何人。

他们似乎也并没有意识到自己工作的伟大和庄严，他们以制订幼稚可笑的法规为乐事，从而事实上就与鄙俗之徒声气相通，而为那些通达事理的人所不齿。

---

① [译注]即第123封信。

[321]他们拘泥于无用的细节,潜心于那些特殊的情形,这说明他们才具有限,只看到事物的局部,对一切都不能把握全局。

施特劳斯:这一对大多数立法者非常极端的攻击当然与《论法的精神》开篇的论述直接冲突,至少看起来是相互冲突的论述。在《论法的精神》开篇,他似乎认为大多数法律都是合理的,也就是说,是有理性的人的作品。真实的方面当然是——真正的看法当然更接近他在这里的说法,而不是《论法的精神》开篇表达的内容。好的,继续往下读。

阅读者[读文本]:

他们中的有些人,使用一种装模作样的语言,而不是使用本国语言,这对于立法者来说,是一种荒谬的做法,如果人们看不懂法律的条文,又如何能够遵守执行呢?

他们往往毫无必要地废除已经确立的法律,这无异于将大多数(masses)抛到由于朝令夕改而必然产生的混乱之中。

施特劳斯:应该是"人民"(peoples),为什么他在这里要用"大多数"(masses),这个物理意义上的表达呢?

阅读者[读文本]:

诚然,由于某种出自人的自然本性而不是出自人的思想的怪现象,有时需要更改某些法律,但是这种情况很罕见,当这种情况发生时,也应该战战兢兢、如履薄冰地进行。应该极其庄重,应该采取各种慎重的措施,从而使人民自然地得出结论,法律是神圣的,因为需要这么多的手续才能改变它。

施特劳斯:这一点在《论法的精神》中说得非常清楚。
学生:《论法的精神》的第二十九章——论立法者,制定法律的方式。
施特劳斯:在那里他谈到了法国。好了,接下来跳过下一段。

阅读者[读文本]：

必须承认，立法者之中有些人注意到这么一个问题，即他们使父亲对子女有极大的权威，一个国家，如果风俗总是比法律更能造就优秀的公民，那么，再也没有比这更能减轻法官的负担了，更能减少法庭的诉案了，总之，更能使全国弊绝风清了。

[322]施特劳斯：在这里他当然地想到了父权（pater potestas），也就是罗马法中父亲享有的权力。

学生：这一点与因松弛的离婚法造成的家庭的颠覆和可能的颠覆矛盾吗？

施特劳斯：是的，嗯，这里可能有一种毫不松弛的离婚法，这是可能的。但难题仅仅是孟德斯鸠所诉诸的原则，这就是感情作为婚姻的基础——这就与那种宽泛意义上的出自政治家之手的婚姻规则不一致，而不是与离婚本身不一致。罗马人，共和制时期的罗马人就如政治家一般优秀，他们允许离婚，因此就无法对此提供解决方案。

学生：在这封信末尾，他说法国人没有捍卫这种父权，并且，他们从罗马人那里拿来了许多无用的甚至糟糕的东西。在我看来这是与《论法的精神》中说的东西直接冲突的，在《论法的精神》中，他说，父权在共和国中是一种非常好的想法，在共和国中风尚必须保持得非常纯正，并且要非常严格地得到保持，但在君主政体中，风尚却很散漫，因此无法拥有这种类型的父权。也许这一点也就表明郁斯贝克真正来说不是非常理解法国人，也不理解法国君主制的运行方式。

施特劳斯：两者之间的最明确的差异是什么？我不太能把握你想要说的意思。

学生：在最后一段话中……

施特劳斯[读文本]：

法国人没有取得父权。

学生：在《论法的精神》中，我忘记具体是在什么地方了——他使用了父权的例子，但却是为了展示严格意义上的共和国和君主国的差异，前者采取了父权，而在后者那里，父权是一种糟糕的想法。并且他说，法国人没有采取这种罗马法制在本质上是正确的。

施特劳斯：我来看看。是在《论法的精神》的最后几章中吗？

学生：不，是在靠近开头处，第五章的第7节。

另一个学生：这里讲的是父亲对孩子的生杀之权。

施特劳斯：这是罗马法中的父权制的一部分。关于爱情是婚姻的基础这个问题，我一直在重读简·奥斯汀(Jane Austen)的小说，我非常喜欢她的小说，但这次阅读比以往任何时候都对如下事实深有感触，也即，在她看来，或者至少在她笔下的女主角们看来，一位真正端庄的女性，一位有道德的女性，不会与自己不爱的人结婚。否则，道德就是——这里有许多段落都可以很好地用在一本关于亚里士多德《伦理学》的评注中，但这些东西并不是亚里士多德意义上的。我不是说它与亚里士多德的观点相冲突——但仔细思考一下，[323]我们就可以肯定地说，这与他的观点相冲突，只要你想一想他在《政治学》中的那个美妙设想——45岁的男人应该娶18岁的女子为妻，这样他们差不多会同时达到生育的巅峰时期。他说的是45岁吗？

学生：书里写的是37岁。

施特劳斯：37岁，不好意思。37岁还不是那么糟糕嘛。有意思的是，简·奥斯汀这个如此清醒的一位小说家……

学生：如果我没记错的话，这正是《理智与情感》(Sense and Sensibility)中布莱德上校的年龄。

施特劳斯：是的，这是……

学生：布莱德上校太老了，不是吗？

施特劳斯：是的，比她要老多了，①是的。一般来说我们认为年龄差距是25岁和21岁。

学生：简·奥斯汀笔下的女主角可以自由选择，但她们不应为

---

① [译注] 这里应该是指布莱德上校喜欢的女孩玛丽安。

20000镑所动,这种做法真的非常得体。

施特劳斯:不,不,这没有问题。这可能是婚姻在实践中的另外一种选择。那些由亲戚们和父母安排的婚姻也许都是基于一些非常实用性的考虑,他们考虑更多的是财产,而不是人品。

学生:在简·奥斯汀的著作中,爱情似乎从来就不是一种多变的事情,以至于我们无法……

施特劳斯:不,不,这一点我们都理解。我的意思是他们最后全都这样结尾:从此以后,他们幸福地生活在一起。在这些性情匹配的婚姻里,在这些婚姻中可能出现的问题都被一种高尚的沉默排除了。是这样的。

下一次课程我们将讨论《波斯人信札》剩下的内容。

第 七 讲

1966 年 5 月 18 日

[325] 施特劳斯：眼下的这封信，我们已经通过阅读《论法的精神》做好了准备，接下来读第 131 封信的开头。

阅读者[读文本]：

雷迪寄巴黎的里加。

来到欧洲后，一件最令我好奇的事，就是各共和国的历史及其起源，你知道，大多数亚洲人对于这种政体，连一点概念都没有。他们再发挥想象，也无法理解，世上除了专制政体之外，还有别的政体。

我们所知道的最早的政体，是君主政体，只是在若干世纪之后，加上机缘的巧合，才形成了共和国。

施特劳斯：跳过下一段，读紧接着的那段话靠近末尾的部分。

阅读者[读文本]：

这些希腊移民带着他们从自己这个美妙的国度带来的自由精神到这些地区去。因此，在幽远的古代，在意大利、西班牙和高卢没有什么君主国。你很快就会看到，北方民族和德国人一样的自由。如果说我们在他们国家发现了某种王权的残余，那也是因为国王既被视为军队的首领，也是共和国的首领。

施特劳斯：跳过接下来的两段话，继续往下读，"看起来，自由符合欧洲民族的特质，而奴役则符合亚洲民族的特质。"①稍后一点的部分，"大量籍籍无名的民族从北方出来，如迅猛急流，涌入罗马各行省。……这些民族生性自由，他们极大地限制国王的权力，使得国王真正说来，只是一些头目或者将军而已。"在这封信的末尾也有类似的想法，简言之，这是我们知道的《论法的精神》的主要观点之一。

接下来的信构成了一个系列，这个系列从第133封信开始，讨论的是图书馆和广泛的书籍，我们无法读完全部。我们现在转到第135封信，读第三段。

阅读者[读文本]：

这里是形而上学家的书籍，讨论的是至关重要的问题，通篇到处谈论的都是无限无穷。这里是自然哲学的书籍，它们……

[326]施特劳斯：译文有问题，不是"自然哲学"，而是"物理学"，为什么译者要这样译……

阅读者[读文本]：

这些是物理学书籍，对于这些书来说，除了那些存在于我们工匠们的简单机器中的东西之外，我们在广袤的宇宙中再也找不到更为神奇的东西了。

施特劳斯：对形而上学的极大兴趣面临危机。在这里，无限随处可见，也就是说，那些超出人类理解力的东西，在根本上不同于物理学的东西。"物理学除了那些存在于我们工匠们的简单机器中的东西之外，我们在广袤的宇宙中再也找不到更为神奇的东西了。"可以说，这种物理学就是揭露真相的科学。这一点从一开始就是这样，你们看到了所谓的前苏格拉底学派物理学出现在阿里斯托芬的《云》中的方式。

---

① [译注]在中文译本中没有这句话。

主要的观点仍然是,所有这些成就都被证明是非常根本性的。当然,在一部喜剧中,这一点略有夸张,但它的要旨却可以看得清楚。暴风雨和当一个人吃多了之后,胃中的翻江倒海有着同样的原理。当然,这一点在现时代变得更有说服力。这里不存在奇迹,没有奥秘的东西。顶多存在一些无法解决的问题。今天我们对此非常清楚。

接下来是第 136 封信——在第六段中他仍然在讨论书籍。

阅读者[读文本]:

> 这里是研究英国的历史学家的著作,我们看到自由一次又一次地产生于纠纷和叛乱的战火之中。王座稳如磐石,而君主的命令却一直风雨飘摇。这是一个不安于现状的民族,即便是在盛怒之时,也保持着理智。它成为了海上的霸主(这是前所未有的事),将商业和帝国结合在一起。

施特劳斯:最好的解决方案是出自纠纷和叛乱的战火,在这里对这个事实的强调要比我们在《论法的精神》中遇到的更强烈。马基雅维利在《李维史论》(Discourses)邻近开篇处提出了这样一个观点,因为贵族和平民不断发生冲突和动荡,因此罗马要比其他国家更强大。

第 138 封信和第 139 封信是给伊本的最后两封信,但这些信不是郁斯贝克写的,而是雷迪写的,在这些信中我没有发现特别重要的内容。

现在转到第 141 封信,这封信与其他的许多信都不同,因为在这封信中包含了一个故事,这个故事是里加从波斯文译出给一个好奇的法国女人看的。这个故事是一个叫朱勒玛的女人讲述的,这是一个非常博学且魅力非凡的女子。接下来我们就从易卜拉欣的故事的第二段话开始读。

[327]阅读者[读文本]:

> 一天,她和同伴们聚在后房一间厅里,有一女伴问她对身后之事如何看法,是否相信经师们的这一古老说法:天堂只为男人

而设。

施特劳斯：关于这一点我问过马赫迪先生，①得到了一个明确的答复。说女人在天堂中没有份额，也许这只是传统，而肯定不是伊斯兰教的官方说法。先知的女儿法蒂玛，以某种方式被称颂为天堂中的杰出女人，或者其他类似的称颂，因此我们不必认为孟德斯鸠在这些事情上所说的一切都完全正确。

接下来跳过下一段往下读。

阅读者[读文本]：

这种不公正的看法，是源自男人的骄傲，他们想要把自己的优越地位甚至保持到死后，而不想想，在大限来到之时，所有的人都一无所有地出现在真主跟前，他们之间，除了那些基于德性的特权之外，没有任何其他特权。

施特劳斯：这段话很清楚。他常常做出这种类型的论断，以至于我们已经见怪不怪了。男人的优越性，尤其是在这方面的优越性，除了基于男人的骄傲之外，没有任何其他根据。实际上，两性之间是平等的，唯一的区别是，如果女子要比男人更有德性，那么，她就会当然地比男性优越，即便她是一个女人。

我们继续读接下来的一段。

阅读者[读文本]：

真主奖赏万民，毫不吝啬，正如那些生前未做亏心事，未曾滥用对于我们女人的统治权的男子，可以进入天堂，那里天仙如云、

---

① Muhsin Mahdi（1926-2007），中世纪阿拉伯哲学和语文学学者，跟随施特劳斯教授在芝加哥大学社会思想委员会学习，是芝加哥大学教授和哈佛大学教授，著有《卡拉顿历史哲学》(*Ibn Khaldun's Philosophy of History*, 1957)，《阿尔法拉比和伊斯兰政治哲学的基础》(*Alfarabi and the foundation of Islamic Political Philosophy*, 2001)，编辑有阿尔法拉比手稿和《一千零一夜》。

第 七 讲

艳美动人,世俗男子如果一睹芳容,都会因急于享此艳福,但愿立即去死。那么,有德的妇女也将到极乐世界中去,跟对他们服服帖帖的男子生活在一起,陶醉于绵绵不绝的欢乐之中,她们每个人都将有一座后房,将男子禁闭在其中。让比我们的阉奴更忠心的阉奴来看守他们。

施特劳斯:你们看到,究竟是什么变成了平等——不平等的反面。她接着又说,"我曾经在书上看到过一个叫易卜拉欣的男人,非常妒忌,令人无法接受。他有[328]十二个美貌绝伦的妻子,可是他对她们都十分冷酷无情。"讲的就是这个易卜拉欣。那么在这个人身上发生了什么事情呢?——读接下来的一段。

阅读者[读文本]:

一天,他把妻子们全都聚集在内院的大厅里,其中一个胆子比别人大,责备他性情恶劣,说道,"人若一心想尽办法要人怕他,结果必先令人恨他。我们不幸极了,不免希望改变处境。别人如果处在我的地位,也许会巴望你死,可我只希望自己死去。因为只有一死才有望同你分开,所以对我来说是更为愉快的事。"这番话本应感动易卜拉欣,但他听完却暴跳如雷,他拔出匕首,一刀刺进女人的胸膛。"亲爱的女伴们",女人奄奄一息的声音说,"如果真主怜悯我的德性,那就一定会复仇。"说到这里,她失去了不幸的生命,来到极乐世界。在那里,生前作风正派的妇女,享受着每天都有新意的幸福生活。

施特劳斯:在这里,幸福生活被描绘为她身边常常有一些非常优秀的男人供她享乐,并且,她可以享受一种又一种欢乐生活。我们不必读这个部分,接下来跳过7个自然段。①

阅读者[读文本]:

---

① [译注]在中译本中是跳过五个自然段。

一个星期多来，她一直待在这个幸福的住所，一个多星期来，她一直处于激动之中，没有时间反思眼下所有这一切。

施特劳斯：她享受着这巨大的快乐，以至于没有时间去思考。
阅读者[读文本]：

她享受着快乐而并不认识这种幸福。她没有片刻的安宁使灵魂得以反躬自问，并在激情平静时倾听自己的声音。

极乐世界的人，如此强烈地追求感官的乐趣，以至于很少享受这种思想的自由。这就是为何她们如此不能自制地迷恋眼前之物，她们完全忘记了往昔之事，对她们在尘世，曾经有过或者曾经爱过的一切，丝毫不放在心上。

但是，阿娜伊丝却具有真正哲学家的精神，几乎一生都在思考。

[329] **施特劳斯**：这个女人，就是被那个可恶的丈夫杀害的女人。
阅读者[读文本]：

她陷入了深深的反思，其程度大大超过了人们对一个孤身女子的料想。从前，她的丈夫让她过着刻板的独居生活，所留下的只有这一好处。正是这种精神的力量，使她藐视她的女伴们的种种恐惧，也藐视死亡。因为死亡将是她苦难的结束和幸福的开始。

于是，她逐渐地从感官享乐的狂热中解脱出来，把自己幽闭在宫中一所房屋里，听任自己的思绪在过去的生活和当前的幸福中信步徜徉。想到过去的同伴们的不幸，怜悯之情不禁油然而生，因为曾经共同遭受的折磨容易引起她的感动。阿娜伊斯不愿只限于同情，她对于那些不幸的女人们的感情更加温柔，她感到自己必须去帮助她们。

她命令身边的一个年轻人化作她的丈夫的模样，去到他丈夫的后房，将他的丈夫赶走，取而代之做了后房的主人，直到她召他回来为止。

第 七 讲

施特劳斯：接下来描述了具体情况,当然是大获成功。上面被派遣出去的那个假易卜拉欣在所有方面都远比真的易卜拉欣做得好。也许我们应该读一些内容,好的,跳过接下来的两段话。

阅读者[读文本]：

"即便你不是易卜拉欣,你却完全当之无愧,这对我们来说已经足够了。你当一天的易卜拉欣,胜过他当了十年。""那么,你答应我,"他回应说,"你们要拥护我,反对那个骗子。"她们异口同声地说道,"我们向你发誓,永远对你忠诚。我们受人愚弄已经太久,那个背信弃义的人感受不到我们的品德,他只感受到他自己的脆弱。我们看得清楚,男人并不都像他一样,他们无疑都跟你相像,你不晓得,你使我们多么憎恨他。""好啊,我将常常给你们新的理由去恨他,"假的易卜拉欣说,"你们还没有意识到,他给你们所造成的全部伤害。"那些妇人们说,"您的报复有多狠,就可以判断出他的罪过有大。""是的,你们说得对,"天上来的那人说,"我要根据罪恶的程度,来衡量让他怎样来赎罪。我很高兴你们满意我采取的惩罚方式。""但是,"妇人们问道,"万一那个骗子回来了,我们怎么办呢?"他回答说,"我想,他们欺骗你们是很难的,只要我在这里,这个人绝对是无法站稳脚跟的。我将把他送到很远的地方去,使你们再也听不到有人谈论他。[330]从现在开始,我将负责使你们幸福。我将毫无妒忌,我将信任你们,不使你们难堪,我很清楚我自己的价值,因此我相信你们也将会忠实于我。如果你们和我在一起都没有德性,你们跟谁才能有德性呢?"

他和这些妇人们这样谈了许久,两个易卜拉欣的不同举止比容貌的相似更使这些妇人们惊讶,她们甚至不想弄明白这许多奇事的究竟。后来,那个绝望的丈夫又回来烦她们了,他发现全家都生活在欢乐之中,而他的妻子们比以前更不相信他。这样的地位,对于一个妒忌者来说是根本无法忍受的,他气呼呼地离开了。片刻之后,那个假易卜拉欣追了上来,抓住他,把他提到空中,一直送他到了两千里格之外。

施特劳斯：好的，整件事有了一个幸福的结尾。

学生：不，他并不幸福。

施特劳斯：那么他在那里发现了什么呢？

学生：这里有36个孩子。

施特劳斯：在三年之内，你知道这里有十二个妻子。因此，每人一年生了一个小孩。但是，总体上，我们仍然可以说这是一段非常美好的时光，她们也肯定会这样说，在这个意义上，你可以说她们有了一个幸福的结局。

在刚才读到的这个部分中，他说，"如果你们和我在一起都没有德性，你们跟谁才能有德性呢？"女人的德性取决于男人的德性。问题在于，是否德性在这两种情形下有同样的意思。我的意思是，你们是否还记得马基雅维利对于 virtú，也就是德性一词的使用。有时这个词当然就是指这个词通常意义上的那种含义，但是它也意味着使布尔贾（Cesar de Borgia）和其他人令人印象深刻的那些品质。在这里对德性一词也有同样的含糊性。他说，如果你和我在一起都没有德性，你和谁在一起会有德性呢？他拥有一种特定的德性。我们可以说，他的德性是女人们体验到的德性，而真的易卜拉欣拥有的德性仅仅是女人们信奉的那种德性。并因此，他就发现全家都生活在欢乐之中。我说的是真的易卜拉欣。并且他的女人们比以往更加不相信他。但我不必在这一点上花功夫。并且我要向那位女士致歉，我们在她在场时阅读了这个部分。但在我看来，在我们的这个时代，在我们今天，事情已经不像之前时代的那个样子了。

接下来的一封信，也就是第142封信，很像第141封信，这里首先是一封信，然后插入了一个故事，是关于一位古代神话学者的一篇残稿。我们在这里就不读这封信了，这封信中[331]为我们呈现了一个著名的金融法体系。① 你们知道这位大投机家。我们在这里只读开头

---

① 约翰·劳（John Law, 1671-1729），苏格兰经济学家，路易十四国王治下法国财务总监，此人要对密西西比公司造成的金融泡沫和经济崩溃承担责任，他将路易斯安那的多个贸易公司合并，形成了单一的垄断。这个计划在1720年以兴业银行和密西西比公司的垮台而告终。

部分,这样你们就会对接下来的内容有一个大概印象。

阅读者[读文本]:

> 奥古尼群岛附近的一个岛上,一个小生命诞生了,父亲是风神艾奥尔,母亲是卡莱多尼亚的一位仙女。

施特劳斯:换句话说,此人是苏格兰人。他的父亲是风神,这是说这是有史以来发明出来的最空洞的一个方案。我们在这里就不读具体内容了,这会耗费我们太多时间。这个人一直以来被称为艾奥尔之子,也就是风神之子。

好的,接下来读第143封信,首先读开头部分。

阅读者[读文本]:

> 里加寄里窝那犹太医师纳塔纳埃尔·列维。
>
> 你问我对附身符的功效和辟邪物的效力有何看法。你为什么来问我呢?你是犹太教徒,而我是伊斯兰教徒,也就是说,我们俩都是很轻信的。
>
> 我随身总是带着两千多段神圣的《古兰经》,我手臂上系着一个小包,内写有两百多个德尔维希的名字,至于阿里、法蒂玛以及所有虔信者的名字,则分藏于我衣服里二十多个地方。
>
> 但我并不反对有的人不相信某些咒语的效力,我们很难反驳他们提出的理性化(rationalizations),较之……

施特劳斯:哦,理性化(rationalizations)——翻译成这个词真是罪过。谁干的呢?不,这个翻译是什么时候出现的?应该是非常晚近的事吧。

学生:最近几年,1961年。

施特劳斯:是的,听起来就像是这样,应该翻译为"推理"(reasoning),不可思议。做这个坏事的人叫什么名字?

学生：罗伊，罗伯特·罗伊。①

施特劳斯：好的，我从未听说过此人，真糟糕！好吧，我们继续——读下一段。

[332]阅读者[读文本]：

> 出于长期形成的习惯，为了遵守一般的做法，我身边带着所有这些神圣的破布片。我认为这些布片，比起人们佩戴的指环和其他装饰物，即使没有更多的好处，好处也不少。但是你，你把你的全部信念寄托在几个神秘的字母上，而且要是没有这种保障，就会一直惶惶不可终日。

施特劳斯：换句话说，接受了启蒙的里加随身带着护身符和其他东西，但却无论如何不相信这些东西。好了，接下来看看稍后部分的内容，大约十个段落之后。

阅读者[读文本]：

> 虽然各国的圣书中都充斥着这类令人丧魂失魄的或者超自然的恐怖情绪，可是我丝毫想象不出有比这更无聊之事，因为，要证明一个可能由成千上万个原因造成的结果是超自然的，就必须首先考察是否这些原因没有发挥作用，而这是不可能的。

施特劳斯：从这个简单的对圣书的提及中，我们可能还无法认识到此处论证的重要性，在十七世纪和十八世纪，关于奇迹有两种论证方式。第一种比较罕见，这就是论证奇迹是不可能的，奇迹之所以不可能，是因为它们暗含有上帝意志的改变，或者说暗含有上帝使用的东西。另一个论证则是说，奇迹本身无法认识。也就是这里提出的论证。为了肯定这是一个奇迹，你必须排除掉所有这一切，必须排除自然事件的全部可能，而这件工作是做不完的。或者，换一种略微不同的说法，

---

① [译注]也就是课程中使用的英译本的译者。

第 七 讲

我们对于自然的知识仍然是不完整的,我们不知道自然将会带来什么。因此,我们就必须推迟对于事情是否是一种奇迹的决断,直到自然科学已经发展充分,但这就意味着没有期限(sine die)。当然,很显然,如果奇迹无法认识,它们就是不可能的,因为否则它们就是上帝徒劳的行动,而无法成为一个明智的存在者的行动。好了,这里我仅仅给大家做了一个非常粗略的概括,好的,你有什么问题?

学生:您的意思是,它们的作用仍然是使人印象深刻?

施特劳斯:是的,但它们只能在如下程度上给人留下深刻的印象,这就是它们不是严格意义上审慎的(cautious),或者说不是严格意义上合乎理性的(rational)。这样就产生了一个问题,那就是,上帝是否主要是针对这类人——尽管他们不是人群中的多数。对于那些长篇大论,我想我在这里只提这一点,同样也是为了理解作为一个整体的《波斯人信札》。

这里我们再度看到,里加的这封写给列维的信还含有一封信,这是从外省寄到巴黎的,在这封信中取笑一种奇怪的药方,这个药方如同一百年前的人读我们时代的药方一样奇怪。

学生:我在想,是否里加的那个收信人一直以来都不知道这一点。他们似乎是很好的朋友,里加直接用他的名来称呼他。

[333]施特劳斯:我不知道,在我看来,他在这里将犹太人视为特别容易受骗的人,他提到过犹太人的秘密法律,卡巴拉(Kabbalah),如此等等。但我还是不知道该如何回答你。

学生:我们应该比较一下这些内容。

另一个学生:我很犹豫是否应该重视一句话。但是,在第六段中他是这样来开始的,他谈到了特定字母的编排可能会产生什么样的效果。双关语在法语中和在英语中差不多。他在这里谈到了护身符,但字母的编排与整部《波斯人信札》相关。

施特劳斯:好的,这个基础太薄了,但也许你能找到其他论证。

第144封信和第145封信讨论学者,那些有智慧的人。在第145封信中,你看到,这里也有一封插进去的信。在某种意义上,第146封信是郁斯贝克写给雷迪的最后一封信。这封信中具体讨论的是欧洲的事情，讨论国王的大臣，讨论大臣的作用和职责。

好了，我们现在进入到这个情节的大结局，也就是从第147封信到最后一封信讲述的这个故事的大结局。郁斯贝克后房的叛乱。接下来读一读第148封信，罗斯，你有什么问题？

罗斯：那些从波斯写给郁斯贝克的信是从伊斯法罕的后房中发出的，而其他的信则是从比如说……的后房发出来的。

施特劳斯：比如说，哪一封信？

学生：第152封信也是从后房寄给郁斯贝克的，但信中却说是法蒂墨后房……

施特劳斯：但我认为这一点可以解释，因为他们离开了后房，去了另外一个地方。

学生：但在《波斯人信札》开始的时候也出现过这样的信。

施特劳斯：呃，这是我们必须进一步讨论的问题之一。现在我们读第148封信。

阅读者［读文本］：

郁斯贝克寄阉奴总管，寄伊斯法罕后房。
此信授予你对于整个后房无限制的权力。

施特劳斯：在前一封信中，阉奴总管向郁斯贝克请求给予这项权力。

阅读者［读文本］：

你可以拥有跟我同样的权力发号施令。在你所到之处，你必须带去畏惧和恐怖；你必须挨门逐室实行处罚和惩戒，[334]你要使所有的人终日惊慌失措，让所有的人在你面前痛苦流涕。审问后院所有人，先从婢女们开始，对我宠爱的人也不要姑息。所有的人都要受你可怕的审判，把最隐蔽的秘密揭露于光天化日之下，涤净这个场所的无耻行为，恢复被放逐的德性。因为，从此时此刻开始，有人若犯任何细小过错，我都要唯你是问。我怀疑你发现的那封信是写给泽丽丝的。你要用锐利的目光来查明此事。

施特劳斯：好的,这就是当时的情况。在第151封信中,那个阉奴写信给郁斯贝克,说只有罗珊娜循规蹈矩,端庄稳重。

我们现在转到第156封信,在这里罗珊娜本人,也是他所有妻子中最有德性的一位,写信给郁斯贝克。

阅读者[读文本]：

丑恶、黑暗和恐怖统治着后房,令人心悸的悲哀气氛笼罩着后房。一个暴虐的人时时刻刻在后房大逞淫威。他对两个白人阉奴施加酷刑,可是他们的供词,只能证明他们清白无辜。他把我们的婢女卖掉了一部分,剩下的又逼我们相互交换。扎茜和泽丽丝在她们的房间,在黑夜里,受到了侮辱。这个亵渎神灵的家伙居然用他卑贱的手打她们。他把我们禁闭在各自的屋子里,虽然我们独自待在房内,他却要我们戴着面纱。他不允许我们相互交谈,如果我们传递信笺,就成为一桩罪行。我们除了哭泣,毫无别的自由。

内院用了大量新阉奴,他们昼夜找我们的麻烦,他们或是真的有所怀疑,或是装作不放心的样子,不断地将我们从睡梦中惊醒。令我聊以自慰的是,这一切不会长久继续下去了,这些痛苦将和我的生命一道结束。我不会活很久了,残酷的郁斯贝克,我不会让你有时间来制止这一切侮辱。

施特劳斯：好了,我们转到第159封信,这封信也是阉奴写的,读第四段。

[335]阅读者[读文本]：

罗珊娜,那个高傲的罗珊娜！啊,天啦,今后还有谁可信任呢？您以前猜疑泽丽丝,而对罗珊娜完全放心。可是她的道貌岸然,乃是个残酷的骗局,是掩盖她奸诈行为的面纱。她躺在一个青年男子怀中时,被我捉到了。那个男子一见事败,便向我扑来,刺了我两刀。阉奴们闻声赶来,把他团团围住。他抗拒了许久,刺伤了几个阉奴。他甚至还想回到房间去,说是要死在罗珊娜眼前。但到最后,他寡不敌众,倒在我们的脚下。

施特劳斯:现在读罗珊娜的最后一封信,这是郁斯贝克所有妻子中对他最忠诚也是最有德性的一个。

阅读者[读文本]:

不错,我欺骗了你,我勾引了你的阉奴,我利用了你的妒忌心,把你这可怕的后房变成了寻欢作乐的场所。

我要死了,毒药即将在我的血管中流动。因此,既然唯一令我留恋人世的人已不存在,我留在这世间干什么呢?

施特劳斯:这里说的是她的情人。

阅读者[读文本]:

我就要死了,但会有人陪着我的亡灵飞升。因为那些亵渎神灵的看守者杀死了世上最可爱的人,我刚刚打发他们先死在我的前面了。

你怎么会这样想:我会那么幼稚,竟然认为我之所以活在世界上只是为了满足你的那些心血来潮的想法,你自己可以为所欲为,却有权抑制我的欲望?不!我可以生活在奴役之中,但是我始终是自由的。我按照自然法改造了你的法律,我的精神一直保持独立。

[336]**施特劳斯**:好的,这是重要的一段话——这是《波斯人信札》中极少几处提到自然法的地方之一,后房制度是一种极其残酷的违背自然的秩序,她改造了那些仅仅是实定的、人类制定的法律。

阅读者[读文本]:

> 你还应当感激我对你所作出的牺牲,感激我自甘作贱,装出对你忠实的样子,感激我卑劣地把本应公之于世之事隐藏在我的心中,总之,要感谢我亵渎了德行,因为我顺从你随心所欲的意愿,容忍别人把这称之为德行。

施特劳斯:换句话说,后房生活的另一个非常重要的内涵就是,人在这里必需掩藏自己的思想,并且装作得到了满足,或者装作去爱一个人,哪怕是她厌恶的和不爱的人。

阅读者[读文本]:

> 你过去因在我身上找不到狂热的爱情而感到惊讶。如果你曾很好地了解我,你那时就会发现我心中强烈的憎恨了。
>
> 可是你却长时间沾沾自喜,自认为像我这样的人对你也服服帖帖。那时我们俩都很幸福,你以为我被你骗了,其实我一直欺骗你。
>
> 我的这些语言,对你来说,毫无疑问是新鲜的。我在令你痛苦不堪之后,是否有可能还迫使你赞赏我的勇气呢?可是一切都结束了。毒药已经发作,我已经没有了力气,笔已经从我手中垂落,我甚至感到我的仇恨也减弱了,我就要死了。

施特劳斯:我们看一看这里的新语言。这是革命的语言。但在这里革命者只能自杀,但我们不知道她会给其他人带来什么样的榜样,尤其是如果我们认为这个后房故事仅仅是欧洲,尤其是法国面临的真实问题的一个映像时,就是如此。这封信读起来就像是一场革命的宣言。阉奴和他们的主人必将被推翻,自然法将要确立。但是孟德斯鸠并非以如此简单的方式来表达这一点,这自不待言,但这是他的教诲的要素之一。好的,你有什么问题?

学生:这是否回到了他之前的评论,有关感情被强迫的评论。并且,他是否做出了有关普遍的婚姻的一个总体评论,一个有关规定婚姻是神圣的天主教教义的总体评论——从这类东西回归到感情无法被强迫的观点。

[337]施特劳斯：我们上次已经讨论过这个问题了。孟德斯鸠的意思是——在多大程度上他能使感情成为婚姻的中心，这一点很难说。如果仅仅从字面上来看这一点，就会使婚姻完全地取决于心血来潮，取决于激情和非激情的起伏，但我还不能这样说。孟德斯鸠头脑非常清醒，并且作为高等法院的法官，他不会轻易地认为能够将感情作为婚姻是否应该继续保持下去的唯一标准。只要考虑一下孩子的问题就够了。好的，你有什么问题？

学生：您是否认为孟德斯鸠是有意引用《圣经》———一切都了结了——在《新约》中有这样一句话。是否这句话的意思并不仅仅是说我就要死了，而是说我完成了使命。这里有一个非常有意思的平行，这就是罗珊娜根据自然法改写了法律，你也可以说基督改写了犹太人的法律，根据……

施特劳斯：是的，但这里并没有提到自然法，也不是在圣经中的那个地方，它是说给一个老人听的。[但是]我要向你指出的是，这并不是从古典指向自然。这里肯定是不同的。

在我们继续讨论之前，并且只要我们有时间，不妨对《波斯人信札》全书做一个简单概括，我在这里仅仅概括要点，不论它们是实质上的，还是形式上的。当然，我在这里肯定有遗漏，只是提供了一些内容。但在这非常一般化的概括中，肯定会忽略一些内容。当我越过这些问题时，你们可以提醒我一下。

首先，这些信都出自波斯人之手。为何是波斯人？为什么比如说不是美洲的印第安人？这一点不是完全没理由。这里有伏尔泰讲过的一个故事，就是《老实人》(*L'Ingénu*)，在那里，一个印第安人到了法国，他对法国人做的那些奇怪的事大感震惊。很显然，一个波斯人，不同于来自北美的野蛮人(a heathen)，他相信启示宗教，因此，当这里是波斯人所写的信札时，有关启示宗教的全部问题就必然会出现在这些信札中。其次，波斯人，作为什叶派教徒，而非逊尼派教徒，可以粗略地对应基督教中天主教和新教的区分。

这群波斯人看到的是1707年左右的法国，他们用外国人的眼睛来

第 七 讲

观察。他们感到惊奇。他们没有将那些事情当成是理所当然。他们没有"偏见",也就是说,没有偏好欧洲的偏见。当然,他们有着对自己事物有偏见。他们首先注意到了时代中的大事件,比如路易十四的死亡,[并且]接下来,更有意思的是,注意到了时代的风尚、特征[les caractères],你们知道这里说的是那些诗人、奉承者、廷臣或其他人等等。第三,也是最重要的,注意到了法国或欧洲的特征,它们并不专属于这个特定的时代,比如说不同于东方专制政体的君主政体,并且最重要的是不同于伊斯兰教的基督教。他们四处游历。他们在欧洲发现的有些事情是好的,但其他一些事情不好。孟德斯鸠表明,东方的偏见如何影响了东方人对法国的判断,并且他自己也通过波斯人来表达观点。persona[面具]这个拉丁[338]词,是人格一词的来源,这是你使用的面具……某些人用来将他们作为他的代言人。这是这本书的最明显的一个特点。

接下来我们转到情节,好的,你有什么问题?

学生:你是想说在这里,孟德斯鸠在两种不同的意义上使用它们——一种是作为他这个法国人的代言人,另一种则是揭示东方人如何……将会出现东方人的偏见。

施特劳斯:是的,这不同。我们必须将它们区分开来。

第二个要点是情节。我在这里所说的情节,不是指之前在最后几封信中注意到的情节。你们知道,不是后房中的大爆发,而是指波斯人通过在法国生活而发生的改变,开始从自己的偏见中解脱出来,并且在这个方面,他们是欧洲人的典范。正如这里穆斯林将自己从穆斯林的偏见中解脱出来一样,基督教也应从基督教的偏见中解脱出来。欧洲人对于自己的偏见必须做波斯人对自己的偏见所做的那些事。在这个问题上,第97封信特别重要。在某种意义上,波斯人已经融入到了欧洲。他们饶有兴味地观看那些不带面纱的妇女,以及其他那些吸引他们的事情。他们已经融入欧洲,但对于这种融入难道不存在任何限制吗?

学生:里加,这个尚未成家的年轻人,完全被吸引住了。

施特劳斯:但难道这里没有限制吗?我的意思是绝对的限制,而不是在细枝末节的方面。

学生：他们总是在做比较。

施特劳斯：他们做了各种各样的事情，而这些都是他们在波斯不会做的，这是一个限制。

学生：郁斯贝克忠诚于波斯的那个体系，他有一个后房，他得维护这个后房。

学生：他们仍然是穆斯林。

施特劳斯：是的，但是——他们并没有改宗基督教。这是你想要表达的意思吗？好的，这一点很明显，但是我们还没有考察过这一点。他们依旧是穆斯林，对欧洲人来说这当然也是一个模范，这些欧洲人同样也要从自己的偏见中解脱出来，并且在某种意义上仍然是基督徒。但是他们仍然是穆斯林吗？从外表上看，他们仍然是穆斯林，伊斯兰教对于他们来说就如同基督教对他们来说是一种偏见，这只不过是他们在自己国家波斯中的偏见。

在我看来，第119封信是关于这一点最重要的记录。但很抱歉，我眼下记不住第119封信讲了些什么了。这封信是郁斯贝克寄给谁的呢？好像是寄给雷迪的。喔，是的，这封信讨论的是世界人口减少的问题。这里的关键点[339]——宗教是想象力、思维方式的转折点。尽管他们不再是穆斯林，他们也不会变成基督徒。之所以如此，是因为对所有的启示宗教而言都有一种替代物。我们可以称这种替代物为自然宗教和自然道德。自然道德这个词已经通过正义一词得到了充分揭示。通过黄金规则的否定或肯定的表达得到了充分的揭示。而自然宗教是什么东西？可以说，在这里上帝总是在场，而不是将自己展示在自己选定的东西中。

这个区分在柏拉图的《蒂迈欧》（Timaeus）中以一种嘲讽的精神提出来了，在那里描述了匠神，也就是宇宙的工匠是如何造神的，这些诸神因此指宇宙诸神（cosmic gods），他们负责星辰的移动等等，并因此，柏拉图就将他们与那些看起来是常规的，负责常规运动的神灵区分开来，然后是其他那些将自身展示给人类眼光的神灵，只要这些神灵觉得这样做合适，是出于这些神灵的选择。因此，我在这里使用这个区分，为的是界定人们通过自然宗教所指的东西，也就是经常在场的上帝。

这一点当然就意味着，有必要对启示宗教中的上帝给出某种批判，这一点在《波斯人信札》自始至终占据了一个重要位置：圣经中的上帝如同东方的专制君主，基督教的教士就如同阉奴，阉奴与主人的关系就如同教士与上帝的关系，或者圣经中的上帝就类似于后房的主人，如同妒忌的郁斯贝克，并因此，他们的臣民是女性，但他们也必须要被严格地理解为是具有女人气的男人。这是马基雅维利的表达，解除了武装的世界是处在基督教之下的世界，是解除了武装的后房。

接下来我要讲的第三层意思，在某种意义上最重要，这就是对自然宗教和自然道德的批判，就对自然道德批判来说，我们能找到的最激进的表达是这样的。自然道德可以追溯到自我保存，但正如我们在第89封信中看到的，自我保存也会造成对荣耀的欲望，也就是说，对于某种与从自我保存中衍生出来的正义不相容的欲望。因为对荣耀的欲望会干扰和平与和谐，而后者是我们对自我保存的关切本身追求的东西。

至于自然宗教，在论述穴居人的那几封信中，在论述穴居人的部分一开始，我们就已注意到，穴居人是多神论信徒，而非一神论信徒。根据这一点，异教的古代，尤其是罗马，就具有相对于基督徒和穆斯林的优越性，在这里，只需想一想第114节对自杀的辩护中提到的是罗马人。但这里也有一些东西，不能还原到古典的古代，这就是现时代的进步特征——简言之，这里说的是牛顿。因此，对自然宗教的批判就不能简单地追溯到古典的影响。

在《波斯人信札》中我所能找到的对自然宗教的批判的最简单形式，是在对斯宾诺莎的表述中，这就是将上帝的意志等同于他的理智。这一点立即就导致了如下结论，即宇宙是永恒的，因为上帝永远地认识宇宙——根据传统的学说，也就是神学学说，[340]因为上帝是全知的，并且是永恒不变的——但是，如果他的意志与他的理智相等同，那么，他就总是要意愿它，并且他意愿的东西就是现实的东西。

我们也注意到在人类自由和上帝的全知之间存在冲突，或者所谓的冲突。

在这里我也想再度提醒诸位，尽管这一点也许属于自然道德的范围,但是对乱伦禁令的质疑出现在伊本发出的第一封信中,也就是第 67 封信中。

这些就是在我看来,《波斯人信札》一书论证的主要层次。在这里我可能忽略了某些同样基础和同样重要的东西,你们可以提醒我注意这些东西。或者至少让我们来讨论讨论,因为即便我是对的,也必须向诸位表明我是如何对的。

学生:我想要重复一些内容,您提到自然道德可以追溯到古代,追溯到穴居人,如此等等,但这并不能简单地作为答案,因为现时代的进步是在这之外的——您说您能一句话对此加以总结。那么应该怎样说呢?

施特劳斯:牛顿,艾萨克·牛顿。你知道我们好多次遇到过这些小问题——这些问题今天也出现了,为什么是三个星号的人名,不同的写信人的性格特征,郁斯贝克,嗯,我们知道郁斯贝克比雷迪老,如此等等,这类事情,但它们仍然相当模糊。也许我们还没有足够认真地阅读,也许它们永远是模糊的,这本书算不得皇皇巨著,尽管其中包含不少精彩的内容。我注意到,你们不止一次地禁不住地笑,甚至也有其他一些东西,尽管我们在课堂上没有阅读它们,但它们也同样搞笑。布鲁尔,很抱歉没有看到你提问,你有什么问题?

布鲁尔:如果对自然道德的批判是彻底的,完全的,那么,孟德斯鸠如何来解释,抑或他为什么要写这部书?

施特劳斯:真理,是为了教导真理。

布鲁尔:但这——在某种意义上,它被设定为理所当然地是好的,在某种特定的意义上,这成为了一种非理性的动机。

施特劳斯:[是的],但你只需要考虑,正如在所有实践问题方面,替代性的方案是什么?你是否能抛弃对真理的关注?但这样一来,你们就会被那些主导观点,迷信或其他什么东西束缚?

布鲁尔:[如果是这样的话],他就不必去撰写它了。

施特劳斯:是的,也许在最低的层次上还有一种对荣耀的欲望,在较高层次上是对同胞的爱。难道不是这样吗?

[341]布鲁尔:我认为是这样,但是从他对自然道德的批判可以

第 七 讲

看出,这一点似乎又前后矛盾。

施特劳斯:为什么这样讲?我们应该——我的意思是,看一看,对于荣耀的欲望可能会激发征服者,他们是一种类型的 fléau,是对人性的鞭笞。并因此与自然道德相冲突,这一点已经为金规则所揭示。但如果这里有一种协调,达成和谐的可能性,也就是使自然道德与对荣誉的追求达成一致的可能性,难道不更好吗?也就是说,积极推动人类福利并从中获得荣耀,难道不能解决这个难题吗?

布鲁尔:我不确定。

施特劳斯:我的意思是,如果你在较低层次上面临着对荣耀的愿望和金规则之间的冲突,难道在较高的层面上,你不能使两者达到协调一致?也就是通过帮助同胞从而获得荣耀——我在这里说的还不是作为征服者的同胞,而是能够使用自身理性的所有人。在这个问题上,如果没有进一步的难题产生的话,难道这不是一种令人满意的解决方案吗?

布鲁尔:我是这样看的,我还没有充分地理解这一点,因此无法进一步……

布鲁尔:我认为在最后几封信中,哲人的形象非常类似于笛卡尔的形象,这就是杀死邻居家的狗来研究解剖学。

施特劳斯:当然,但不只是笛卡尔。

穆勒:但尤其是因为他最后一部解剖学著作,也就是在 Discourses 中①。

施特劳斯:但同时也考虑到了可能带给人类的利益。

学生:当您在这里谈及基于金规则的自然道德的时候,您的意思是说,它仍然是建立在恐惧的基础上的吗?

施特劳斯:不,不只是建立在恐惧的基础上。这是有关穴居人的书信中给出的一个简单的论证。如果我们针对彼此如同野兽那般行动,会发生怎样的事呢?是一切人针对一切人的战争,这对我们中的每一个人来说都是毁灭性的。因此我们就需要针对彼此得体地行动,我想这就是有关穴居人的书信中想要传达给我们的单纯教诲。问题仅仅

---

① [译注]并不明确此处 Discourses 指的是哪部著作。

是,这对道德问题来说是否充分的解决方案?[这种纯粹的]计算(calculus)。因为正如你们可以从柏拉图的《王制》中看到的,格劳孔的长篇讲辞,你可以从社会中获得一切好处——在这里有警察保护以及其他——但也可以通过不诚实的行动如寄生虫一般蚕食这个社会。你看起来如同真诚的公民一般行动,实际上却以某种方式欺骗社会。这就是巨吉斯的指环传达给我们的东西。这无疑是聪明的罪犯,那些从来都没有被抓获过的罪犯所做的事。

学生:[您说]孟德斯鸠意识到了[这一点]……

[342]施特劳斯:他肯定认识到了这个问题,但这一点在此仍然是开放的。[并且]他能给出的唯一答案,并且对这一目的来说充分的答案是这样的:呃,也就是,让我们找出一种政府形式以及法律的形式,它们能使犯罪,能使一种反社会的姿态,变得非常困难。拥有一流的警察,并且正如马基雅维利想要说的,要迅速地和场面壮观地实施惩罚——你知道,时间不能太久,法律程序不能拖得太长,这样,使人印象深刻的就是他们实施的违法行为,而不是法律针对他们采取的行为。这是一个要点。这里也有一种可能性,即在人这里,还有其他某种东西,用基督教的话来说,就是良心。用柏拉图的话来说,是对美的热爱,是对高贵之物的热爱,但孟德斯鸠在何种程度上提供了这一点,却很难说,至少不那么清楚。——我的意思是,不仅在《波斯人信札》中如此,在《论法的精神》中也如此。

学生:在《论法的精神》中,我想是在第九章,当孟德斯鸠谈到联盟的时候,以及在第十章谈到理论的时候,他发现,基于金规则,征服者不能太过残酷地对待被征服的民族。这就退回到了如下事实上,即不干涉和做类似的其他事符合征服者的最佳利益。在这些信中,我也发现了这一点,我很奇怪地看到孟德斯鸠说,使罗马变得伟大,使共和国变得伟大的东西是煽动叛乱,而使英国变得伟大的原因,居然是煽动叛乱和革命。

施特劳斯:你知道,这是一个传统的马基雅维利式论点,这一点在《论法的精神》当中肯定不那么清晰可见,但在《波斯人信札》中却可以更清楚地发现一些迹象。我们可以以一种相对来说不那么攻击性的方式表述马基雅维利的立场。你知道马基雅维利有时喜欢做那些攻击性的论述,但我们却可以通过一种非攻击性的方式表述它。马基雅维利反对传统,无论是圣经传统,还是古典传统。你们都关心正义问题,我也关注。但问题在于,如何获得正义?如何在人类事务中获得某种程度上的正义?马基雅维利告诉你,通过布道无法获取正义,这个单纯的论点被重复了许多次,直到今天,那些接继马基雅维利传统的人们还在重申。那么,你如何获取正义呢?答案是,通过某种正确的制度。使生活成为一桩亏本生意的制度,当然不正义,因此你就得进一步改善它。一种形式,在某种意义上一种非常成功的形式,当然是现代的民主学说。在这里,正如带着某种正义来主张的,政体从原则上不能容忍人对人的残酷剥削,因为人人都有相同的一票,并且使用这种武器,即便是最贫困,最无助的同胞,尤其是如果他们有足够的理智团结在一起的话,是能保护自身利益的。这是其中的一个内容。

换句话说,马基雅维利可能会说,个体的道德不及制度重要。没有什么比你们从日报中看到的那些东西获得那么多的胜利了。犯罪——谁应该对此负责呢?当然不是罪犯本人,而是社会。这是一个时髦的反应。但是这里要点在制度,而非劝诫。当然,人们无时不刻在谈论教育,但教育自然也意味着某种截然不同的东西。在我们这个时代,教育意味着信息,而不是性格的养成,后者是柏拉图和亚里士多德在谈论教育时意指的东西。

孟德斯鸠当然就不能和今天的理论家们划等号,这一点毋庸置疑,但他却是那些对马基雅维利的计划加以修订,[343]使之更能被人们接受的人之一——我们可以说,经济学的解决问题的方案也是马基雅维利学说的一种修订。这就是说,如果所有人都拥有了足够的食物、住房和其他必需品,就不会有犯罪。或者说剩下来的犯罪就并非简单地犯罪,而是一种不幸的疾病,在一个富足的社会中,我们可以为每100人配一位精神病医生。如果感到不适,就去精神病医生那里,对他说,请关照一下我的道德问题,然后他就会做一些事情,而不需要你做任何努力。

学生:在马基雅维利看来,是谁教导说,人仅仅通过劝诫就能发生改变呢?

施特劳斯：不，不是说仅仅，但劝诫无疑重要。我的意思是，柏拉图和亚里士多德知道制度如何重要，但他们也认为这里也存在人——有可能拥有一个贤人（gentlemen）统治的社会。最可欲的解决方案可能是，在其中他们能毫无障碍地统治，也就是说，他们能绝对地实施统治，他们是唯一能在社会中发言的人，如果德性能获得的话……

学生：也就是说德性在这里是可以接受的（accepted）。

施特劳斯：不，不是可以接受，因为如果德性是可接受的，你就使德性取决于邪恶了。也就是取决于非德性的了，即认为它对非德性是可以接受的。它必须自身就有一种力量使自己获得接受。贤明之士是唯一有诸如此类的能力的人，这是柏拉图在《王制》中，亚里士多德在《政治学》中提出的教诲。

这就是马基雅维利质疑的内容。贤人不存在。某个人可能是贤人，但你无法找到一个有德性的统治阶级。他所做的就是揭示罗马的统治阶层，在政治的意义上他们通常被视为德性的模范，是虚伪的。在他们和寡头之间没有区别，你知道寡头是柏拉图和亚里士多德笔下谈到的糟糕的东西。因此你们无法期待有这么一群人。这里总是有一些言行得体的人，对此毫无疑问，但从政治上讲，这是无关的。你必须将社会建立在某种不同的东西的基础之上。

他频繁使用，尤其是在《君主论》中使用的公式是这样的，当他谈到君主及其顾问官的时候，比如说，君主必须使他们的顾问官们是好人，并且使他们保持这种好的状态，如果不使他们成为好人和使其保持在此种状态，他们就不会是好的。这里表达了什么意思？比如说，他必须给他们支付体面的俸禄，他们才不会背叛他，[投奔]到邻国。当然，他还必须总是对他们保持一种合理的怀疑和对他们进行制约，也就是说，要使他们成为一个好人和保持他们作为一个好人。马基雅维利在《李维史论》的开篇也指出，立法者必须假定人是坏的。这又意味着什么呢？在某种意义上这不过是一种常识性的说法，毫不令人奇怪，在这里我们不必想到原罪。但在这里它的意思要更深刻一些，马基雅维利的意思是，在人的身上没有一种朝向社会性的自然指向性（natural directedness）。因此，就必须用外在的机械手段替代这种朝向社会的指向性的不存在。并且是以胡萝卜加大棒的简单形式。当然,这里要比胡萝卜加大棒的形式要无限复杂和精细。但从根本上讲,这里面临的就是这个问题,即人天生是社会性的和政治性的存在,抑或,如果不是这样的话,那么,就要胡萝卜加大棒,或是对此进行修正。

[344]学生:因此,它们之间的区别就不是劝诫和非劝诫,而是对于人性的理解。

施特劳斯:是的,但这一点潜藏在背后。如果人有一种古典意义上的自然本能,那么诉诸这种人性就可以了,在其他情形下,诉诸这种人性简直是白费口舌。

这里还有另一个故事,至少在我手中的这个《波斯人信札》的版本中,就是《阿萨斯与伊斯梅尼》(Arsace et Lsméne),一个东方人的故事。① 这个故事在某种意义上和《波斯人信札》一样,是一个爱情故事。这里有一段话值得特别关注,当然,在你们的译本中可能没有,是不是? 是的。

在这里他描述了一种情形,在这里,我们,也就是那个人和他的情人,他们受到了一个小型民族的崇拜,他们两人组建了家庭:

> 我们彼此爱着对方……并且,毫无疑问,爱情的自然效果就是使彼此相爱的人幸福,但我们从周围的那些人中发现的这种普遍的仁爱却比爱情更令我们幸福。那些怀抱着一种美好感情的人[这种感情塑造了正确的心灵类型],在这种普遍的仁爱中不感到快乐简直是不可能的,这真是自然的神奇效果。当人处于最高层次时,他几乎是不属于自己的。当心灵交出自身,当它将自身给予的时候,就不再是心灵了,因为它的享受是外在于它的。而与这一普遍的仁爱对立,又与这种爱相近的,就是自负。自负一旦占据我们,就使我们不能自制,并且,通过将我们的注意力集中在自身之上,常常就会带来悲伤。这种悲伤源自心灵深处的孤独,而心灵常常觉得自己是为了享受快乐而被造出来的,一旦心灵享受不到快

---

① 孟德斯鸠:《阿萨斯与伊斯梅尼》(Arsace et Ismene,1794)。

乐,它就感到自己是为他人造出来的,而在其中又找不到他人。①

在这里我们看到仁爱(benevolence),一种自然的仁爱——这就类似于自然的社会性同自负之间的对立,后者是使人孤立的和具有破坏性的东西。我们在《论法的精神》中也找到了与之相关的线索,但在我看来,这并不是孟德斯鸠思想的中心。

这个故事是编造的,两个有情人,国王和王后,他们在彼此的爱情中感到非常幸福。但他们也历经艰辛,这里有一些敌对力量阻碍他们两人的结合,如此等等,但他们的爱情从未遭到过质疑,他们也从未对此产生过疑惑。与此同时——这对完美的爱人与此同时也是非常正义的统治者。然而,这不过是一个编造出来的故事。正义和爱情不是像在一个编造出来的故事中那样处在自然的和谐之中。这是另一个证据,它表明了孟德斯鸠意识到的问题。

在《论法的精神》中我们曾经碰到过几个段落,在那里揭示了我们在这里所说的难题。我能够记得的[仅仅是]他对威廉·配第有关人的价格的批判,你知道,一个人值多少钱……孟德斯鸠说,好了,这是[345]一个英国人的价格,在其他国家,一个人值不了这么多,而在某些国家,一个人连一文不值还不如。也就是说,如果你面临的是人口过剩、饥荒,这就变成了有关人权的问题——如果我们要在这个方面进行思考的话。这是揭示相同困难的另一种方式。你们还记得在《论法的精神》中其他我在这里忘记了的段落吗?

如果孟德斯鸠接受了这个观点,即认为人天生是社会性的,并且接受了这个观点的全部内涵,那么,如我们在《论法的精神》的第一部分中所见,他为何要远离德性呢?

学生:当你说人天生是社会性的时候,这并不必然意味着,人类社会在没有外部援助的情况下也是可能的。人们可能在如下这种意义上是社会性的,这就是他在社会中过着普通的生活,但其结果可能非常糟糕,除非你能带来一些灵巧的装置。社会性也会产生不间断的内

---

① 孟德斯鸠:《阿萨斯与伊斯梅尼》,此处显然是施特劳斯教授给出的译文。

战……

施特劳斯：的确，问题变得更复杂了。比如说，通过另一种方式——想要一眼就认清这些事不太容易。现代哲人之一斯宾诺莎也说，我们不妨思考一下这个问题，人是一种社会性的动物，正如经院哲学家们所说的那样。但斯宾诺莎借此想要表达什么意思呢？他所说的不是亚里士多德意义上的那种自然的社会（natural society），而是指如下内容：我们有痛苦也有欢乐，当然，我们主要关心的是获得欢乐，躲避痛苦。然后，特定的机制就过来接管了这项任务——也就是后来被荣格（Jung）称为观念的联想（association of ideas）的机制。因此，[当]我看到其他人感到快乐时，我就不仅被他是其他人，也就是说，不是我这个事实所触动，而且也被他感到快乐这件事所触动，以至于在这个意义上，他的快乐也使我快乐。同样，对于那个感到痛苦的人来说，我看到的也不仅他是一个他者，并因此，让他见鬼去吧，反正又不是我感到痛苦，但它却感染了我，因为它使我想到了令我自己痛苦的事。这就是斯宾诺莎建构的理论的出发点，由此他就导向了某种类似于自然的社会性的东西。

但是，当你去考察斯宾诺莎的整个政治论证的基础时，这里有一项简单的原则，这就是权利等同于权力（right equal to might）。在某种意义上，他走得比马基雅维利更远，因为他将这一点还原为一个简单的形式，斯宾诺莎期待的东西是确定的，这是一个可能的基础，并且，在实际上也是唯一可能的基础，在此基础上可以拥有一个自由和人道的社会。我知道这些东西，但这是一个巨大的问题。换句话说，正如马基雅维利的那些可怕的论述最终也服务于某种人道的东西，这些东西在他看来是可能的，也与人类的状况一致。我们可以说，同样的说法对斯宾诺莎来说要更真实。因此，我们就需要在更严格的意义上理解人类的自然的社会性，而不仅仅是胡萝卜加大棒的机制，但是这里也必需要有一种能产生特定的社会性的源自心灵内部的（intrapsychic）机制。你们是否注意到了这一点？

学生：在我看来，这里也有其他一些方式，借此可以获得某种类似于人的自然社会性的东西，但这些东西作为社会的基础并不像它们那么令人喜欢。简单来说,人的荣耀欲。我们不妨说这是自我保存的欲望的自然发展。因此假如这里存在一种荣耀欲,也就意味着这里存在特定的社会性。

[346] 施特劳斯:你说的很对。并且这一点也意味着对于现代立场的一种根本性的批判,尤其是它的早期阶段,也就是霍布斯的阶段——我们应该将霍布斯作为这一点的清晰例子——人是反社会的(asocial),因为他在很大程度上被一种凌驾于他人之上的欲望驱使。但霍布斯诉诸的这个事实却证明了人出于自然是社会性的,为何他如此关心他者,为何他如此在乎他者对他的承认,这是你想要表达的意思吗?

同一个学生:是的,但必须是以那种方式理解的人的社会性。我们不妨认为霍布斯错误地将其称为反社会状态(asocial state),这一点恰好证明了相反的方面……

施特劳斯:但你不能只停留在这个地方。你必须超出这一点,因此,即便是人类的邪恶和肮脏也证明了人的社会性,并因此这里也就至少存在如下可能性,即人的社会性具有一些有利于人们在一起和平生活的形式,而不是对人和平生活在一起造成威胁的形式。

同一个学生:对此的直接反应可能是这样的,即不妨为社会寻找一个基础,这个基础无视人是一个社会存在者的事实,因为人的自然社会性就在于他想要统治其他的人……

施特劳斯:很好,那么,我们就可以说,首先要经验性地展开,看一看是否这是人的社会性呈现自身的唯一方式,是否它们不也是一些可以时不时见到的迹象,表明人更多被他的同伴们的遭遇感染,比如说,一种帮助他人的意愿,这也是有其地位的。

好了,你们对于《波斯人信札》的那些典型的一般性内容是否还有什么看法?

另一个学生:他有关穴居人的故事在某种意义上,类似于他在《论法的精神》的开端对于一般意义上的共和国的描述,他谈到了那些奇特的共和国,这些共和国拥有独一无二的制度,比如说柏拉图的共和国,如此等等。然后,他说,这些东西都是独一无二的,但接下来他谈到了一般意义上的共和国,这些共和国似乎就是穴居人的共和国,一种以农业为基础的共和国,拥有独特的制度,这个共同体……

施特劳斯:好的,在我看来,在穴居人这里,就我来说,并没有暗示出任何共产主义的内容,你想要从中得出什么?

同一个学生:在《论法的精神》中,一般意义上的共和国最终根据其他的东西遭到了反对,并且我一直有一个疑问,这就是,是否《波斯人信札》中存在偏离穴居人故事的举动?如果有的话,似乎也不清晰,这个故事似乎处在最末尾。在故事本身,这里有一个老人,他说你想要我作国王的唯一理由,就是你能更多地享受生活,并且你也不需要如此严苛地对待自身了,这一点听起来非常合理,[347]但通过某种方式,你原本可以期待从后来的《论法的精神》中看到在《波斯人信札》中他们想要为那个老人寻求的支持。

施特劳斯:但我想要说的是,[难道]穴居人的社会不是一个[极其]简单社会吗?难道《波斯人信札》后面部分中说的共和国、科学,不是一种迹象,表明他对穴居人正如柏拉图对猪的城邦[一样不那么]满意吗?在那里说过一个好社会,一群好人民,但在那里,最重要的东西还没有出现。正如猪的城邦感觉非常不错,但人所拥有的最大能力,人的最高的能力却尚未得到利用。这些内容毫无疑问可以归给孟德斯鸠。

另一个学生:在《论法的精神》中是否存在单纯的共和国呢?结果他们都具有了自己的独特或者并非独特的优先于一切的目的,一种超出了共和国的目的之外的独特目的,因此,他们可以按照自己的情况得到发展,对一个单纯的共和国来说,是否存在稳定性呢?

施特劳斯:这是肯定的……但这一点也可以适用于任何社会,从孟德斯鸠的角度看,这些社会最终都会瓦解。

同一个学生:[但是]我认为,在一个有着均衡的制度和自由的商业社会有更多稳定性——它有多种目的。自由和商业。

施特劳斯:但是,它是通过如下事实显示出来的,这就是,他们的成员总体上要比其他社会的成员更幸福。我说的是斯巴达,斯巴达公民可能非常幸福,但那些赫洛特(helots)和奴隶们幸福吗?在这种商业社会中，[你可能]拥有最大多数人的最大幸福。但在我看来，这些全都会走向终结。

同一个学生：但其他社会呢，如果它们有特定的本质，有它们自身的存在，它们从本质上讲是不稳定的。商业的社会是一个终将走向瓦解的社会，但其他的社会又会产生出来。

施特劳斯：当他讨论有关联盟主义（confederalists）的时候，就已经谈论过有关稳定性的问题，是不是？我的意思是，一个国家在面对外敌的时候是多么稳定。在那里，他说，一个社会必需具有一定的规模，并且如果社会本身还没有达到这个规模，就必需通过联盟，通过稳固的联盟来达到这个规模。

学生：在《论法的精神》中，您提到了农耕民主（agricultural democracy），在那里，是相对于斯巴达或柏拉图的《王制》提出这类民主的，这种民主在亚里士多德的《政治学》中被描述为一种致力于德行而非任何气派之物（spectacular things）的一般性民主……

施特劳斯：好，我们可以结束了，这学期的研讨课就到这里。

图书在版编目(CIP)数据

女人、阉奴与政制:孟德斯鸠《波斯人信札》讲疏/(美)施特劳斯讲疏;(美)潘戈整理;黄涛译.
--上海:华东师范大学出版社,2016.8
(经典与解释·施特劳斯讲学录)
ISBN 978-7-5675-4994-4

Ⅰ.①女… Ⅱ.①施… ②潘…③黄… Ⅲ.①书信体-小说-小说研究-法国-近代 Ⅳ.①I565.074

中国版本图书馆 CIP 数据核字(2016)第 073586 号

华东师范大学出版社六点分社
企划人 倪为国

Leo Strauss' Course: Montesquieu's *Persian Letters*, offered in 1966
By Leo Strauss, Thomas L. Pangle ed.
Copyright © by Jenny Strauss and the Estate of Leo Strauss
This translation is published by arrangement with Jenny Strauss and the Estate of Leo Strauss
ALL RIGHTS RESERVED.

施特劳斯讲学录
女人、阉奴与政制——孟德斯鸠《波斯人信札》讲疏

讲 疏 者	(美)施特劳斯
整 理 者	(美)潘戈
译 者	黄 涛
审读编辑	陈哲泓
责任编辑	彭文曼
封面设计	吴元瑛
出版发行	华东师范大学出版社
社 址	上海市中山北路 3663 号 邮编 200062
网 址	www.ecnupress.com.cn
电 话	021-60821666 行政传真 021-62572105
客服电话	021-62865537 门市(邮购)电话 021-62869887
地 址	上海市中山北路 3663 号华东师范大学校内先锋路口
网 店	http://hdsdcbs.tmall.com
印 刷 者	上海印刷(集团)有限公司
开 本	787×1092 1/16
插 页	2
印 张	15.75
字 数	158 千字
版 次	2016 年 8 月第 1 版
印 次	2016 年 8 月第 1 次
书 号	ISBN 978-7-5675-4994-4/D.199
定 价	68.00 元
出版人	王 焰

(如发现本版图书有印订质量问题,请寄回本社客服中心调换或者电话 021-62865537 联系)

"施特劳斯讲学录"近期书目

修辞术与城邦：亚里士多德《修辞术》讲疏（何博超 译）
女人、阉奴与政制：孟德斯鸠《波斯人信札》讲疏（黄涛 译）
德性与自由：孟德斯鸠《论法的精神》讲疏（黄涛 译）
哲人的道德与自然：尼采《善恶的彼岸》讲疏（曹聪 译）
修昔底德的政治哲学（李世祥 译）
政治科学的起源（胡镓 译）
柏拉图《高尔吉亚》讲疏一（1957年）（李致远 译）
柏拉图《高尔吉亚》讲疏二（1963年）（李致远 译）
柏拉图《王制》讲疏（张文涛 译）
柏拉图《美诺》讲疏（叶然 译）
柏拉图《申辩》、《克力同》讲疏（罗晓颖 译）
亚里士多德政治学讲疏（黄涛 译）
亚里士多德伦理学讲疏（冯庆 译）
论格劳秀斯的《战争与和平法》（张云雷 译）
霍布斯讲疏（戴晓光 译）
洛克讲疏（赵雪纲 译）
维柯讲疏（戴晓光 译）
康德讲疏（蒋明磊 译）
黑格尔历史哲学讲疏（刘振 译）
论尼采的政治哲学（马勇 译）